張愛玲

小團圓

主編的話

在文學的長河裡，張愛玲的文字是璀璨的金沙，歷經歲月的淘洗而越發耀眼，而張愛玲的身影也在無數讀者心中留下無可取代的印記。

為紀念張愛玲百歲誕辰及逝世二十五週年，「張愛玲典藏」特別重新改版，此次以張愛玲親筆手繪插圖及手寫字重新設計封面，期盼能帶給讀者全新的感受，並增加收藏的意義。

「張愛玲典藏」根據文類和作品發表年代編纂而成，包括張愛玲各時期的長篇小說、短篇小說、散文和譯作等，共十八冊，其中散文集《惘然記》、《對照記》本次改版並將增訂收錄近年新發掘出土的文章。

一樣的悸動，一樣的懷想，就讓我們透過全新面貌的「張愛玲典藏」，珍藏心底最永恆的文學傳奇。

《小團圓》前言

宋以朗

我身為張愛玲文學遺產的執行人，一直都有在大學、書店等不同場所舉辦關於張愛玲的講座。每次總有人問我那部未刊小說《小團圓》的狀況，甚至連訪問我的記者也沒有例外。要回應這些提問，我總會徵引張愛玲在一九九二年二月二十五日給我父母寫的信——隨信還附上了遺囑正本——其中她曾說：

還有錢剩下的話，我想用在我的作品上，例如請高手譯。沒出版的出版，如關於林彪的一篇英文的，雖然早已明日黃花。（《小團圓》小說要銷毀。）這些我沒細想，過天再說了。

這裡要指出一份遺囑是法律文件，但一封普通信件不是，為何還要「細想」與「再說」？據我所知，這討論從未出現過。一九九五年九月，張愛玲去世，而她所有財產都留給我父母。我父親宋淇（Stephen Soong）當時身體欠佳，一九九六年十二月亦去世了。我母親宋鄺文美（Mae Fong Soong）則遲遲沒決定《小團圓》的去向，患得患失，只把手稿擱在一旁。到了二〇〇七年十一月，我母親逝世，而《小團圓》的事就要由我決定了。

於是我總會問我那些聽眾，究竟應否尊重張愛玲本人的要求而把手稿付之一炬呢？他們亦總是異口同聲地反對。當中必然有些人會舉出Max Brod 和Kafka作例子：若Max Brod 遵照朋友的吩咐，世界便會失去了Kafka的作品。很明顯，假如我按張愛玲的指示把《小團圓》毀掉，我肯定會跟Max Brod形成一個慘烈的對照，因而名留青史。當然我也不一定要服從民主投票，因為大眾可能只是喜歡八卦爆料。

我明白一定要很謹慎地下決定。張愛玲既然沒要求立刻銷毀《小團圓》，反而說稍後再詳細討論，證明了不是毫無轉圜餘地的。假如要「討論」，那議題又是什麼呢？一開始是什麼促使張愛玲寫此小說呢？她遲遲不出版又為了什麼緣故？何以最後還打算銷毀它呢？

要問他們三位自然是沒可能的。幸好他們留下了一大批書信：四十年間，他們寫了超過六百封信，長達四十萬言。當中我們就可找到《小團圓》如何誕生及因何要暫時「雪藏」的故事。以下就是相關的書信節錄：

張愛玲　一九七五年七月十八日

這兩個月我一直在忙著寫長篇小說《小團圓》，從前的稿子完全不能用。現在寫了一半。這篇沒有礙語。[……] 我在《小團圓》裏講到自己也很不客氣，這種地方總是自己來揭發的好。當然也並不是否定自己。

張愛玲　一九七五年八月八日

《小團圓》越寫越長，所以又沒有一半了。

張愛玲　一九七五年九月十八日

《小團圓》因為醞釀得實在太久了，寫得非常快，倒已經寫完了。當然要多擱些天，預備改，不然又遺患無窮。[……]這篇小說有些地方會使你與Mae替我窘笑。但還是預備寄來給你看看有沒有機會港台同時連載。

張愛玲　一九七五年九月二十六日

《小團圓》擱了些天，今天已經動手抄了。我小說幾乎從來不改，不像論文會出紕漏。

張愛玲　一九七五年十月十六日

《小團圓》好幾處需要補寫——小說不改，顯然是從前的事了——我乘著寫不出，懶散了好幾天，馬上不頭昏了。看來完稿還有些時，最好還是能港台同時連載。[……]趕寫《小團圓》的動機之一是朱西甯來信說他根據胡蘭成的話動手寫我的傳記，我回了封短信說我近年來盡量de-personalize讀者對我的印象，希望他不要寫。當然不會生效，但是這篇小說的內容有一半以上也都不相干。

張愛玲　一九七五年十一月六日

《小團圓》是寫過去的事，雖然是我一直要寫的，胡蘭成現在在台灣，讓他更得了意，實在不犯著，所以矛盾得厲害，一面補寫，別的事上還是心神不屬。

張愛玲　一九七五年十二月二十一日

《小團圓》還在補寫，當然又是發現需要修補的地方越來越多。

張愛玲　一九七六年一月三日

《小團圓》因為情節上的需要，無法改頭換面。看過《流言》的人，一望而知裏面有〈私語〉、〈燼餘錄〉（港戰）的內容，儘管是《羅生門》那樣的角度不同。

張愛玲　一九七六年一月二十五日

《小團圓》情節複雜，很有戲劇性，full of shocks，是個愛情故事，不是打筆墨官司的白皮書，裏面對胡蘭成的憎笑也沒像後來那樣。

張愛玲　一九七六年三月十四日

《小團圓》剛填了頁數，一算約有十八萬字（！），真是《大團圓》了。是採用那篇奇長的《易經》一小部份——〈私語張愛玲〉中也提到，沒舉出書名——加上愛情故事——本來沒有。下星期大概可以寄來，副本作為印刷品，恐怕要晚一兩天到，不然你們可以同時看。

張愛玲　一九七六年三月十八日

昨天剛寄出《小團圓》，當晚就想起來兩處需要添改，沒辦法，只好又在這裡附寄來兩頁——每頁兩份——請代抽換原有的這兩頁。

鄺文美　一九七六年三月二十五日

前天收到《小團圓》正本，午間我立刻覆了封信告訴你，讓Stephen下午辦公時順便付郵。傍晚他回家，帶來另一個包裹，原來副本也寄到了！於是我們就不用你爭我奪（你知道我們從來不爭什麼，只有搶看你的作品是例外），可以一人一份的先睹為快。我已經看完，心裏的感覺很複雜，Stephen正巧很忙，又看得仔細，所以還沒有看到結尾……你一定想聽聽我們的反應，這次還是要你忍耐一下。

〔……〕

今天收到你十八日的信，有兩頁需要抽換，很容易辦。問題是Stephen說另外有許多小地方他覺得應該提出來和你商量一下。

〔……〕

這本小說將在萬眾矚目的情形下隆重登場（我意思登上文壇），我們看得非常重要，所以處處為你著想，這片誠意你一定明白，不會嫌我們多事。你早已預料有一些地方會使我們覺得震動——不過沒關係，連我都不像以前那麼保守和閉塞。我相信沒有別一個讀者會像我那樣徹底瞭解你為什麼寫這本書。Stephen沒聽見過你在紐約打胎的事，你那次告訴我，一切我都記得清清楚楚。

張愛玲　一九七六年四月四日

我寫《小團圓》並不是為了發泄出氣，我一直認為最好的材料是你最深知的材料，但是為了國家主義的制裁，一直無法寫。

〔……〕

我跟陳若曦在台北的談話是因為我對國民政府的看法一直受我童年與青年的影響，並不是親共。近年來覺得monolithic nationalism鬆動了些，例如電影中竟有主角英美間諜不愛國（Michael Caine飾），所以把心一橫，寫了出來，是我估計錯了。至於白便宜了「無賴人」，以前一向我信上也担憂過。——他去台大概是通過小同鄉陳立夫，以前也幫過他忙——改成double agent這主意非常好，問題是我連間諜片與間諜小說都看不下去。等以後再考慮一下，稿子擱在你們這裏好了。

志清看了《張看》自序，來了封長信建議我寫我祖父母與母親的事，好在現在小說與傳記不明分。我回信說，「你定做的小說就是《小團圓》」，現又去信說euphoria過去後，發現許多妨礙，需要加工，活用事實，請他soft-pedal根據事實這一點。但是一定已經傳出去了。

宋淇　一九七六年四月十五日

我們並不是prudes，老實說，國家的觀念也很淡，可是我們要面對現實問題。「無賴人」如果已死了，或在大陸沒有出來，這問題就算不了什麼，可是他人就在台灣，而且正在等翻身機會，這下他翻了身，可是至少可以把你拖垮。小說中說他拿走了所有的來往書信，可能還保存在手，那麼成為了documentary evidence，更是振振有詞了。所以現在改寫身份，讓他死於非命，開不出口來。還有一點，如果是double agent，也不能是政府的agent，因為政府的agent是不會變節的。我們從前參照Spy Ring那樣拍一個電影，劇本通不過，就是這理由。邵之雍的身份究竟是什麼，可以不必寫明，因為小說究竟是從女主角的觀點出發，女主角愛他的人，that's all，並不追究他身份，總之他給人打死，據說是double agent，為日本人或偽政府打死都可，甚至給政府的地下份子或共產黨地下份子打死也無不可。你不必去研究他的心理，因根本不在正面描寫他。只要最後發現原來是這樣一個言行不一致，對付每個女人都用同一套，後來大家聚在一齊，一對穿，不禁啞然失笑。在此之前，九莉已經幻滅，去鄉下並不是懷念他，而是去看一下，了却一樁心願，如此而已。

張愛玲　一九七六年四月二十二日

我是太鑽在這小說裏了，其實Stephen說的台灣的情形我也不是不知道——不過再也沒想到重慶的地下工作者不能變節！！！袁殊自命為中共地下工作者，戰後大搖大擺帶著廚子等一行十餘人入共區，立即被拘留。但是他的cover是偽官，還是不行。也許可以改為台灣人——我教過一個台灣商人中文，是在日本讀大學的。跟清鄉的日軍到內地去做生意。——戰後潛伏的鄉下只要再南下點就是閩南語區。有個德國僑領曾經想recruit我姑姑去重慶活動，這人也許可以派點用場。九莉跟小康等會面對穿，只好等拍電影再寫了，影片在我是on a different level of consciousness。在這裏只能找circumstances to fit the scenes & emotions。這是一個熱情故事，我想表達出愛情的萬轉千迴，完全幻滅了之後也還有點什麼東西在。我現在的感覺不屬於這故事。不忙，這些都需要多擱些時再說。我的信是我全拿了回來，不然早出土了。

宋淇　一九七六年四月二十八日

《小團圓》分三天匆匆讀完，因為白天要上班，讀時還做了點筆記。對措詞用字方面有疑問的地方都記了下來，以便日後問你再商酌。Mae比我先看完，筆記也做得沒有我詳細，二人加起來，總可以cover the ground。因為從好的一方面說，你現在是偶像，不得不給讀者群眾好的一方面看；從壞的一方面說，你是個目標，說得不好聽點，簡直成了眾矢之的。台灣地小人多，作家們的妒嫉，拿不到你書的出版商，加上唐文標之類的人，大家都拿了顯微鏡在等你的新作面世，以便在雞蛋裏找骨頭，恨不得你出了什麼大紕漏，可以打得你抬不起頭來。對於你本身，多年已不再活躍，現在又忽然成為大家注意力的中心，在文壇上可說是少見的奇蹟，也是你寫作生涯中的轉捩點，所以要特別珍重。以上就是我們處理你這本新著的primary concern。

這是一本thinly veiled，甚至patent的自傳體小說，不要說我們，只要對你的作品較熟悉或生平略有所聞的人都會看出來，而且中外讀者都是一律非常nosy的人，喜歡將小說與真實混為一談，尤其中國讀者絕不理什麼是fiction，什麼是自傳那一套。這一點也是我們要牢記在心的。

在讀完前三分之一時，我有一個感覺，就是：第一、二章太亂，有點像點名簿，而且插寫太平洋戰爭，初期作品中已見過，如果在報紙上連載，可能吸引不住讀者「追」下去讀。我曾考慮建議把它們刪去或削短，後來覺得有母親和姑姑出現，與下文有關，同時含有不少張愛玲筆觸的文句，棄之實在可惜，所以決定押後再談。

及至看到胡蘭成的那一段，前面兩章所pose的問題反而變成微不足道了。我知道你的書名也是ironical的，才子佳人小說中的男主角都中了狀元，然後三妻四妾個個貌美和順，心甘情願同他一起生活，所以是「大團圓」。現在這部小說裏的男主角是一個漢奸，最後躲了起來，個個同他好的女人都或被休，或困於情勢，或看穿了他為人，都同他分了手，結果只有一陣風光，連「小團圓」都談不上。

女主角九莉給寫成一個胆大，非傳統的女人：她的愛是沒有條件的，雖然明知（一）這男人是漢奸；（二）另外他有好幾個女人；（三）會為社會輿論和親友所輕視。當然最後她是幻滅了，把他拋棄。可是我們可以想像得到一定會有人指出：九莉就是張愛玲，邵之雍就是胡蘭成。張愛玲明知他的身份和為人，還是同他好，然後加油加醬的添上一大堆，此應彼和，存有私心和妒嫉的人更是每個人踢上一腳，恨不得踏死你為止。那時候，你說上一百遍：《小團圓》是小說，九莉是小說中人物，同張愛玲不是一回事，沒有人會理你。

不要忘了，旁邊還有一個定時炸彈：「無賴人」，此人不知搭上了什麼線，去台灣中國文化學院教書，大寫其文章，後來給人指責為漢奸，中央日報都出來攻擊他，只好撤職，寫文章也只好用筆名。

《小團圓》一出，等於肥豬送上門，還不借此良機大出風頭，寫其自成一格的怪文？不停的說：九莉就是愛玲，某些地方是真情實事，某些地方改頭換面，其他地方與我的記憶稍有出入等等，洋洋得意之情想都想得出來。一個將近淹死的人，在水裏抓得著什麼就是什麼，結果連累你也拖下水去，真是何苦來？

我上面說道你是一個偶像，做到了偶像當然有各種限制和痛苦。因為有讀者群眾，而群眾心理就是如此，不可理喻的。你之所以有今天，一半靠讀者的欣賞和喜歡你的作品，學院派和作家們的捧不過是錦上添花，而官方最近realize你是第一個反共作家更是一個有利的因素。如果前面的推測應驗起來，官方默不作聲，讀者群眾只聽一面之詞，學院派的辯護到時起不了作用。身敗名裂也許不至於，台灣的寫作生涯是完了，而以前多年來所建立的goodwill一定會付之東流。以上所說不是我危言聳聽，而是我對P. R.這一行頗有經驗，見得多了，絕非無中生有。

我知道你在寫作時想把九莉寫成一個unconventional的女人，這點並沒有成功。只有少數讀者也許會說她的不快樂的童年使她有這種行為和心理，可是大多數讀者不會對她同情的，總之是一個unsympathetic的人物。這是一。

其次，這些事積在心中多少年來，總想一吐為快，to get it out of your system。像我在電影界這麼多年，對於許多事，假裝不知道，最後終於抵制不住，等於breakdown，以後換了環境，拼命想法get it out of my system一樣。好了，現在你已寫出來了，這點也已做到了。我們應該冷靜客觀地考慮一下你的將來和前途。

大前提是in its present form，此書恐怕不能發表或出版。連鑫濤都會考慮再三，這本書也許會撈一筆，但他不會肯自毀長城的。現在唯一的辦法是改寫，有兩個approach：（一）改寫九莉，務使別人不能identify她為愛玲為止。這一點做不到，因為等於全書重寫。（二）改寫邵之雍。這個可能性較大。燕山我們猜是桑弧，你都可以拿他從編導改為演員，邵的身份沒有理由改不掉。你可以拿他改成地下工作者，結果為了錢成了double agent，到處留情也是為了掩護身份，後來不知給某方發現，拿他給幹掉了。

九莉去鄉下可以改獨自去，表示想看看所愛的人的出身地，結果遇見小康等人，為了同樣目的也在，大家一交換notes，穿了綳，原來他用同一手法和說法對付所有的女人，而原來還有兩個鄉下老婆，然後才徹底地幻滅，（荒木那一段可以刪除，根本沒有作用。）這樣改當然也是一個major operation，但牽涉的面較狹，不必改動九莉和家庭那部份，至少不用全部重寫，可能挽救這本書。

九莉這樣做是因為她所過的生活使她完全不知世情，所以才會如此，不少讀者會同情一點。同時這樣還可以使「無賴人」無話可說，他總不見得這樣說：「邵之雍就是我」，因為他究竟是漢奸，而非地下工作者，而且也沒有死。他如果硬要往自己臉上貼金，也不會有人相信。況且燕山和打胎兩段讀者多數不會identify為你的。當然你在設計整本書的時候，有一個完整的總盤計劃，即使極小的改動也會牽一髮而動千鈞。

我不是超人，對寫小說也沒有經驗，自知說起來容易，正式做起來，處處俱是問題。但和Mae談了幾次，認為這不失為一個可行之道。（二）這方法你如果認為行不通，腦子一時拐不過來，只好暫時擱一擱，好好想一想再說，對外只說在修改中，好在沒有第三個人見過原稿。想通之後，有了具體的改法再來過。

讀到這裏，你已知道得跟我一樣多了。以我所見，他們最大的隱憂就是當時身在台灣的胡蘭成。他們相信，胡會利用《小團圓》出版的良機而大佔便宜，亦不會顧慮到張愛玲的死活。

宋淇提出了一個技術上的解決辦法，就是把男主角改寫為最終被暗殺的雙重間諜（double

agent）。如此胡蘭成便難以聲稱自己就是男角的原型了，當然，這無可避免需要大量改動。結果張愛玲也同意宋淇的顧慮，便暫時把《小團圓》擱置，而繼續寫她的〈色，戒〉去。但終其一生，她也沒有把《小團圓》修改完畢。

今天的情況又如何呢？胡蘭成已在一九八一年去世，所以有關他的一切隱憂現已不復存在。至於政治敏感的問題，今天的台灣與當年亦已有天淵之別，這重顧慮亦可放下了。

剩下來的，其實只是兩個技術上的問題。第一，當年曾担心女主角九莉太「不值同情」，即宋淇所謂unsympathetic。但假如這標準成立的話，我想張愛玲其餘很多作品也該據此理由而永不發表。舉一個例，〈金鎖記〉的女主角曹七巧又何嘗討讀者歡心？（見劉紹銘〈再讀《再讀張愛玲》緣起〉）所以無論女主角如何「不值同情」，我也不認為是一個足以阻撓小說出版的理由。第二，當時他們也怕讀者會視九莉為張愛玲的複製本，因而招來大量批評。但依我所見，假如張還在生，且看到現時互聯網上那些談論她的文字，她便會明白當年的顧慮是多麼微不足道了。事實上她早已去世，什麼批評都不再可能給她切膚之痛。她留給世人的文章江河萬古，也斷不會因這類聲音而減其光焰。此外，以上節錄的書信已把她的創作原意及過程表露無遺了，因此我也不必再為她作任何辯解。

本文開始時，曾引述張愛玲一九九二年三月給我父母寫的信，其中明言「《小團圓》小說要銷毀」，讀者一見，大概就會疑惑出版此書是否有違張愛玲的意願。事實上，只要我們再參考一下她與皇冠兩位編輯的書信，便會發現她本人不但沒有銷毀《小團圓》，反而積極修改，打算盡快殺青出版。以下就是其中三封相關書信的節錄：

陳皪華致張愛玲　一九九二年八月二十六日

您的書的責任編輯方麗婉告訴我，幾乎每天都有讀者來信或來函探詢《小團圓》的出書日期，因為尚缺《對照記》與《小團圓》的文稿。非常盼望早些收到大作，更盼望皇冠有榮幸早日刊登，以饗讀者。（我也好盼望！）

張愛玲致方麗婉　一九九三年七月三十日

又，我忘了《對照記》加《小團圓》書太厚，書價太高。《小團圓》恐怕年內也還沒寫完。還是先出《對照記》。

張愛玲致陳皪華　一九九三年十月七日

《小團圓》一定要盡早寫完，不會再對讀者食言。

據此，我們應該明白張愛玲根本捨不得「銷毀《小團圓》」，而她在晚年不斷修訂，可能就是照宋淇的意見去做，可惜她始終沒有完成。我個人意見是雙重間諜辦法屬於畫蛇添足，只會引人誤會張愛玲是在替胡蘭成清洗漢奸身份，所以不改也罷。

張愛玲自己說過：「最好的材料是你最深知的材料。」在她已發表的作品當中，〈私語〉、〈燼餘錄〉及《對照記》可謂最具自傳價值，也深為讀者看重。但在「最深知」上相比，它們都難跟《小團圓》同日而語，所以銷毀《小團圓》會是一件大罪過。

我的根據就是，當年若非宋淇把關，指出胡蘭成與台灣政治情況的問題，《小團圓》早已在一九七六年發表了。既然這些問題在今天已不再存在，我便決定直接發表當時的原稿，不作任何刪改。

這就是我今天決定讓《小團圓》問世的理由。無論你是否認同我的決定，你也應該承認，我至少已在這裏說明一切來龍去脈了。

一

大考的早晨，那慘淡的心情大概只有軍隊作戰前的黎明可以比擬，像《斯巴達克斯》[1]裏奴隸起義的叛軍在晨霧中遙望羅馬大軍擺陣，所有的戰爭片中最恐怖的一幕，因為完全是等待。

九莉快三十歲的時候在筆記簿上寫道：「雨聲潺潺，像住在溪邊。寧願天天下雨，以為你是因為下雨不來。」

過三十歲生日那天，夜裏在床上看見洋台上的月光，水泥闌干像倒塌了的石碑橫臥在那裏，浴在晚唐的藍色的月光中。一千多年前的月色，但是在她三十年已經太多了，墓碑一樣沉重的壓在心上。

但是她常想著，老了至少有一樣好處，用不著考試了。不過仍舊一直做夢夢見大考，總是噩夢。

鬧鐘都已經鬧過了。抽水馬桶遠遠近近隆隆作聲。比比與同班生隔著板壁，在枕上一問一答，互相口試，發問的聲音很自然，但是一輪到自己回答，馬上變成單薄悲哀的小嗓子，逐一報出骨頭的名字，慘不忍聞。比比去年留級。

九莉洗了臉回到自己的小房間裏，剛才忘了關檯燈，乙字式小檯燈在窗台上，乳黃色球形玻璃罩還亮著，映在清晨灰藍色的海面上，不知怎麼有一種妖異的感覺。她像給針扎了一下，立刻去捻滅了燈。她母親是個學校迷，她們那時代是有中年婦女上小學的。把此地的章程研究了個透，宿舍只有檯燈自備，特為給她在先施公司三塊錢買了一隻，寧可冒打碎的危險，裝在箱子裏帶了來。歐戰出洋去不成，只好改到香港，港幣三對一，九莉也覺得這錢花得不值得。其實白花的也已經花了，最是一年補課，由牛津劍橋倫敦三家聯合招考的監考人自己教，當然貴得嚇死人。

「我先下去了，」她推開西部片酒排式半截百葉門，向比比說。

「你昨天什麼時候睡的？」

「我睡得很早。」至少頭腦清醒些。

比比在睡袋裏掏摸著。她家裏在香港住過，知道是亞熱帶氣候，但還是寄了個睡袋來，因為她母親怕她睡夢中把被窩掀掉了，受涼。她從睡袋裏取出一盞燈來，還點得明晃晃的。

1・Spartacus，美國電影大師史丹利・庫柏力克（Stanley Kubrick，1928～1999）一九六〇年的作品，台灣譯名為《萬夫莫敵》，描述羅馬奴隸抗暴的故事。

「你在被窩裏看書？」九莉不懂，這裏的宿舍又沒有熄燈令。

「不是，昨天晚上冷。」當熱水袋用。「嬤嬤要跳腳了，」她笑著說，捻滅了燈，仍舊倒扣在床頭鐵闌干上。「你預備好了？」

九莉搖頭道：「我連筆記都不全。」

「你是真話還是不過這麼說？」

「真的。」她看見比比臉上恐懼的微笑，立刻輕飄的說：「及格大概總及格的。」但是比比知道她不是及格的事。

「我先下去了。」

她拿著鋼筆墨水瓶筆記簿下樓。在這橡膠大王子女進的學校裏，只有她沒有自來水筆，總是一瓶墨水帶來帶去，非常觸目。

管理宿舍的修女們在做彌撒，會客室裏隔出半間經堂，在樓梯上就聽得見喃喃的齊聲唸拉丁文，使人心裏一陣平靜，像一汪淺水，水滑如油，浮在嘔吐前翻攪的心頭，封住了，反而更想吐。修女們的濃可可茶燉好了等著，小廚房門口發出濃烈的香味。她加快腳步，跑下水門汀小樓梯。食堂在地下室。

今天人這麼多，一進去先自心驚。幾張仿中世紀僧寺粉紅假大理石長桌，黑壓壓的差不多都坐滿了。本地學生可以走讀，但是有些小姐們還是住宿舍，環境清靜，宜於讀書。家裏太熱鬧，每人有五六個母親，都是一字並肩，姐妹相稱，香港的大商家都是這樣。女兒住讀也仍舊三天兩天接回去，不光是週末。但是今天全都來了，一個個花枝招展，人聲嘈雜。安竹斯先生說的：「幾個廣東女孩子比幾十個北方學生嘈音更大。」

九莉像給針扎了一下。

「死囉！死囉！」賽梨坐在椅子上一顛一顛，齊肩的鬈髮也跟著一蹦一跳，縛著最新型的金色闊條紋塑膠束髮帶，身穿淡粉紅薄呢旗袍，上面印著天藍色小狗與降落傘。她個子並不小，胸部很發達，但是稚氣可掬。「今天死定了！依麗莎白你怎麼樣？我是等著來攞命了！」

「死囉死囉」嚷成一片。兩個檳榔嶼華僑一年生也皺著眉跟著喊「死囉！死囉！」一個捻著胸前掛的小金十字架，捻得團團轉，一個急得兩手亂洒，但是總不及本港女孩子叫得實大聲洪，而又毫無誠意，不會使人誤會她們是真不得了。

「噯，愛瑪，講點一八四八給我聽，他們說安竹斯喜歡問一八四八，」賽梨說。

九莉又給針刺了一下。

地下室其實是底層。天氣潮濕，山上房子石砌的地基特高，等於每一幢都站在一座假山上。就連這樣，底層還是不住人，作汽車間。車間裝修了一下，闢作食堂，排門大開，正對著海面。九莉把墨水瓶等等擱在一張空桌子上，揀了個面海的座位坐下。飽餐戰飯，至少有力氣寫考卷——每人發一本藍色簿面薄練習簿，她總要再去領兩本，手不停揮寫滿三本，小指骨節上都磨破了。考英文她可以整本的背《失樂園》，背書誰也背不過中國人。但是外國人不提倡背書，要背要有個藉口，舉得出理由來。要逼著教授給從來沒給過的分數，叫他不給實在過意不去。

但是今天卷子上寫些什麼？

死囚吃了最後一餐。綁赴刑場總趕上大晴天，看熱鬧的特別多。

婀墜一面吃，一面彎著腰看腿上壓著的一本大書。她是上海人，但是此地只有英文與廣東話是通用的語言，大陸來的也都避免當眾說國語或上海話，彷彿有什麼瞞人的話，沒禮貌。九莉只知道她姓孫，中文名字不知道。

她一抬頭看見九莉，便道：「比比呢？」

「我下來的時候大概就快起來了。」

「今天我們誰也不等，」婀墜厲聲說，俏麗的三角臉上一雙弔梢眼，兩鬢高弔，梳得虛籠籠的。

「車佬來了沒有？」有人問。

茹璧匆匆走了進來，略一躊躇，才坐到這邊桌上。大家都知道她是避免與劍妮一桌。這兩個內地轉學來的不交談。九莉也只知道她們的英文名字。茹璧頭髮剪得很短，面如滿月，白裏透紅，戴著金絲眼鏡，胖大身材，經常一件二藍布旗袍。劍妮是西北人，梳著兩隻辮子，端秀的鵝蛋臉，蒼黃的皮膚使人想起風沙撲面，也是一身二藍布袍，但是來了幾個月之後，買了一件紅白椒鹽點子二藍呢大衣，在戶內也穿著，吃飯也不脫，自己諷刺的微笑著說：「穿著這件大衣就像維多利亞大學的學生，不穿這件大衣就不像維多利亞大學的學生。」不久，大衣上也發出深濃的蒜味，掛在衣鈎上都聞得見，來源非常神秘。修女們做的雖然是法國鄉下菜，顧到多數人的避忌，並不擱蒜。劍妮也從來不自己買東西吃。

她雖然省儉，自己訂了份報紙，宿舍裏只有英文《南華晨報》。茹璧也訂了份報，每天放學回來都急於看報。劍妮有時候看得拍桌子，跳起來腳蹬在椅子上，一拍膝蓋大聲笑嘆，也不知道是丟了還是收復了什麼地方，聽地名彷彿打到湖南了。她那動作聲口倒像有些老先生們。她常說她父親要她到這安靜的環境裏用心念書，也許是受她父親的影響。

有一天散了學，九莉與比比懶得上樓去，在食堂裏等著開飯。廣東修女特瑞絲支著燙衣板在燙衣服。比比將花布茶壺棉套子戴在頭上，權充拿破崙式軍帽，手指著特瑞絲，唱吉爾柏作詞，瑟利文作曲的歌劇：「大胆的小賤人，且慢妄想聯姻。」（"Refrain, audacious tart, your suit from pressing."）原文雙關，不許她燙衣服，正磨著她上樓去點浴缸上的煤氣爐子燒水。特瑞絲趕著她叫「阿比比，阿比比，」——此外只有修道院從孤兒院派來打雜的女孩子瑪麗，她叫她「阿瑪麗」——喊喊喳喳低聲托比比代問茹璧婀墜可要她洗燙，她賺兩個私房錢，用來買聖像畫片，買衣料給小型聖母像做斗篷。她細高個子，臉黃黃的，戴著黑邊眼鏡。

比比告訴九莉她收集了許多畫片。

「她快樂，」比比用衛護的口吻說。「她知道一切都有人照應，自己不用担心。進修道院不容易，要先付一筆嫁妝，她們算是嫁給耶穌了。」

她催比比當場代問茹璧，但是終於上樓去向亨利嬤嬤要鑰匙燒洗澡水。比比跟著也上去了。

九莉在看小說，無意中眼光掠過劍妮的報紙，她就笑著分了張給她，推了過來。

九莉有點不好意思，像誇口似的笑道：「我不看報，看報只看電影廣告。」

劍妮微笑著沒作聲。

寂靜中只聽見樓上用法文銳聲喊「特瑞絲嬤嬤」。食堂很大，燈光昏黃，餐桌上堆滿了報紙。劍妮摺疊著，拿錯了一張，看了看，忽道：「這是漢奸報，」抓著就撕。

茹璧站了起來，隔著張桌子把沉重的雙臂伸過來，二藍大褂袖口齊肘彎，衣服雖然寬大，看得出胸部鼓蓬蓬的。一張報兩人扯來扯去，不過茹璧究竟慢了一步，已經嗤嗤一撕兩半。九莉也慢了一步，就坐在旁邊，事情發生得太快，一時不吸收，連說的話都是說過了一會之後才聽出來，就像閃電後隔了一個拍子才聽見雷聲。

「不許你誣蔑和平運動！」茹璧略有點嘶啞的男性化的喉嚨，她聽著非常詫異。國語不錯，但是聽得出是外省人。大概她平時不大開口，而且多數人說外文的時候都聲音特別低。

「漢奸報！都是胡說八道！」

「是我的報，你敢撕！」

劍妮柳眉倒豎，對摺再撕，厚些，一時撕不動，被茹璧扯了一半去。劍妮還在撕剩下的一半，茹璧像要動手打人，略一躊躇，三把兩把，把一份報紙擄起來，抱著就走。

九莉把這一幕告訴了比比，由比比傳了出去，不久婀墜又得到了消息，說茹璧是汪精衛的姪女，大家方才恍然。在香港，汪精衛的姪女遠不及何東爵士的姪女重要，後者校中就有兩個。但是婀墜是上海人，觀點又不同些。茹璧常到她房裏去玩。有一天九莉走過婀墜房門口，看見茹璧在她床上與賽梨扭打。茹璧有點男孩子氣，喜歡角力。

這些板壁隔出來的小房間「一明兩暗」，婀墜住著個暗間，因此經常鈎起兩扇半截門，敞亮透氣些。九莉深夜走過，總看見婀墜在攻書，一隻手托著一隻骷髏，她像足球員球不離手，嘴裏念念有詞，身穿寶藍緞子棉浴衣，披著頭髮，燈影裏，背後站著一具骨骼標本，活像個女巫。

劍妮有個同鄉常來看她，穿西裝，偏於黑瘦矮小，戴著黑框眼鏡，面容使人一看就馬上需要望到別處去，彷彿為了禮貌，就像是不作興多看殘廢的人。劍妮說是她父親的朋友。有一次他去後，亨利嬤嬤打趣，問「劍妮的魏先生走了？」劍妮在樓梯上回頭一笑，道：「人家魏先生結了婚的，嬤嬤！」

亨利嬤嬤仍舊稱他為「劍妮的魏先生」。此外只有個「婀墜的李先生」，婀墜與一個同班生等於訂了婚。

劍妮到魏家去住了幾星期，暫時走讀。她說明魏先生的父母都在香港，老夫婦倆都非常喜歡她，做家鄉菜給她吃，慣得她不得了。他們媳婦不知道是沒出來還是回去了。

此後隔些時就接去住，劍妮在宿舍裏人緣不錯，也沒有人說什麼。一住一個月，有點不好意思，說「家鄉菜吃胖了。」

比比只說：「同鄉對於她很重要。」西北固然是遠，言外之意也是小地方的人。

九莉笑道：「她完全像張恨水小說裏的人，打辮子，藍布旗袍……」

比比在中國生長的，國產片與地方戲也看得很多，因也點頭一笑。

張恨水小說的女主角住到魏家去卻有點不妥，那魏先生又長得那樣，恐怕有陰謀。嬤嬤們也不知道作何感想？亨利嬤嬤仍舊照常取笑「劍妮的魏先生」。香港人對北方人本來視同化外，又不是她們的教民，管不了那麼許多，況且他們又是世交。而且住在外面，究竟替宿舍省了幾文膳食費，與三天兩天回家的本地女孩子一樣受歡迎。只有九莉，連暑假都不回去，省下一筆旅費。去年路克嬤嬤就跟她說，宿舍不能為她一個人開著，可以帶她回修道院，在修道院小學教兩課英文，供膳宿。當然也是因為她分數打破紀錄，但仍舊是個大情面。

還沒搬到修道院去，有天下午亨利嬤嬤在樓下喊：「九莉！有客來找你。」

亨利嬤嬤陪著在食堂外倚著鐵闌干談話，原來是她母親。九莉笑著上前低聲叫了聲二嬸。幸而亨利嬤嬤聽不懂，不然更覺得他們這些人古怪。她因為伯父沒有女兒，口頭上算是過繼給大房，所以叫二叔二嬸，從小覺得瀟洒大方，連她弟弟背後也跟著叫二叔二嬸，她又跟著他稱伯父母為大爺大媽，不叫爸爸媽媽。

亨利嬤嬤知道她父母離了婚的，但是天主教不承認離婚，所以不稱盛太太，也不稱卞小姐，沒有稱呼。

午後兩三點鐘的陽光裏，她母親看上去有點憔悴了，九莉吃了一驚。也許是改了髮型的緣故，雲鬢嵯峨，後面朝裏捲著，顯瘦。大概因為到她學校宿舍裏來，穿得樸素點，湖綠蔴布襯衫，白帆布喇叭管長袴。她在這裏是苦學生。

亨利嬤嬤也是彷彿淡淡的。從前她母親到她學校裏來，她總是得意非凡。連教務長密斯程——綽號「汽車」，是象形，方墩墩身材，沒頸項，鐵青著臉，厚眼鏡炯炯的像一對車燈——都也開了笑臉，沒話找話說，取笑九莉丟三拉四，揑著喉嚨學她說「我忘了。」她父親只來過一次，還是在劉氏女學的時候。因為沒進過學校，她母親先把她送到這家熟人開的，母女三個，此外只請了一個老先生與一個陸先生。那天正上體操課，就在校園裏，七大八小十來個女生，陸先生也不換衣服，只在黃柳條布夾袍上套根黑絲絛，繫著口哨掛在胸前，剪髮齊肩，稀疏的前劉海，清秀的窄長臉，嬌小身材，一手握著哨子，原地踏步，尖溜溜叫著「幾夾右夾，幾夾右夾。」上海人說話快，「左右左右」改稱「左腳右腳，左腳右腳。」九莉的父親頭戴英國人在熱帶慣戴的白色太陽盔，六角金絲眼鏡，高個子，淺灰直羅長衫飄飄然，勾著頭笑嘻嘻站在一邊參觀，站得太近了一點，有點不好意思。下了課陸先生也沒過來應酬兩句。九莉回去，他幾次在烟舖上問長問短，含笑打聽陸先生結了婚沒有。

她母親到她學校裏來總是和三姑一塊來，三姑雖然不美，也時髦出風頭。比比不覺得九莉的母親漂亮，不過九莉也從來沒聽見她說過任何人漂亮。「像你母親這典型的在香港很多，」她說。的確她母親在香港普通得多，因為像廣東人雜種人。亨利嬤嬤就是所謂「澳門人」，中葡混血，漆黑的大眼睛，長睫毛，走路慢吞吞的，已經中年以後發福了。由於種族歧視，在宿舍裏只坐第三把交椅。她領路進去參觀，暑假中食堂空落落的，顯得小了許多。九莉非常惋惜一個人都沒有，沒看見她母親。

「上去看看，」亨利嬤嬤說，但是並沒有一同上樓，大概是讓她們單獨談話。

九莉沒問哪天到的。總有好兩天了，問，就像是說早沒通知她。

「我跟項八小姐她們一塊來的，」蕊秋說。「也是在牌桌上講起來，說一塊去吧。南西他們也要走。項八小姐是來玩玩的。都說一塊走——好了！我說好吧！」無可奈何的笑著。

九莉沒問到哪裏去，香港當然是路過。項八小姐也許不過是到香港來玩玩。南西夫婦不知道是不是到重慶去。許多人都要走。但是上海還沒有成為孤島之前，蕊秋已經在鬧著「困在這裏一動也不能動。」九莉自己也是她泥足的原因之一，現在好容易走成了，歐戰，叫她到哪裏去呢？

事實是，問了也未見得告訴她，因為後來看上去同來的人也未見得都知道蕊秋的目的地，告訴了她怕她無意中說出來。

在樓上，蕊秋只在房門口望了望，便道：「好了，我還要到別處去，想著順便來看看你們宿舍。」

九莉也沒問起三姑。

從食堂出來，亨利嬤嬤也送了出來。瀝青小道開始坡斜了，通往下面的環山馬路。兩旁乳黃水泥闌干，太陽把藍磁花盆裏的紅花晒成小黑拳頭，又把海面晒褪了色，白蒼蒼的像汗濕了的舊藍夏布。

「好了，那你明天來吧，你會乘公共汽車？」蕊秋用英文向九莉說。

亨利嬤嬤忽然想起來問：「你住在哪裏？」

蕊秋略頓了頓道：「淺水灣飯店。」

「噯，那地方很好，」亨利嬤嬤漫應著。

兩人都聲色不動，九莉在旁邊卻奇窘，知道那是香港最貴的旅館，她倒會裝窮，佔修道院的便宜，白住一夏天。

三人繼續往下走。

「你怎麼來的？」亨利嬤嬤搭訕著說。

「朋友的車子送我來的，」蕊秋說得很快，聲音又輕，眼睛望到別處去，是撇過一邊不提的口吻。

亨利嬤嬤一聽，就站住了腳，沒再往下送。

九莉怕跟亨利嬤嬤一塊上去，明知她絕對不會對她說什麼，但是自己多送幾步，似乎也是應當的，因此繼續跟著走。但是再往下走，就看得見馬路了。車子停在這邊看不見，但是對街有輛小汽車。當然也許是對門那家的。她也站住了。

應當就這樣微笑站在這裏，等到她母親的背影消失為止。——倒像是等著看汽車裏是什麼人代開車門，如果是對街這一輛的話。立刻返身上去，又怕趕上亨利嬤嬤。她怔了怔之後，轉身上去，又怕亨利嬤嬤看見她走得特別慢，存心躲她。

還好，亨利嬤嬤已經不見了。

此後她差不多天天到淺水灣去一趟。這天她下來吃早飯，食堂只擺了她一份杯盤，刀叉旁邊擱著一隻郵包。她不怎麼興奮。有誰寄東西給她？除非送她一本字典。這很像那種狹長的小字典，不過太長了點。拿起來一看，下面黃紙破了，露出污舊的鈔票，嚇了一跳。

特瑞絲嬤嬤進來說：「是不是你的？等著簽字呢。」

這兩句廣東話她還懂。

排門外進來了一個小老頭子。從來沒看見過這樣襤褸的郵差。在香港不是綠衣人，是什麼樣的制服都認不出，只憑他肩上掛的那隻灰白色大郵袋。廣東人有這種清奇的面貌，像古畫上的老人，瘦骨臉，兩撇細長的黑鬍鬚，人瘦毛長，一根根眉毛也特別長，主壽。他遞過收條來，又補了隻鉛筆，只剩小半截，面有得色，笑吟吟的像是說：「今天要不是我——」

等他走了，旁邊沒人，九莉才耐著性子扒開蔴繩，裏面一大疊鈔票，有封信。先看末尾簽名，是安竹斯。稱她密斯盛，說知道她申請過獎學金沒拿到，請容許他給她一個小獎學金。明年她如果能保持這樣的成績，一定能拿到全部免費的獎學金。

一數，有八百港幣，有許多破爛的五元一元。不開支票，總也是為了怕傳出去萬一有人說閒話。在她這封信是一張生存許可證，等不及拿去給她母親看。

幸而今天本來叫她去，不然要是要憋一兩天，怎麼熬得過去？在電話上又說不清楚。

心旌搖搖，飄飄然飛在公共汽車前面，是車頭上高插了隻彩旗在半空中招展。到了淺水灣，先告訴了蕊秋，再把信給她看。郵包照原樣包好了，擱在桌上，像一條洗衣服的黃肥皂。存到銀行裏都還有點捨不得，再提出來也是別的鈔票了。這是世界上最值錢的錢。

蕊秋很用心的看了信，不好意思的笑著說：「這怎麼能拿人家的錢？要還給他。」

九莉著急起來。「不是，安竹斯先生不是那樣的人。還他要生氣的，回頭還當我……當我誤會了，」她囁嚅著說。又道：「除了上課根本沒有來往。他也不喜歡我。」

蕊秋沒作聲，半晌方才咕噥了一聲：「先擱這兒再說吧。」

九莉把那張信紙再摺起來，裝進信封，一面收到皮包裏，不知道是否又看著可疑，像是愛上了安竹斯。那條洗衣服的黃肥皂躺在桌上，太大太觸目，但是她走來走去，正眼都不看它一眼。

還以為憋著好消息不說，會熬不過那一兩天。回去之後那兩天的工夫才是真不知道怎麼過的，心都急爛了。怕到淺水灣去，一天不去，至少錢還在那裏，蕊秋不會自己寫信去還他。但是再不寫信去道謝，也太不成話了，還當真是寄丟了，被郵差吞沒了——包得那麼馬虎。

她知道不會一去就提這話。照常吃了下午茶，南西來了。南西臉黃，她那皮膚最宜於日光浴，這一向更在海灘上晒的，許多人晒不出的，有些人力車夫肩背上的老金黃色，十分勻淨，配著火紅的嘴唇，火爆的洋服，雖然扁臉，身材也單薄，給人的印象非常熱艷。照例熱烈的招呼：「嗳，九莉！」她給楊醫生買了件絨線衫，拿給蕊秋看，便宜就多買兩件帶去做生意。

「嗳，你昨天輸了不少吧？」她問。

「嗳，昨天就是畢先生一個人手氣好。」蕊秋又是撂過一邊不提的口吻。「你們什麼時候回來的？」

「我們回來早，不到兩點，我說過來瞧瞧，查禮說累了。怎麼，說你輸了八百塊？」南西好奇的笑著。

九莉本來沒注意，不過覺得有點奇怪，蕊秋像是攔住她不讓她說下去，隨又岔開了，始終沒接這碴。那數目聽在耳朵裏也沒有反應，整個木然。南西去後蕊秋也沒再提還安竹斯錢的話。不提最好了，她只覺得僥倖過了一關，直到回去路上在公共汽車上才明白過來。

偏偏剛巧八百。如果有上帝的話，也就像「造化小兒」一樣，「造化弄人，」使人哭笑不得。一回過味來，就像有件什麼事結束了。不是她自己作的決定，不過知道完了，一條很長的路走到了盡頭。

後來在上海，有一次她寫了篇東西，她舅舅家當然知道是寫他們，氣得從此不來往。她三姑笑道：「二嬸回來要生氣了。」

九莉道：「二嬸怎麼想，我現在完全不管了。」

她告訴楚娣那次八百塊錢的事。「自從那回，我不知道怎麼，簡直不管了，」她夾著個英文字。

楚娣默然了一會，笑道：「她倒是為你花了不少錢。」

她知道楚娣以為她就為了八百塊港幣。

她只說：「二嬸的錢我無論如何一定要還的。」

楚娣又沉默片刻，笑道：「是項八小姐說的，天天罵也不好。」

九莉非常不好意思，詫異的笑了，但也是真的不懂，不知道項八小姐可還是在上海的時候的印象，還是因為在香港住在一個旅館裏，見面的次數多，以前不知道？其實在香港已經非常好了，簡直是二度蜜月，初度是她小時候蕊秋第一次回國。在香港她又恢復了小客人的身份，總是四五點鐘來一趟，吃下午茶。

第一次來那天，蕊秋穿著蛋黃色透明睡袍，僕歐敲門，她忽然兩手叉住喉嚨往後一縮，手臂正擋住胸部。九莉非常詫異，從來沒看見她母親不大方。也沒見她穿過不相宜的衣服，這次倒有好幾件。似乎她人一憔悴了，就亂了章法。僕歐開門送茶點進來，她已經躲進浴室。

她用那高瘦的銀茶壺倒了兩杯茶。「你那朋友比比，我找她來吃茶。她打電話來，我就約了她來。」

是說這次比比放暑假回去。

「人是能幹的，她可以幫你的忙，就是不要讓她控制你，那不好。」最後三個字聲音一低，薄薄的嘴唇稍微撮著點。

九莉知道是指同性戀愛。以前常聽見跟三姑議論有些女朋友要好，一個完全聽另一個指揮。

她舅舅就常取笑二孀三姑同性戀愛。

反正她自己的事永遠是美麗高尚的，別人無論什麼事馬上想到最壞的方面去。

九莉跟比比講起她母親，比比說也許是更年期的緣故，但是也還沒到那歲數。後來看了勞倫斯的短篇小說〈上流美婦人〉[2]，也想起蕊秋來，雖然那女主角已經六七十歲了，並不是駐顏有術，儘管她也非常保養，是臉上骨架子生得好，就經老。她兒子是個胖胖的中年人，沒結婚，去見母親的時候總很僵。「他在美婦人的子宮裏的時候一定很窘。」也使九莉想起自己來。她這醜小鴨已經不小了，而且醜小鴨沒這麼高的，醜小鷺鷥就光是醜了。

有個走讀的混血女生安姬這天偶然搭她們宿舍的車下山，車上擠著坐在九莉旁邊。後來賽梨向九莉說：

「安姬說你美。我不同意，但是我覺得應當告訴你。」

九莉知道賽梨是因為她缺乏自信心，所以覺得應當告訴她。

安姬自己的長相有點特別，也許因此別具隻眼。她是個中國女孩子的輪廓，個子不高，扁圓臉，卻是白種人最白的皮膚，那真是面白如紙，配上漆黑的濃眉，淡藍色的大眼睛，稍嫌闊厚的嘴唇，濃抹著亮汪汪的硃紅唇膏，有點嚇人一跳。但是也許由於電影的影響，她也在校花之列。

賽梨不知道有沒有告訴比比。比比沒說，九莉當然也沒提起。

此後看見安姬總有點窘。

比比從來絕口不說人美醜，但是九莉每次說：

「我喜歡卡婷卡這名字，」她總是說：

「我認識一個女孩子叫卡婷卡。」顯然這女孩子很難看，把她對這名字的印象也帶壞了。

「我喜歡娜拉這名字，」九莉又有一次說。

「我認識一個女孩子叫娜拉。」作為解釋，她為什麼對這名字倒了胃口。

九莉發現英文小說裏像她母親的倒很多。她告訴比比諾峨・考瓦德的劇本《漩渦》裏的母親茀洛潤絲與小赫胥黎有篇小說裏的母親瑪麗・安柏蕾都像。

比比便道：「她真跟人發生關係？」

「不，她不過是要人喜歡她。」

比比立刻失去興趣。

吃完下午茶，蕊秋去化妝穿衣服。項八小姐來了。九莉叫她八姐，她輩份小，其實屬於上一代。前兩年蕊秋有一次出去打牌碰見她，她攀起親戚來，雖然是盛家那邊的親，而且本來也

2・作者D. H. 勞倫斯是二十世紀英語文學中最重要的代表作家之一。《查泰萊夫人的情人》是他最膾炙人口的傑作。此處是另一篇短篇小說〈美婦人〉（The Lovely Lady），收入他一九三三年出版的《The Lovely Lady and Other Stories》一書中。

已經不來往了，但是叨在同是離婚婦，立刻引為知己，隔了幾天就來拜訪，長談離婚經過，坦白的承認想再結婚。她手頭很拮据，有個兒子跟她，十七歲了。

她去後，蕊秋在浴室裏漫聲叫「楚娣啊！」九莉自從住到她們那裏，已經知道跟三姑不對了，但是那天深夜在浴室裏轉告她剛才那些話，還是與往常一樣親密。九莉已經睡了，聽著很詫異。「反正是離了婚的就都以為是一樣的，」楚娣代抱不平。

「噯。」帶著羞意的溫暖的笑聲。

「他們那龔家也真是——！」

「噯，他們家那些少爺們。說是都不敢到別的房間裏亂走。隨便哪間房只要沒人，就會撞見有人在裏頭——青天白日。」

項八小姐做龔家四少奶奶的時候是親戚間的名美人，那時候最時行的粉撲子臉，高鼻梁。現在胖了些，雙下巴，美國國父華盛頓的髮型。一年不見，她招呼了九莉一聲，也沒有那些虛敷衍，逕向蕊秋道：「我就是來問你一聲，今天待會怎麼樣。」表示不攪糊她們說話。

「坐一會，九莉就要走了。」

「不坐了。你今天怎麼樣，跟我們一塊吃飯還是有朋友約會？」搭拉著眼皮、一臉不耐煩的神氣，喉嚨都粗嘎起來。

蕊秋頓了一頓，方道：「再說吧，反正待會還是在酒排見了面再說。還是老時候。」

「好好！」項八小姐氣憤憤的說。「那我先走了。那待會見了。」

項八小姐有時候說話是那聲口，是從小受家裏姨太太們的影響，長三堂子興這種嬌嗔，用來操縱人的。但是像今天這樣也未免太過於了，難道因為她難得到香港來玩一次，怪人家不陪她玩？

九莉沒問蕊秋預備在香港待多久。幾個星期下來，不聽見說動身，也有點奇怪起來。有一天她臨走，蕊秋跟她一塊下去，旅館樓下的服飾店古玩店在一條丁字式短巷裏面，上面穹形玻璃屋頂。蕊秋正看櫥窗，有人從橫巷裏走出來，兩下裏都笑著招呼了一聲「嗳！」是項八小姐，還有畢先生。

原來畢大使也在香港，想必也是一塊來的。

「畢先生。」

「嗳，九莉。」

「我們也是在看櫥窗，」項八小姐笑著說。「這兒的東西當然是老虎肉。」

「是不犯著在這兒買，」蕊秋說。

彷彿有片刻的沉默。

項八小姐搭訕著問道：「你們到哪兒去？」

蕊秋喃喃的隨口答道：「不到哪兒去，隨便出來走走。」

那邊他二人對立著細語了兩句，項八小姐笑著抬起手來，整理了一下畢大使的領帶。他六七十歲的人了，依舊腰板挺直，頭髮禿成月洞門，更顯得腦門子特別高，戴著玳瑁邊眼鏡，蟹殼臉，臉上沒有笑容。

看到那佔有性的小動作，九莉震了一震，一面留神自己臉上不能有表情，別過頭去瞥了她母親一眼，見蕊秋也裝不看見，又在看櫥窗，半黑暗的玻璃反映出她的臉，色澤分明，這一剎那她又非常美，幽幽的往裏望進去，有一種含情脈脈的神氣。

九莉這才朦朧的意識到項八小姐那次氣烘烘的，大概是撇清，因為蕊秋老是另有約會，剩下她和畢大使與南西夫婦，老是把她與畢先生丟在一起，待會不要怪她把畢先生搶了去。

「那我們還是在酒排見了，」項八小姐說。

大家一點頭笑著走散了。

九莉正要說「我回去了，」蕊秋說「出去走走，這兒花園非常好，」真要和她去散步，九莉很感到意外。

大概是法國宮廷式的方方正正的園子，修剪成瓶罇似的冬青樹夾道，仿白石鋪地，有幾株玫瑰花開得很好。跟她母親並排走著，非常異樣。蕊秋也許也感到這異樣，忽然講起她自己小時候的事，那還是九莉八九歲的時候午餐後訓話常講起的。

「想想從前那時候真是——！你外公是在雲南任上不在的，才二十四歲，是雲南的瘴氣。報信報到家裏，外婆跟大姨太二姨太坐在高椅子上綉花，連椅子栽倒了，昏了過去。三個人裏只有二姨太有喜，」她一直稱她生母為二姨太。「這些本家不信，要分絕戶的家產，要驗身子——哪敢讓他們驗？鬧得天翻地覆，說是假的，要趕她們出去，要放火燒房子。有些都是湘軍，從前跟老太爺的。等到月份快到了，圍住房子，把守著前後門，進進出出都要查，房頂上都有人看著。生下來是個女的。是凌嫂子拎著個籃子出去，有山東下來逃荒的，買了個男孩子，裝在籃子裏帶進來，算是雙胞胎。凌嫂子都嚇死了，進門的時候要是哭起來，那還不馬上抓住她打死了？所以外婆不在的時候丟下話，要對凌嫂子另眼看待，養她一輩子。你舅舅倒是這一點還好，一直對她不錯。」

九莉聽了先還摸不著頭腦，怔了一怔，方道：「舅舅知道不知道？」

「他不知道，」蕊秋搖搖頭輕聲說。

怪不得有一次三姑說雙胞胎一男一女的很少，九莉說「二嬸跟舅舅不是嗎？」寂靜片刻後楚娣方應了聲「噯，」笑了笑。蕊秋姐弟很像。說他們像，楚娣也笑。——沒有雙胞胎那麼像，但是一男一女的雙胞胎據說不是真正的雙胞胎。

「他們長得像是因為都吃二姨太的奶，」她後來也有點知道這時候告訴她這話，是因為此刻需要縮短距離，所以告訴她一件秘密。而且她也有這麼大了，十八歲的人可以保守秘密了。

她記得舅舅家有個凌嫂子，已經告老了，有時候還到舊主人家來玩，一身黑線呢襖袴，十分整潔，白淨的圓臉，看不出多大年紀，現在想起來，從前一定很有風韻，跟這些把門的老湘軍打情罵俏的，不然怎麼會讓她拎著籃子進去，沒搜出來？

她對這故事顯然非常有興趣，蕊秋馬上說：「你可不要去跟你舅舅打官司，爭家產。」

九莉抬高了眉毛望著她笑。「我怎麼會……去跟舅舅打官司？」

「我不過這麼說噉！也說不定你要是真沒錢用，會有一天會想起來。你們盛家的事！連自己兄弟姐妹還打官司呢。」

已經想像到她有一天窮極無賴，會怎樣去證明幾十年前貍貓換太子似的故事，去搶她舅舅快敗光了的家產。

在沉默中轉了一圈又往回走。

九莉終於微笑道：「我一直非常難受，為了我帶累二嬸，知道我將來怎樣？二嬸這樣的人，倒白葬送了這些年，多可惜。」

蕊秋頓了一頓，方道：「我不喜歡你這樣說——」

「『我不喜歡你，』句點，」九莉彷彿隱隱的聽見說。

「——好像我是另一等的人，高高在上的。我這輩子已經完了。其實我都已經想著，剩下點錢要留著供給你。」這一句捺低了聲音，而且快得幾乎聽不見。「我自己去找個去處算了。」

她沒往下說，但是九莉猜她是指哪個愛了她好些年的人，例如勞以德，那英國商人，比她年青，高個子，紅臉長下巴，藍眼睛眼梢下垂，說話總是說了一半就嗬嗬笑起來，聽不清楚了，稍微有點傻相。有一次請蕊秋楚娣去看他的水球隊比賽，也帶了九莉去，西青會游泳池邊排的座位很擠。她記得那夏季的黃昏，池邊的水腥氣，蕊秋灰藍色薄紗襯衫上的荷葉邊，蕊秋興奮的笑聲。

蕊秋一說要找個歸宿，在這一剎那間她就看見個幽暗的穿堂，舊式黑色帽架，兩翼正中嵌著一面鏡子，下面插傘。像她小時候住過的不知哪個房子，但是她自己是小客人，有點惴惴的站在過道裏，但是有童年的安全感，永遠回到了小客人的地位。

是蕊秋最恨的倚賴性在作祟。九莉留神不露出滿意的神氣。平靜的接受這消息，其實也不大對，彷彿不認為她是犧牲。

天黑下來了。

「好了，你回去吧，明天不用來了，我打電話給你。」

下一次再去，蕊秋對著鏡子化妝，第一次提起楚娣。「你三姑有信來。我一走，朋友也有了！倒好像是我阻住她。真是——！」氣憤憤的噗嗤一笑。

九莉心裏想，她們現在感情壞到這樣，勉強住在一起不過是為了省錢，但是她走了還是要人家想念她，不然還真生氣。

她沒問三姑的男朋友是什麼人。她母親這次來了以後她也收到過三姑一封信，顯然那時候還沒有，但是仍舊是很愉快的口吻，引羅素的話：「『悲觀者稱半杯水為半空，樂觀者稱為半滿。』我現在就也在享受我半滿的生活。」

九莉不喜歡她這麼講，回信也沒接這個碴。她心目中的二嬸三姑永遠是像她小時候第一次站在旁邊看她們換衣服出去跳舞，蕊秋穿著淺粉色遍地小串水鑽纓子齊膝衫，楚娣穿黑，腰際一朵藍絲絨玫瑰，長裙。她白淨肉感，小巧的鼻子有個鼻結，不過有點刨牙，又戴著眼鏡。其實就連那時候，在兒童的眼光中她們也已經不年青了。永遠是夕陽無限好，小輩也應當代為珍惜，自己靠後站，不要急於長大，這是她敬老的方式。年青的人將來日子長著呢，這是從小常聽蕊秋說的，但是現在也成了一種逃避，一切宕後。

蕊秋這次見面，似乎打定主意不再糾正她的一舉一動了。這一天傍晚換了游泳衣下樓去，叫她「也到海邊去看看。」

要她見見世面？她覺得她母親對她死了心了，這是絕望中的一著。

並排走著，眼梢帶著點那件白色游泳衣，乳房太尖，像假的。從前她在法國南部拍的海灘上的照片永遠穿著很多衣服，長袴，鸚哥綠織花毛線涼鞋遮住腳背，她裹過腳。總不見得不下水？九莉避免看她腳上這雙白色橡膠軟底鞋。纏足的人腿細而直，更顯得鞋太大，當然裏面襯墊了東西。

出了小樹林，一帶淡赭紅的沙灘，足跡零亂。有個夫婦倆帶著孩子在淌水，又有一家人在打海灘球，都是廣東人或「澳門人」。只有九莉穿著旗袍，已經夠刺目了，又戴著眼鏡，是來香港前楚娣力勸她戴的。她總覺得像週身戴了手套，連太陽照著都隔了一層。

「看喏！」蕊秋用腳尖撥了撥一隻星魚。

星魚身上一粒粒突出的圓點鑲嵌在漆黑的紋路間，像東南亞的一種嵌黑銀鐲。但是那鼓唧唧的銀色肉疱又使人有點毛骨悚然。

「游泳就怕那種菓凍魚，碰著像針刺一樣疼，」蕊秋說。

九莉笑道：「噯，我在船上看見的。」到香港來的船上，在船舷上看見水裏一團團黃霧似的飄浮著。

留這麼大的空地幹什麼，她心裏想。不蓋點船塢什麼的，至少還有點用處。其實她剛才來的時候，一下公共汽車，瀝青道旁簇擁著日本茉莉的叢樹，圓墩墩一堆堆濃密的綠葉堆在地上，黃昏時分蟲聲唧唧，蒸發出一陣陣茉莉花香，林中露出一帶瓶式白石闌干，已經興奮起來，覺得一定像南法海邊。不知道為什麼，一跟她母親在一起，就百樣無味起來。

「就在這兒坐坐吧。」蕊秋在林邊揀了塊白石坐下。

蚊子咬得厲害。當眾不能抓癢，但是終於不免抓了抓腿肚子。「這兒蚊子真多。」

「不是蚊子，是沙蠅，小得很的。」

「叮了特別癢。早曉得穿襪子了。」到海灘上要穿襪子？

憋著不抓，熬了很久。

水裏突然湧起一個人來，映在那青灰色黃昏的海面上，一瞥間清晰異常，崛起半截身子像匹白馬，一撮黑頭髮黏貼在眉心，有些白馬額前拖著一撮黑鬃毛，有穢褻感，也許因為使人聯想到陰毛。他一揚手向這邊招呼了一聲，蕊秋便站起身來向九莉道：「好，你回去吧。」

九莉站起來應了一聲，但是走得不能太匆忙。看見蕊秋踏著那太大的橡膠鞋淌水，腳步不大穩。那大概是個年青的英國人，站在水裏等她。

那天到宿舍裏來是不是他開車送她去的？

九莉穿過樹林上去。她想必是投奔她那「去處」之前，乘此多玩幾天，最後一次了，所以還不走。只替她可惜耽擱得太久，忽然見老了，覺得慘然。不知道那等著她的人見了面可會失望。

那天回去，在宿舍門口揿鈴。地勢高，對海一隻探海燈忽然照過來，正對準了門外的乳黃小亭子，兩對瓶式細柱子。她站在那神龕裏，從頭至腳浴在藍色的光霧中，別過一張驚笑的臉，向著九龍對岸凍結住了。那道強光也一動都不動。他們以為看見了什麼了？這些笨蛋，她心裏納罕著。然後終於燈光一暗，撥開了。夜空中斜斜劃過一道銀河似的粉筆灰闊條紋，與別的條紋交叉，並行，懶洋洋劃來劃去。

不過那麼幾秒鐘的工夫。修女開了門，裏面穿堂黃黯黯的，像看了迴腸蕩氣的好電影回來，彷彿回到童年的家一樣感到異樣，一切都縮小了，矮了，舊了。她快樂到極點。

又一天到淺水灣去，蕊秋又帶她到園子裏散步，低聲閒閒說道：「告訴你呀，有樁怪事，我的東西有人搜過。」

「什麼人？」九莉驚愕的輕聲問。

「還不是警察局？總不止一次了，箱子翻過又還什麼都歸還原處。告訴南西他們先還不信。我的東西動過我看不出來？」

「不知道為什麼？」

「還不是看一個單身女人，形跡可疑，疑心是間諜。」

九莉不禁感到一絲得意。當然是因為她神秘，一個黑頭髮的瑪琳黛德麗。

「最氣人的是這些人這麼怕事。本來說結伴走大家有個照應，他們認識的人多，楊醫生又是醫生，可以多帶點東西做生意。遇到這種時候就看出人來了——噯喲！」她笑嘆了一聲。

九莉正要說跟畢大使一塊來的，總不要緊，聽見這樣說就沒作聲。

「你這兩天也少來兩趟吧。」

這是在那八百塊港幣之後的事。叫她少來兩趟她正中下懷。

此後有一次她去，蕊秋在理行李。她在旁邊遞遞拿拿，插不上手去，索性坐視。

「哪，你來幫我揿著點，」蕊秋忽然惱怒的說，正把縫衣機打包，綑上繩子，叫她捺住一個結，又叫放手。縫衣機幾乎像條小牛一樣奔突，好容易把它放翻了。

項八小姐來坐了一會，悄悄的，說話特別和軟遲慢，像是深恐觸怒她。去後蕊秋說：

「項八小姐他們不走。她跟畢先生好了，倒也好，她本來要找個人結婚的。他們預備在香港住下來。」

九莉還是沒問她到哪裏去。想必是坐船去。正因為她提起過要找個歸宿的話，就像是聽見風就是雨，就要她去實行。勞以德彷彿聽說在新加坡。

她沒再提間諜嫌疑的事，九莉也沒敢問，不要又碰在她氣頭上。

「萬一有什麼事，你可以去找雷克先生，也是你們學校的，你知道他？」

「噯，聽見說過，在醫科教書的。」

「要是沒事就不用找他了。」頓了一頓，又道：「你就說我是你阿姨。」

「嗯。」

顯然不是跟她生氣。

那還是氣南西夫婦與畢先生叫她寒心？尤其畢先生現在有了項八小姐，就不管她的事了？也不像。要是真為了畢先生跟項八小姐吃醋，她也不肯擺在臉上，項八小姐也不好意思露出小心翼翼怕觸怒她的神氣。

那是跟誰生氣？難道氣那海邊的年青人不幫忙？萍水相逢的人，似乎不能怪人家不作保。而且好像沒到警局問話的程度，不過秘密調查。又有雷克在，不是沒有英國人作保，還是當地大學講師，不過放暑假，不見得在這裏。

九莉也沒去研究。

動身那天她到淺水灣飯店，下大雨，出差汽車坐滿了一車人，也不知道有沒有一塊走的還是都是送行的，似乎補償前一個時期的冷淡，分外熱烈，簇擁著蕊秋咭咭呱呱說笑。

蕊秋從人堆裏探身向車窗外不耐煩的說：「好了，你回去吧！」像是說她根本不想來送。她微笑站在階前，等著車子開了，水花濺上身來。

二

「這比比！還不下來！」婀墜在看手錶。

「死囉死囉！」兩個檳榔嶼姑娘還在低聲唱誦。

「你是不要緊的，有你哥哥給你補課，」其中的一個說。

「哪裏？他自己大考，哪有工夫？昨天打電話來，問『怎麼樣？』」柔絲微笑著說，雪白滾圓的臉上，一雙畫眉鳥的眼睛定定的。

九莉吃了牛奶麥片，炒蛋，麵包，咖啡，還是心裏空撈撈的，沒著沒落，沒個靠傍。人整個掏空了，填不滿的一個無底洞。

特瑞絲嬷嬷忙出忙進，高叫「阿瑪麗！」到洗碗間去找那孤兒院的女孩子。樓上又在用法文銳叫「特瑞絲嬷嬷！」她用廣東話叫喊著答道：「雷啦雷啦！」一面低聲嘟囔著咒罵著，匆匆趕上樓去。

幾個高年級的馬來亞僑生圍著長桌的一端坐著。華僑女生都是讀醫的，要不然也不犯著讓女孩子家單身出遠門。大家都知道維大只有醫科好。

照例醫科六年，此地七年，又容易留級，高年級生三十開外的女人都有，在考場上也是老兵了，今天不過特別沉默。平時在飯桌上大說大笑的，都是她們內行的笑話，夾著許多術語，實驗室內穿的醫生的白外衣也常穿回來。九莉只聽懂了一次講一個同班生真要死，把酒精罐裏的一根性器官丟在解剖院門口瀝青道上，幾個人笑得前仰後合。

「雷克最壞了，」有一天她耳朵裏刮著一句。是怎麼壞，沒聽出所以然來。她們的話不好懂，馬來亞口音又重，而且開口閉口「Man!」倒像西印度群島的土著，等於稱對方「老兄」。熱帶英屬地的口頭禪橫跨兩大洋，也許是從前的海員傳播的，又從西印度群島傳入美國爵士樂界。

她們一天到晚除了談上課與醫院實習的事故，就是議論教授。教授大都「壞」。英國教授本來有幽默諷刺的傳統，慣會取笑學生，不過據說醫科嘲弄得最殘忍。

但是比比也說雷克壞。問她怎麼壞，只板著臉掉過頭去說「Awful.」他教病理學，想必總是解剖屍體的時候輕嘴薄舌的，讓女生不好意思，尤其是比比這樣有曲線的。九莉告訴她她母親認識雷克，就沒說有事可以去找他的話。

有一天九莉頭兩堂沒課，沒跟車下去，從小路走下山去。下了許多天的春雨，滿山兩種紅色的杜鵑花簌簌落個不停，蝦紅與紫桃色，地下都鋪滿了，還是一棵棵的滿樹粉紅花。天晴了，山外四周站著藍色的海，地平線高過半空。附近這一帶的小樓房都是教授住宅。經過一座小老洋房，有人倚著木柱坐在門口洋台闌干上，矮小俊秀，看去不過二三十歲，蒼白的臉，冷酷的淺色眼珠在陽光中透明，視而不見的朝這邊望過來。她震了一震，是雷克，她在校園裏看見過他，總是上衣後襟稀皺的。

靠裏那隻手拿著個酒瓶。上午十點鐘已經就著酒瓶獨飲？當然他們都喝酒。聽說英文系主任夫婦倆都是酒鬼。到他們家去上四人課，有時候遇見他太太，小母雞似的，一身褪色小花布連衫裙，笑吟吟的，眼睛不朝人看，一溜就不見了。按照毛姆的小說上，是因為在東方太寂寞，小城生活苦悶。在九莉看來是豪華的大都市，覺得又何至於此，總有點疑心是做作，不然太舒服了不好意思算是「白種人的負担」。她不知道他們小圈子裏的窒息。

安竹斯也喝酒，他那磚紅的臉總帶著幾分酒意，有點不可測，所以都怕他。已經開始發胖了，漆黑的板刀眉，頭髮生得很低，有個花尖。上課講到中世紀武士佩戴的標記與家徽，問嚴明昇：「如果你要選擇一種家徽，你選什麼？」嚴明昇是個極用功的矮小僑生，當下扶了一扶鋼絲眼鏡，答道：「獅子。」

鬨堂大笑，安竹斯依舊沉著臉問：「什麼樣的獅子？睡獅還是張牙舞爪的獅子？」

中國曾經被誚為睡獅。明昇頓了一頓，只得答道：「張牙舞爪的獅子。」

又更鬨堂大笑。連安竹斯都微笑了。九莉笑得斜枕在桌子上，笑出眼淚來。

有一次在安竹斯辦公室裏上四人課，她看見書橱裏清一色都是《紐約客》合訂本，不禁笑道：「這麼許多《紐約客》！」有點驚異英國人看美國雜誌。

安竹斯隨手拿了本給她。「你要不要借去看？隨時可以來拿，我不在這兒也可以。」

從此她總揀他不在那裏的時候去換，沒多久一橱都看完了。抽書是她的拿手，她父親買的小說有點黃色，雖然沒明說，不大願意她看，她總是乘他在烟舖上盹著了的時候躡手躡腳進去，把書桌上那一大疊悄悄抽一本出來，看完了再去換。

安竹斯的獎學金，她覺得只消寫信去道謝，他住得又遠，但是蕊秋一定要她去面謝，只得約了同班生賽梨陪著去，叫了兩輛黃包車，來回大半天的工夫。她很僵，安竹斯立刻露出不耐煩的神氣，只跟賽梨閒談了幾句，二人隨即告辭出來。

賽梨常說安竹斯人好，替他不平，氣憤憤的說：「其實他早該做系主任了，連個教授都沒當上，還是講師！」

他是劍橋出身，彷彿男色與左傾是劍橋最多。九莉有時候也想，不知道是否這一類的事招忌。他沒結婚，不住校園裏教授都有配給的房子，寧可大遠的路騎車來回。當然也許是因為教授住宅區窒息的氣氛。他顯然欣賞賽梨，上課總是喜歡跟她開玩笑。英國儘多孤僻的老獨身漢，也並不是同性戀者。

此外他常戴一根紅領帶，不過是舊磚紅色，不是大紅。如果是共產黨，在講台上的言論倒也聽不出，儘管他喜歡問一八四八，歐洲許多小革命紛起的日期。

有人說文科主任麥克顯厲害。九莉上過他的課，是個虎頭虎腦的銀髮老人，似乎不愛看書，根本不是個知識份子。大概是他作梗，過不了他這一關。

「死囉！死囉！黛芙妮你怎麼樣，看你一點也不急。」賽梨吃完了坐到這邊桌上來。越是怕看見她，偏就坐在旁邊，一回頭看見九莉，便道：「九莉快講點給我聽，什麼都行！」

九莉苦笑道：「這次我也什麼都不知道。」

賽梨把頭一摔，別過臉去。「你還這麼說！你是不用担心的——」但是突然咽住了，頓了一頓，改向黛芙妮嚷道：「死囉，死囉，今天真是來攞命了！」又在椅子上一顛一顛。

賽梨是一本清賬，其實還有誰不知道？那天安竹斯問了個問題，接連幾個人答不出，他像死了心了，不耐煩的叫了聲「密斯盛。」九莉也微笑著向他搖搖頭。他略怔了怔，又叫別人，聽得出聲音裏有點生氣。班上寂靜片刻。大家對這些事最敏感的。

今年她的確像他信上預言的，拿到全部免費的獎學金，下半年就不行了。安竹斯該作何感想，以為她這樣經不起慣——多難為情。

為什麼這學期念不進去，主要是因為是近代史，越到近代越沒有故事性，越接近報紙。報上的時事不但一片灰色，枯燥乏味，而且她總不大相信，覺得另有內幕。

比比也說身邊的事比世界大事要緊，因為畫圖遠近大小的比例。窗台上的瓶花比窗外的群眾場面大。

比比終於下來了，坐都來不及坐下，站著做了個炒蛋三明治，預備帶在車上吃。

車輪谷碌碌平滑的向手術室推去，就要開刀了。

餐桌對著一色鴨蛋青的海與天，一片空濛中只浮著一列小島的駝峰剪影，三三兩兩的一行烏龜，有大有小。幾架飛機飛得很低，太黑，太大，鴨蛋殼似的天空有點托不住。忽然沉重的訇訇兩聲。
「又演習了，」一個高年級的僑生說。
九莉看見地平線上一輛疾馳的汽車爆炸了，也不知道是水塔還是蓄油桶爆炸，波及路過的汽車。只一瞥就不見了，心裏已經充滿了犯罪的感覺。安竹斯有輛舊汽車，但是不坐，總是騎自行車來，有時候看到她微笑一揮手。
又砰砰砰幾聲巨響，從海上飄來，相當柔和。
大家都朝外面看，亨利嬤嬤不知道什麼時候從後面進來了，低著頭籠著手，翻著一雙大黑眼睛，在濃睫毛下望著眾人，一張大臉抵緊了白領口，擠出雙下巴來。
「大學堂打電話來，說日本人在攻香港，」她安靜的說，聲音不高。
頓時譁然。
「剛才那是炸彈！」「我說沒聽見說今天演習嘍！」「嗳，嬤嬤嬤嬤，可說炸了什麼地方？」「怎麼空襲警報也沒放？」
「糟糕，我家裏在青衣島度週末，不知道回來了沒有，」賽梨說。「我打個電話去。」
「打不通，都在打電話。路克嬤嬤打給修道院也沒打通，」亨利嬤嬤說。
「嬤嬤嬤嬤，是不是從九龍攻來的？」
「嬤嬤嬤嬤，還說了些什麼？」
七張八嘴，只有九莉不作聲，坐在那裏一動也不動，冰冷得像塊石頭，喜悅的浪潮一陣陣高漲上來，沖洗著岩石。也是不敢動，怕流露出欣喜的神情。

劍妮鼻子裏哼了一聲，冷笑道：「蛇鑽的窟窿蛇知道，剛才嬤嬤進來一說，人家早知道了，站起來就走。」

大家聽了一怔，一看果然茹璧已經不見了。

本港的女孩子都上去打電話回家。剩下的大都出去看。不看見飛機。花匠站在鐵闌干外險陡的斜坡上，手搭涼篷向海上望去。坡上鋪著草坪，栽著各色花樹。一畦赤紅的鬆土裏，一棵棵生菜像淡綠色大玫瑰苞，有海碗的碗口大。

比比倚在鐵闌干上，倒仰著頭，去吃三明治裏下垂的一綹子炒蛋。

「噯，這白布還是收進來吧，飛機上看得見的，」婀墜指著矮牆上晾著的修女的白包頭，都是幾尺見方，漿得畢挺，貼在邊緣上包著鋁質的薄板上。

亨利嬤嬤趕出來叫道：「進去進去！危險的！」沒人理，只好對著兩個檳榔嶼姑娘吆喝。她們是在家鄉修道院辦的女校畢業的，服從慣了，當下便笑著徜徉著進去了。

「花王啊！」亨利嬤嬤向花匠叫喊。「把排門上起來。你們就在這兒最安全了，地下層。」隨即上樓去打聽消息。

食堂上了排門，多數也都陸續進來了，見賽梨坐在一邊垂淚，她電話打不通。有個高年級生在勸她不要著急。本地的女生都在樓上理東西，等家裏汽車來接。茹璧第一個打電話回家叫汽車來接，已經接了去了。

比比從後門進來，補吃麥片。九莉坐到她旁邊去。賽梨又上去打電話。幾個高年級生又高談闊論起來，說日本人敢來正好，香港有準備的，新加坡更是個堡壘，隨時有援兵來。

「花王說一個炸彈落在深水灣，」特瑞絲嬤嬤匆匆進來報告。她崇拜瘦小蒼老的花匠。他夫妻倆帶著個孩子住在後門口一間水門汀地小房間裏。

「嬤嬤！黃油沒有了！」比比膩聲抱怨著，如泣如訴。「嬤嬤你來摸摸看，咖啡冰冷的，嬤嬤你給換一壺來。」

特瑞絲沒作聲，過來端起咖啡壺黃油碟子就走。

劍妮頹然坐著，探雁脖子往前伸著點，蒼黃的鵝蛋臉越發面如土色，土偶似的，兩隻眼睛分得很開，凝視著面前桌上。

只有排門上端半透明的玻璃這點天光，食堂像個陰暗的荷蘭宗教畫，兩人合抱的方形大柱粉刷了乳黃色，亮紅方磚砌地，僧寺式長桌坐滿一桌人，在吃最後的晚餐。

「劍妮是見過最多的──戰爭，」婀墜笑著說，又轉向九莉道：「上海租界裏是看不見什麼，哦？」

「噯。」

九莉經過兩次滬戰，覺得只要照她父親說的多囤點米、煤，吃得將就點，不要到戶外去就是了。

一個高年級生忽然問劍妮，但是有點惴惴然，彷彿怕招出她許多話來，劍妮顯然也知道：「戰爭是什麼樣的？」

劍妮默然了一會，細聲道：「還不就是逃難，苦，沒得吃。」

熱咖啡來了。一度沉默之後，桌上復又議論紛紛。比比只顧埋頭吃喝，臉上有點悻悻然。吃完了向九莉道：「我上去睡覺了。你上去不上去？」

在樓梯上九莉說：「我非常快樂。」

「那很壞，」比比說。

「我知道。」

「我知道你認為自己知道壞就不算壞。」

比比是認為偽君子也還比較好些，至少肯裝假，還是向上。

她喜歡辯論，九莉向來懶得跟她辯駁。

她們住在走廊盡頭隔出來的兩小間，對門，亮紅磚地。九莉跟著她走進她那間。

「我累死了，」她向床上一倒，反手搥著腰。她曲線太深陡，仰臥著腰瘦，因為懸空。

九莉在椅子上坐下來。兩邊都是長窗，小房間像個玻璃泡泡，高懸在海上。當然是地下層安全，但是那食堂的氣氛實在有窒息感。

「你等午餐再叫我。」

玻璃泡泡弔在海港上空，等著飛機彈片來爆破它。

不喜歡現代史，現代史打上門來了。

比比拉扯著身下的睡袋，襯絨裏子的睡袋特別悶，抖出一絲印度人的氣味來。「你在看什麼書？」

「歷史筆記。」

比比噗嗤一笑，笑她亡羊補牢。

她是覺得運氣太好了，怕不能持久——萬一會很快的復課，還是要考。

中午突然汽笛長鳴，放馬後砲解除空襲警報。

午後比比接了個電話，回到樓上來悄悄笑道：「一個男孩子找我看電影。電影院照樣開門。」

「什麼片子？」

「不知道，不管是什麼，反正值得去一趟。」

「噯，看看城裏什麼樣子。」

「你要不要去？」她忽然良心上過不去似的。

九莉忙笑道：「不不，我不想去。」

她從來不提名道姓，總是「一個男孩子。」有一次忽然半惱半笑的告訴九莉：「有的男孩子跟女朋友出去過之後要去找妓女，你聽見過沒有這樣的事？」

九莉是寧死也不肯大驚小怪的，只笑笑。「這也可能。」

又一天，她說「馬來亞男孩子最壞了，都會嫖。」

「印度男孩子最壞了，跟女朋友再好些也還是回家去結婚，」她說。

又有一次她氣烘烘走來道：「婀墜說沒有愛情這樣東西，不過習慣了一個男人就是了。」

聽上去婀墜不愛她的李先生。

「你說有沒有？」比比說。

九莉笑道：「有。」

「我不知道，」她大聲說，像是表示不負責，洗手不管了，別過身去沒好氣的清理書桌。

夏夜，男生成群的上山散步，距她們宿舍不遠便打住了，互挽著手臂排成長排，在馬路上來回走，合唱流行歌。有時候也叫她們宿舍裏女生的名字，叫一聲，一陣雜亂的笑聲。叫賽梨的時候最多，大都是這幾個英文書院出身的本港女孩子，也有時候叫比比。大概是馬來人唱歌求愛的影響，但是集體化了，就帶開玩笑的性質，不然不好意思。

「那些男孩子又在唱了，」樓上嗤笑著說。

雖然沒有音樂伴奏，也沒有和音，夜間遠遠聽著也還悅耳。九莉聽了感到哀愁。

開戰這天比比下山去看電影，晚上回來燈火管制，食堂裏只點一隻白蠟燭，但是修女們今天特別興奮，做了炸牛腦，炸蕃薯泥丸子，下午還特地坐宿舍的車上城去，買新鮮法國麵包，去了兩個修女。她們向來像巡警一樣，出去總是一對對，互相保護監視。

「跟誰去看電影的？是不是陳？」婀墜問，「是陳是吧？哈！摸黑送你上山——」拍著手笑，又撇著國語說了一遍，暗示摸的不光是黑。

這裏沒幾個人懂國語的，比比不管是否有點懂，更不理會，只埋頭吃飯。特瑞絲嬤嬤替她留著的。

「你曉得，是有一種奇怪的感覺，黑魆魆的，票房點著藍燈，」她低聲向九莉說。「看了一半警報來了，照樣看下去，不過電影好像加了點情節，有味些。」

飯後婀墜的李先生、劍妮的魏先生都來了。劍妮與魏先生站在後門外冬青樹叢旁邊低聲談話，借著門內的一角微光，避嫌疑。婀墜與李先生並排站在食堂外甬道裏，背靠在水門汀牆上，抱著胳膊默然無語。李先生也是馬來亞僑生，矮小白淨弔眼梢，娃娃生模樣，家裏又有錢，有橡膠園。

人來人往，婀墜向人苦笑。

「怎麼都不到客廳來坐？上來上來！」年邁的掛名舍監馬克嬤嬤在小樓梯上探出半身往下喊。「還有劍妮呢？」

婀墜只報以微笑，小尖臉上露出筋骨來，兩顴紅紅的。

比比又在低唱吉爾伯、瑟利文的歌劇：「巫婆跨上了掃帚滿天飛……」

當夜九莉聽比比說男生鬧著要報名參軍，李先生也要去報名，婀墜不讓他去，所以兩人鬧彆扭。

醫科學生都要派到郊外急救站去，每組二男一女。兩個檳榔嶼姑娘互相嘲戲，問希望跟哪個男生派在一起，就像希望跟誰翻了船漂流到荒島上。

等日本兵來了，這不是等於拴在樹上作虎餌的羊？九莉心裏想。當然比比不會沒想到。不去不行，要開除學籍。

比比在上海的英國女校當過學生長，自然是戰時工作者的理想人選，到時候把隨身帶的東西打了個小包，說走就走，不過說話嗓子又小了，單薄悲哀，像大考那天早上背書的時候一樣。

只剩下九莉劍妮兩個讀文科的，九莉料想宿舍不會為了她們開下去。聽見說下午許多同學都去跑馬地報名做防空員，有口糧可領，便問劍妮「去不去，一塊去？」

劍妮略頓了頓，把眉毛一挑，含笑道：「好，一塊去。」

飯後九莉去叫她，沒人應，想必先走了一步。九莉沒想到她這麼討厭她。

浩浩蕩蕩幾百個學生步行去報名，她一個也不認識，也沒去注意劍妮在哪裏。遇到轟炸，就在跑馬地墓園對過。冬天草坪仍舊碧綠，一片斜坡上去，碧綠的山上嵌滿了一粒粒白牙似的墓碑，一直伸展到晴空裏。柴扉式的園門口掛著一副綠泥黃木對聯：「此日吾軀歸故土，他朝君體亦相同」，是華僑口吻，滑稽中也有一種陰森之氣，在這面對死亡的時候。

歸途有個男生拎來一蔴袋黑麵包，是防空總部發下的，每人一片。九莉從來沒吃過這麼美味的麵包。

「我差點炸死了，一個炸彈落在對街，」她腦子裏聽見自己的聲音在告訴人。告訴誰？難道還是韓媽？楚娣向來淡淡的，也不會當樁事。蕊秋她根本沒想起。比比反正永遠是快樂的，她死了也是一樣。

差點炸死了，都沒人可告訴，她若有所失。

回來已經天黑了。亨利嬤嬤向她勾了勾頭，帶著秘密的神氣，像是有塊糖單給她一個人，等她走近前來，方道：「魏先生把劍妮接了去了。我們都要回修道院，此地宿舍要關門了，你可以到美以美會的女宿舍去，她們會收容你的。就在大學堂這裏不遠，你去就找唐納生小姐。」

美以美會辦的是女職員宿舍。九莉覺得修道院這時候把她往陌生人那裏一推推得乾乾淨淨，彷彿有點理虧，但是她也知道現在修道院高級難民擠得滿坑滿谷，而且人家都是教友。她自己又心虛，還記得那年夏天白住，與她母親住淺水灣飯店的事。她當晚就去見唐納生小姐，是個英國老小姐，答應她搬進來住，不過不管伙食。

是簡陋的老洋房，空房間倒很多，大概有親友可投奔的都走了。她一人住一間，光線很暗。沒想到會在這裏遇見檳榔嶼的玫瑰——柔絲到她房門口來招呼，態度不大自然，也許是怕她問起怎麼沒到急救站去。當然一定是柔絲的哥哥不讓她去，把她送到這裏來了，又有個同鄉章小姐也住在這裏，可以照應她。那章小姐有四五十歲了，對九莉非常冷淡，九莉起先也不知道為什麼，過了兩天，發現同住的人都很神秘，去浴室的時候難得遇見，都是低頭疾趨而過，一瞥即逝。在半黑暗中，似乎都是長得歪歪扁扁的廣東女人。

唐納生小姐還有別的女傳教師住在一起，僱著個女傭，但是樓下的廚房似乎沒有人使用，永遠清鍋冷灶的。穿堂裏一隻五斗櫥上的熱水瓶倒總是裝滿了的。防空機關官樣文章太多，口糧始終沒發下來。九莉帶來的小半筒餅乾吃完了以後，就靠吃開水，但是留心不把一瓶都喝光了，不然主人自己要用沒有，一生氣也許會停止供應。

她開始明瞭大家為什麼鬼鬼祟祟。又不是熟人，都怕別人絕糧告幫，認識了以後不好意思不分點給人。尤其這是個基督教的所在，無法拒絕。

想必章小姐也警告過柔絲了，所以柔絲也躲著她。

傍晚下班回來，正忙著積點自來水——因為制水——做點瑣事，突然訇然一聲巨響，接著人聲嗡嗡。本來像一座空屋，忽然出來許多人，結集在樓梯口與樓下穿堂裏。她也下去打聽。

柔絲駭笑道：「炮彈片把屋頂削掉一個角。都說樓上危險。」

九莉也跟著她們坐在樓梯上。梯級上鋪著印花油布。

有人叫道：「柔絲你哥哥來了。林醫生來了。」畢業班的醫科學生都提前尊稱為醫生。

「噯呀，大哥，你這時候怎麼能來，我們這裏剛中了彈片。」

「這裏危險，我來接你的，快跟我來。」一見九莉是她原宿舍的同學，便道：「你的朋友要不要一塊去？」

九莉忙應了一聲，站起身來，見柔絲欲言又止，不便告訴她哥哥她正遠著九莉。

三人走了出來，林醫生道：「到邦納堂去，那裏安全。」那是個男生宿舍。

從橫街走上環山馬路，黃昏中大樹上開著大朵的硃紅聖誕花。忽然吱呦嘔嘔嘔嘔一聲銳叫，來了個彈片。

「快跑，」林醫生說。

三人手拉手狂奔起來。

吱喲嘔嘔嘔……那錐耳朵的高音拖得不知多長才落地。九莉覺得她這人太暴露了，簡直擴展開去成為稀薄的肉網，在上空招展，捕捉每一個彈片。

林醫生居中，扯著她們倆飛跑。跑不快帶累了人家，只好拼命跑。吱呦嘔——吱呦——吱呦嘔嘔嘔嘔！倒越發密了。

馬路又是往上坡斜的，儘管斜度不大，上山的路長了也更透不過氣來，胸前壓著塊鐵板。轉入草坡小徑方才脫險。到了男生宿舍，在食堂裏坐下來，這才聽見砲聲一聲聲轟著，那聲音聽著簡直有安全感。林醫生找了些《生活》雜誌來給她們看，晚上停砲後又送了她們回去。

防空站在一個圖書館裏，站長是個工科講師，瘦小的廣東人，留英的，也間接認識九莉的母親與三姑，曾經托他照應，因此指名要了她來做他的秘書，是個肥缺，在戶內工作。

「你會不會打字？」他首先問，坐在打字機前面。

「不會。」

他皺了皺眉，繼續用一隻手打幾份報告。

他交給她一本練習簿，一隻鬧鐘，叫她每次飛機來的時候記下時間。
她不懂為什麼，難道日本飛機這麼笨，下次還是這時候來，按時報到？
「時間記下來沒有？」總是他問。
九莉笑道：「噯呀，忘了。」連忙看鐘，估著已經過了五分鐘十分鐘了。
看圖書館的小說，先還是壓在練習簿下面看。
為了不記錄轟炸的時間，站長有一天終於正色問道：「你要不要出去工作？」眼睛背後帶著點不懷好意的微笑。
她知道防空員是要救火的，在炸燬的房屋裏戳戳搗搗，也可能有沒爆炸的炸彈，被炸掉一隻手、一條腿。「願意，」她微笑著說。
但是他知道她不認識路，附近地區也不熟，又言語不通，也就不提了。
嗡潤唔唔！——又在轟炸。這一聲巨響比較遠，聲音像擂動一隻兩頭小些的大鐵桶，洪亮中帶點嘶啞。
嗡潤嗯唔唔！這一聲近些。
昨天鎗林彈雨中大難不死，今天照樣若無其事的炸死你。
嗡潤唔唔！城中遠遠近近都有隻大鐵桶栽倒了，半埋在地下。
嗡潤嗯嗯唔唔！這次近了，地板都震動，有碎玻璃落地聲。
「機關鎗有用的，打得下來！」她偶然聽見兩個男生爭論，說起圖書館屋頂平台上的兩隻機關鎗，才知道是這兩挺機鎗招蜂惹蝶把飛機引了來，怪不得老在頭上團團轉。

「你下樓去好了，這兒有我聽電話，」站長說。

她搖搖頭笑笑，儘管她在樓上也不過看小說。現在站長自己記錄轟炸時間。

她希望這場戰事快點結束，再拖下去，「瓦罐不離井上破，」遲早圖書館中彈，再不然就是上班下班路上中彈片。

希望投降？希望日本兵打進來？

這又不是我們的戰爭。犯得著為英殖民地送命？

當然這是遁詞。是跟日本打的都是我們的戰爭。

國家主義是二十世紀的一個普遍的宗教。她不信教。

國家主義不過是一個過程。我們從前在漢唐已經有過了的。

這話人家聽著總是遮羞的話。在國際間你三千年五千年的文化也沒用，非要能打，肯打，才看得起你。

但是沒命還講什麼？總要活著才這樣那樣。

她沒想通，好在她最大的本事是能夠永遠存為懸案。也許要到老才會觸機頓悟。她相信只有那樣的信念才靠得住，因為是自己體驗到的，不是人云亦云。先擱在那裏，亂就亂點，整理出來的體系未必可靠。

這天晚上正在房中摸黑坐著，忽然聽見樓梯上比比喊著「九莉」，拿著隻蠟燭上來了，穿著灰布臨時護士服，頭髮草草的擄在耳後。

「你看我多好，走了這麼遠的路來看你。」

她分配到灣仔。九莉心裏想也許好些，雖然是貧民區，鬧市總比荒涼的郊野危險較少，但是是否也是日軍登陸的地方？

「你們那兒怎麼樣？」

比比不經意的喃喃說了聲「可怕。」

「怎麼樣可怕？」

「還不就是那些受傷的人，手臂上戳出一隻骨頭，之類。」

「柔絲也在這裏。」

「噯，我看見她的。」

問起「你們口糧發了沒有？」九莉笑道：「還沒有。事實是我兩天沒吃東西了。」

「早知道我帶點給你，我們那兒吃倒不成問題。其實我可以把晚飯帶一份來的。」

「不用了。我這兒還有三塊錢，可以到小店買點花生或是餅乾。」

比比略搖了搖頭道：「不要。又貴又壞，你不說廣東話更貴，不犯著。你要是真能再忍兩天的話——因為我確實知道你們就要發口糧了，消息絕對可靠。」

比比是精明慣了的，餓死事小，買上當了事大。但是九莉也實在不想去買，較近只有堅道上的一兩家，在路旁石壁上挖出店面來，背山面海，灰撲撲的雜貨店，倒像鄉下的野舖子，公共汽車走過，一瞥間也感到壁壘森嚴，欺生排外。

「幾點了？你還要回去？」

「今天就住在這兒吧。你有沒有毯子？」

「沒有，我找到些舊雜誌拿來蓋著。」《生活》雜誌夠大，就是太光滑，容易掉下地去。

比比去到樓上另一間房裏，九莉聽見那邊的談笑聲。過了一會，她就帶了兩床軍用毯回來。

九莉也沒問是跟誰拿的。始終也不知道柔絲住在哪裏。

沒有被單，就睡在床墊上。吹熄了蠟燭，脫衣上床。在黑暗中，粗糙的毯子底下，九莉的腿碰到比比的大腿，很涼很堅實。她習慣了自己的腿長，對比比的腿有點反感，聯想到小時候在北邊吃的紅燒田雞腿。也許是餓的緣故。但是自從她母親告誡她不要跟比比同性戀愛，心上總有個疑影子，這才放心了。因為她確是喜歡比比金棕色的小圓臉，那印度眼睛像黑色的太陽。她有時候說：「讓我撳一撳你的鼻子。」

「幹什麼？」比比說。但是也送了上來。

九莉輕輕的捺了捺她的鼻尖，就觸電似的手臂上一陣麻，笑了起來。

她也常用一隻指頭在九莉小腿上戳一下，撇著國語說：「死人肉！」因為白得泛青紫。她大概也起反感。

她一早走了。九莉去上班，中午站長太太送飯來，幾色精緻的菜，又盛上一碗火腿蛋炒飯，九莉在旁邊一陣陣頭暈。屋頂上守著兩隻機關鎗的男生不停的派人下來打聽口糧的消息，站長說他屢次打電話去催去問了，一有信息自會告訴他們。

直到下班仍舊音訊杳然。

美以美會宿舍的浴室只裝有一隻灰色水門汀落地淺缸。圍城中節水，缸裏的龍頭點點滴滴，九莉好容易積了一漱盂的水洗襪子，先洗一隻。天已經黑下來，快看不見了。

「九莉！」柔絲站在浴室門口。「安竹斯先生死了！打死了。」

九莉最初的反應是忽然佔有性大發，心裏想柔絲剛來了半年，又是讀醫的，她又知道什麼安竹斯先生了。但是面部表情當然是震動，只輕聲叫了聲「怎麼？」

校中英籍教師都是後備軍，但是沒想到已經開上前線。九莉也沒問是哪裏來的消息，想必是她哥哥。

柔絲悄悄的走了。

九莉繼續洗襪子，然後抽噎起來，但是就像這自來水龍頭，震撼抽搐半天才迸出幾點痛淚。這才知道死亡怎樣了結一切。本來總還好像以為有一天可以對他解釋，其實有什麼可解釋的？但是現在一陣涼風，是一扇沉重的石門緩緩關上了。

她最不信上帝，但是連日轟炸下，也許是西方那句俗語：「壕洞裏沒有無神論者。」這時候她突然抬起頭來，在心裏對樓上說：「你待我太好了。其實停止考試就行了，不用把老師也殺掉。」

次日一早女傭來說唐納生小姐有請。下樓看見全宿舍的人都聚集在餐室，互祝「快樂的聖誕」。原來今天聖誕節，還是正日，過得連日子都忘了。

近天花板有隻小窗戶裝著鐵柵，射進陽光來，照在餐桌上的墨綠漆布上。唐納生小姐請吃早飯，煉乳紅茶，各色餅乾糖菓。九莉留下幾塊餅乾握在手心裏帶了出去，去上班，途中遇見個同學告訴她香港投降了，她還不敢相信，去防空站看了，一個人也沒有。

在醫科教書的一個華僑醫生出面主持，無家可歸的外埠學生都遷入一個男生宿舍，有大鍋飯可吃。搬進去第一天，比比還在灣仔沒回來，有人來找九莉。

她下樓去，廣大的食堂裏桌椅都疊在一邊，再也沒想到是同班生嚴明昇含笑迎了上來，西裝穿得十分齊整，像個太平年月的小書記。他一度跟她競爭過，現在停課了，大家各奔前程，所以來道別，表示沒什麼芥蒂？她還真有點怕人看見，不要以為他是她的男朋友。比比有一次不知道聽見人說她什麼話，反正是把她歸入嚴明昇一類，非常生氣。此地與英美的大學一樣，流行「紳士丙」（the gentleman C），不興太用功的。

寒暄後九莉笑道：「你可預備離開這裏？」她自己一心想回上海，滿以為別人也都打算回家鄉，見他臉上有種曖昧的神氣，不懂是為什麼。那時候她還不知道，投降後一兩天內，賽梨等一行人已經翻過山頭到重慶去了。走的人很多。

也有人約比比一塊走，說願意也帶九莉去。比比告訴她，她覺得有點侮辱性，分明將她當火腿上的一根草繩。

「重慶轟炸得厲害。你不跟我回上海去嗎？你家裏在那裏，總好些，」她向比比說。上海人總覺得一樣淪陷，上海總好些。

比比是無可無不可。常約她出去的陳沒走，弄到一塊黃油送她，她分給九莉拌飯吃，大概是波斯菜的吃法。又送了一瓶雞汁醬油。陳與她同是孩兒面，不過白，身材纖瘦，也夠高的。九莉有一次問她，她說他孩子氣，「自以為他喜歡我。」

她也許比較喜歡另一個姓酈的，也是僑生，喜歡音樂，有時候也約她出去，煩惱起來一個人出去走路，走一夜。這次與賽梨她們一同走了。約比比一塊去的極可能也就是他。後來他跟賽梨在內地結婚了。

九莉也沒找個地方坐下，就站著跟嚴明昇閒談了兩句。他也沒提起安竹斯陣亡的事，根本沒提戰時的事。那天去跑馬地報名，她似乎一個同班生也沒看見。這些遠道來讀文科的僑生明知維大文科不好，不過是來混文憑的，所以比較世故，不去冒這險做防空員。

「註冊處在外面生了火，」明昇忽然說。「在燒文件。」

「為什麼？」

他咕噥了一聲：「銷燬文件。日本兵還沒開來。」

「哦……噯。」她抱著胳膊站在玻璃門邊，有點茫然，向門外望去，彷彿以為看得見火光。

明昇笑道：「下去看看吧？好大的火。許多人都去看。」

九莉笑著說不去，明昇又道：「火好大噉！不去看看？我陪你去。」

「你去吧，我不去了。」

「所有的文件都燒了，連學生的記錄、成績，全都燒了，」說罷，笑得像個貓。

九莉這才知道他的來意。此地沒有成績報告單，只像放榜一樣，貼在佈告板上，玻璃罩著，大家圍著擠著看。她也從來不好意思多看，但是一眼看見就像烙印一樣，再也不會忘記，隨即在人叢中擠了出去。分數燒了，確是像一世功名付之流水。

他還再三要陪她去看，她好容易笑著送走了他，回到樓上去，想起小時候有一次發現她的一張水彩畫上有人用鉛筆打了個橫槓子，力透紙背，知道是她弟弟，那心悸的一剎那。

比比回來了之後，陸續聽見各救護站的消息，只有一站上有個女僑生，團白臉，矮矮的，童化頭髮，像個日本小女學生，但是已經女扮男裝剪短了頭髮，穿上男式襯衫長袴，拿著把掃帚在掃院子。一個日本兵走上前來，她見機逃進屋去，跑上樓去站在窗口作勢要跳，他倒也就算了。竟是《撒克遜英雄略》[3]裏的故事。

不知道是否因為香港是國際觀瞻所繫，進入半山區的時候已經軍紀很好。宿舍大禮堂上常有日本兵在台上叮叮咚咚一隻手彈鋼琴。有一次有兩個到比比九莉的房間來坐在床上，彼此自己談話，坐了一會就走了。

有一天九莉聽見說有個教授住宅裏有澡可洗，人當然都進了集中營了，不知道為什麼水龍頭裏有熱水。她連忙帶了毛巾肥皂趕去，浴室關著門，有人在放洗澡水。她也不敢走遠，怕又有人來佔了位子，去到半樓梯的小書室看看，一地白茫茫的都是亂紙，半山區平日採樵的貧民來洗劫過了。以前她和比比週末坐在馬路邊上鐵闌干上談天，兩腳懸空宕在樹梢頭，樹上有一球球珍珠蘭似的小白花，時而有一陣香氣浮上來；底下山坡上白霧中偶然冒出一頂笠帽，帽簷下掛著一圈三寸長的百摺藍布面幕，是撿柴草的女人——就是她們。

這是她英文教授的房子。她看他的書架，抽出一本畢爾斯萊插畫的《莎樂美》，竟把插圖全撕了下來，下決心要帶回上海去，保存一線西方文明。

久等，浴室門著門，敲門也不應，也不知道是在洗衣服還是泡得舒服，睡著了。等來等去，她倒需要去浴室了。到別處去，怕浴室有了空檔被人搶了去，白等這些時，只得掩上房門蹲下來。空心的紙團與一層層紙頁上沙沙的一陣雨聲。她想起那次家裏被賊偷了，臨去拉了泡屎，據說照例都是這樣，為了運氣好。是不是做了賊就是賊的行徑？

項八小姐與畢先生來看過她，帶了一包腐竹給她。她重托了他們代打聽船票的消息。

項八小姐點頭道：「我們也要走。」

電話不通，她隔些時就去問一聲，老遠的走了去。他們現在不住旅館了，租了房子同居。主持救濟學生的李醫生常陪著日本官員視察。這李醫生矮矮的，也是馬僑，搬到從前舍監

3・Ivanhoe，台灣譯名為《劫後英雄傳》，是英國作家沃爾特・史考特（Sir Walter Scott）著名的歷史冒險小說，曾改編拍成電影。

的一套房間裏住，沒帶家眷。手下管事的一批學生都是他的小同鄉，內中有個高頭大馬很肉感的一臉橫肉的女生似乎做了壓寨夫人。大家每天排隊領一盤黃豆拌罐頭牛肉飯，拿著大匙子分發的兩個男生越來越橫眉豎目，彷彿是吃他們的。而這也是實情。夜裏常聽見門口有卡車聲，是來搬取黑市賣出的米糧罐頭——從英政府存糧裏撥出來的。

「婀墜跟李先生要結婚了，」比比說。「就註個冊，宿舍裏另撥一間房給他們住。」

九莉知道她替婀墜覺得不值得。

況且橡膠園也許沒有了，馬來亞也陷落了。蕊秋從新加坡來過信——當然沒提勞以德——現在也不知道她還在那裏不在。

九莉跟比比上銀行去，銀行是新建的白色大廈，一進門，光線陰暗，磁磚砌的地上一大堆一大堆的屎，日本兵拉的。黃銅柵欄背後，行員倒全體出動，一個個書桌前都有人坐著，坐得最近的一個混血兒皺著眉，因為空氣太難聞。他長袖襯衫袖子上勒著一條寬緊帶，把袖口提高，便於工作，還是廿世紀初西方流行的，九莉見了恍如隔世。

她還剩十三塊錢存款，全提了出來。比比答應借錢給她買船票，等有船的時候。

「留兩塊，不然你存摺沒有了，」比比說。

「還要存摺幹什麼？」

比比沒有她的世界末日感。

人行道上一具屍首，規規矩矩躺著，不知道什麼人替他把胳膊腿都並好，一身短打與鞋襪都乾乾淨淨。如果是中流彈死的，這些天了，還在。

比比忙道：「不要看。」她也就別過頭去。

上城一趟，不免又去順便買布。她新發現了廣東土布，最刺目的玫瑰紅地子上，綠葉粉紅花朵，用密點渲染陰影，這種圖案除了日本衣料有時候有三分像，中國別處似乎沒有。她疑心是從前原有的，湮滅了。

中環後街，傾斜的石板路越爬越高。戰後布攤子特別多，人也特別擠，一疋疋桃紅蔥綠映著高處的藍天，像山城的集市。比比幫她挑揀講價，攤販口口聲聲叫「大姑」。比比不信不掉色，蘸了點唾沫抹在布上一陣猛揉。九莉像給針戳了一下，攤販倒沒作聲。

人叢中忽然看見劍妮與魏先生，大家招呼。魏先生沒開口，靠後站著。劍妮大著肚子，天暖沒穿大衣，把一件二藍布旗袍撐得老遠，看上去肚子既大又長，像昆蟲的腹部。九莉竭力把眼睛釘在她臉上，不往下看，但是她那鮮艷的藍袍實在面積太大了，儘管不看它，那藍色也浸潤到眼底，直往上泛。也許是它分散了注意力，說話有點心不在焉。

「我以為你們一定走了，」九莉說。

見劍妮笑了，臉上掠過一絲詭秘的陰影，她還不懂為什麼，就沒想到現在「走」是去重慶的代名詞，在稠人廣眾中有危險性的話。而且他們要走當然是去重慶。他在家鄉又有太太，他們不會回去。就是要去，火車船票也都買不到，不會已經走了。

「走是當然也想走，」劍妮終於拖長了聲音說。「可是也麻煩，他們老太爺老太太年紀大了，得要保重些……」隨即改用英文問比比她們現在的住處的情況，談了兩句就點頭作別。

他們一走，比比就鼓起腮幫子像含著一口水似的，忍笑與九莉四目相視，二人都一語不發。

三

自從日本人進了租界，楚娣洋行裏留職停薪，過得很省。九莉回上海那天她備下一桌飯菜，次日就有點不好意思的解釋：「我現在就吃蔥油餅，省事。」

「我喜歡吃蔥油餅，」九莉說。

一天三頓倒也吃不厭，覺得像逃學。九莉從小聽蕊秋午餐訓話講營養學，一天不吃蔬菜魚肉就有犯罪感。

有個老秦媽每天來洗衣服打掃，此外就是站在煤氣灶前煎蔥花薄餅，一張又一張。她是小腳，常抱怨八層樓上不沾地氣，所以腿腫。

蕊秋走的時候，公寓分租給兩個德國人，因為獨身漢比較好打發，女人是非多。楚娣只留下一間房，九莉來了出一半膳宿費，楚娣托親戚介紹她給兩個中學女生補課。她知道她三姑才享受了兩天幽獨的生活，她倒又投奔了來，十分抱歉。

楚娣在窗前捉到一隻鴿子，叫她來幫著握住牠，自己去找了根繩子來，把牠一隻腳拴在窗台上。鴿子相當肥大，深紫閃綠的肩脖一伸一縮扭來扭去，力氣不打一處來，叫人使不上勁，捉在手裏非常興奮緊張。兩人都笑。

「這要等老秦媽明天來了再殺，」楚娣說。

九莉不時去看看牠。鴿子在窗外團團轉，倒也還安靜。

「從前我們小時候養好些鴿子，奶奶說養鴿子眼睛好，」楚娣說。

想必因為看牠們飛，習慣望遠處，不會近視眼，但是他們兄妹也還是近視。

誰知這隻鴿子一夜憂煎，像伍子胥過昭關，雖然沒變成白鴿，一夜工夫瘦掉一半。次日見了以為換了隻鳥。老秦媽拿到後廊上殺了，文火燉湯，九莉吃著心下慘然，楚娣也不作聲。不擱茴香之類的香料，有點腥氣，但是就這一次的事，也不犯著去買。

項八小姐與畢先生從韶關坐火車先回來了。畢大使年紀大了，沒去重慶。他們結了婚了。項八小姐有時候來找楚娣談天。她有個兒子的事沒告訴他。

楚娣悄向九莉笑道：「項八小姐的事，倒真是二嬸作成了她。畢先生到香港去本來是為了二嬸。因為失望，所以故意跟項八小姐接近，後來告訴二嬸說是弄假成真了。」

「二嬸生氣，鬧間諜嫌疑的時候，畢先生不肯幫忙。」

「那他是太受刺激的緣故。」

「那次到底也不知道是怎麼回事，會疑心二嬸是間諜。」

「我也不清楚，」楚娣有點遲疑。「項八小姐說是因為跟英國軍官來往，所以疑心是打聽情報。說就是那英國軍官去報告的。」

就是那海邊一同游泳的年青人，九莉心裏想。原來是他去檢舉邀功。怪不得二嬸臨走的時候那麼生氣。

也怪不得出了事畢先生氣得不管了。

「勞以德在新加坡？」

她只知道新加坡陷落的時候二嬸坐著難民船到印度去了。

「勞以德打死了。死在新加坡海灘上。從前我們都說他說話說了一半就笑得聽不見說什麼了，不是好兆頭。」

在九莉心目中，勞以德是《浮華世界》裏單戀阿米麗亞的道彬一型的人物，等了一個女人許多年，一定是要跟她結婚的。不過一直不確定他是在新加坡，而且她自從那八百港幣的事之後，對她母親極度淡漠，不去想她，甚至於去了新加坡一兩年，不結婚，也不走，也都從來沒想到是怎麼回事。

聽上去是與勞以德同居了。既然他人也死了，又沒結婚，她就沒提蕊秋說要去找個歸宿的話。

楚娣見她彷彿有保留的神氣，卻誤會了，頓了一頓，又悄悄笑道：「二嬸那時候倒是為了簡煒離的婚。可是他再一想，娶個離了婚的女人怕妨礙他的事業，他在外交部做事。在南京，就跟當地一個大學畢業生結婚了。後來他到我們那兒去，一見面，兩人眼睜睜對看了半天，一句話都沒說。」

她們留學時代的朋友，九莉只有簡煒沒見過，原來有這麼一段悲劇性的戀史。不知道那次來是什麼時候？為了他離婚，一進行離婚就搬了出去，那就是在她們的公寓裏。但是蕊秋回來了四年才離婚，如果是預備離了婚去嫁他，不會等那麼久。總是回國不久他已經另娶，婚後到盛家來看她，此後拖延了很久之後，她還是決定離婚。

是不是這樣，也沒問楚娣。在她們這裏最忌好奇心，要不然她三姑也不會告訴她這些話。她弟弟楚娣就說他「賊」——用了個英文字「sneaky」，還不像「賊」字帶慧黠的意味。其實九莉知道他對二嬸三姑一無所知，不過他那雙貓兒眼總彷彿看到很多。

蕊秋有一次午餐後講話，笑道：「你二叔拆別人的信。」楚娣在旁也攢眉笑了起來。九莉永遠記得那弦外之音：自己生活貧乏的人才喜歡刺探別人的私事。

但是簡煒到她家裏來的那最後一幕，她未免有點好奇，因為是她跟她母親比較最接近的時期。同在一個屋簷下，會一點都不知道。有客來，蕊秋常笑向楚娣道：「小莉還好，叫二嬸，要是小林跑進來，大叫一聲媽媽，那才真——！」其實九林從來沒有大聲叫過媽媽，一直羨慕九莉叫二嬸。

她也不過這麼怙惙了一下，向來不去回想過去的事。回憶不管是愉快還是不愉快的，都有一種悲哀，雖然淡，她怕那滋味。她從來不自找傷感，實生活裏有得是，不可避免的。但是光就這麼想了想，就像站在個古建築物門口往裏張了張，在月光與黑影中斷瓦頹垣千門萬戶，一瞥間已經知道都在那裏。

離婚的時候蕊秋向九莉說：「有些事等你大了自然明白了。我這次回來是跟你二叔講好的，我回來不過是替他管家。」

回國那天，一個陪嫁的青年男僕毓恒去接船，是卞家從前的總管的兒子，小時候在書房伴讀的。不知怎麼沒接到，女傭們都皇皇然咬耳朵。毓恒又到碼頭上去了，下午終於回來了，說被舅老爺家接了去了，要晚上才回來。

九莉九林已經睡了，又被喚醒穿上衣服，覺得像女傭們常講的「跑反」的時候，夜裏動身逃難。三開間的石庫門房子，正房四方，也不大，地下豎立著許多大箱子，蕊秋楚娣隔著張茶几坐在兩張木椅上。女傭與陪嫁的丫頭碧桃都擠在房門口站著，滿面笑容，但是黯淡的燈光下，大家臉上都有一團黑氣。

九莉不認識她們了。當時的時裝時行拖一片掛一片，兩人都是泥土色的軟綢連衫裙，一深一淺。蕊秋這是唯一的一次也戴著眼鏡。

蕊秋嗤笑道：「噯喲！這襪子這麼緊，怎麼還給她穿著？」九莉的英國貨白色厚洋毛襪洗的次數太多，硬得像一截洋鐵烟囪管。

韓媽笑道：「不是說貴得很嗎？」

「太小了不能穿了！」蕊秋又撥開她的前劉海。「噯喲，韓大媽，怎麼沒有眉毛？前劉海太長了，萋住眉毛長不出來。快剪短些。」

九莉非常不願意。半長不短的前劉海傻相。

「我喜歡這漂亮的年青人，」楚娣說著便把九林拉到身邊來。

「小林怎麼不叫人？」

「叫了。」韓媽俯下身去低聲叫他再叫一聲。

「噯喲，小林是個啞巴。他的余媽怎麼走了？」

「不知道嘛，說年紀大了回家去了。」韓媽有點心虛，怕當是她擠走了的。

「韓大媽倒是不見老。」

「老嘍，太太！在外洋吃東西可吃得慣？」

楚娣習慣的把頭一摔，鼻子不屑的略嗅一嗅。「吃不慣自己做。」

「三小姐也自己做？」

「不做嘀（怎樣）搞啊？」楚娣學她的合肥土白。

「三小姐能幹了。」

楚娣忽道：「噯，韓大媽，我們今天嘀睡啊？」半開玩笑而又帶著點挑戰的口吻。

「嘀睡呀？要嘀睡就嘀睡！都預備好了。」

「都預備好了」這句話似乎又使楚娣恐慌起來，正待開口，臨時又改問：「有被單沒有啊？」

「怎麼沒有？」

「乾淨不乾淨？」

「啊啊啊呃——！」合肥話拖長的「啊」字，捲入口腔上部，攙入咽喉深處粗厲的吼聲，從半開的齒縫裏迸出來，不耐煩的表示「哪有這等事？」「新洗的，怎麼會不乾淨？」

九莉覺得奇怪，空氣中有一種緊張。蕊秋沒作聲，但是也在注意聽著。

她父親上樓來了，向蕊秋楚娣略點了點頭，就繞著房間踱圈子，在燈下晃來晃去，長衫飄飄然，手裏夾著雪茄烟。隨便問了兩句路上情形，就談論她舅舅與天津的堂伯父們。

一直是楚娣與他對答，蕊秋半晌方才突然開口說：「這房子怎麼能住？」氣得聲音都變了。

他笑道：「我知道你們一定要自己看房子，不然是不會合意的，所以先找了這麼個地方將就住著。」再跟楚娣談了兩句，便道：「你們也早點歇著吧，明天還要早點出去看房子。我訂了份新聞報，我叫他們報來了就送上來。」說著自下樓去了。

室中寂靜片刻，簇擁在房門口的眾婦女本來已經走開了，碧桃又回來了，手抄在衣襟下倚門站著。

蕊秋向韓媽道：「好了，帶他們去睡吧。」

韓媽忙應了一聲，便牽著兩個孩子出來了。

在新房子裏，她父親也是自己住一間房，在二樓，與楚娣的臥室隔著一間，蕊秋又住在楚娣隔壁。孩子們與教中文的白鬍子老先生住四樓，女傭住三樓，隔開了兩代，防夜間噪鬧。

「你們房間跟書房的牆要什麼顏色，自己揀，」蕊秋說。

九莉與九林並坐著看顏色樣本簿子，心裡很怕他會一反常態，發表起意見來。照例沒開口。九莉揀了深粉紅色，隔壁書房漆海綠。第一次生活在自製的世界裏，狂喜得心臟都要綳裂了，住慣了也還不時的看一眼就又狂喜起來。四樓「閣樓式」的屋頂傾斜，窗戶狹小，光線陰暗，她也喜歡，像童話裏黑樹林中的小屋。

中午下樓吃飯，她父親手夾著雪茄，繞著皮面包銅邊方桌兜圈子，等蕊秋楚娣下來。楚娣在飯桌上總是問他：「楊兆霖怎麼樣了？」「錢老二怎麼樣了？」打聽親戚的消息。他的回答永遠是諷刺的口吻。

楚娣便笑道：「反正你們這些人——！」

又道：「也是你跟他拉近乎。」

蕊秋難得開口，只是給孩子們夾菜的時候偶而講兩句營養學。在沉默中，她垂著眼瞼，臉上有一種內向的專注的神氣，脈脈的情深一往，像在淺水灣飯店項八小姐替畢先生整理領帶的時候，她在櫥窗中反映的影子。

他總是第一個吃完先走，然後蕊秋開始飯後訓話：受教育最要緊，不說謊，不哭，弱者才哭，等等。「我總是跟你們講理，從前我們哪像這樣？給外婆說一句，臉都紅破了，眼淚已經掉下來了。」

九莉有點起反感，一個人為什麼要這樣怕另一個人，無論是誰？

「外婆給你舅舅氣的，總是對我哭，說你總要替我爭口氣。」

楚娣吃完了就去練琴，但是有時候懶得動，也坐在旁邊聽著。所以有一天講起戀愛，是向楚娣笑著說的：「只要不發生關係，等到有一天再見面的時候，那滋味才叫好呢！一有過關係，那就完全不對了，」說到末了聲音一低。

又道：「小林啊！你大了想做什麼事？姐姐想做鋼琴家，你呢？你想做什麼？唔？」

「我想學開車，」九林低聲說。

「你想做汽車夫？」

他不作聲。

「想做汽車夫還是開火車的？」

「開火車的，」他終於說。

「小林你的眼睫毛借給我好不好？」楚娣說。「我明天要出去，借給我一天就還你。」

他不作聲。

「肯不肯，呃？這樣小器，借給我一天都不肯？」

蕊秋忽然笑道：「乃德倒是有這一點好，九林這樣像外國人，倒不疑心。其實那時候有那教唱歌的意大利人……」她聲音低下來，宕遠了。

「乃德」是愛德華的暱稱，比「愛德」「愛迪」古色古香些。九莉看見過她父親的名片，知道另有名字，但是只聽見她母親背後稱他為乃德，而且總是親暱的聲口，她非常詫異。

蕊秋叫女傭拿蓖麻油來，親自用毛筆蘸了給九莉畫眉毛，使眉毛長出來。

吃完了水菓喝茶，蕊秋講起在英國到湖泊區度假，剛巧當地出了一件謀殺案，是中國人，跟她們前腳後腳去的。

「真氣死人，那裏的人對中國什麼都不知道，會問『中國有雞蛋沒有？』偏偏在這麼個小地方出個華人殺妻案，丟人不丟人？」

「還是個法學博士，」楚娣說。

「他是留美的，蜜月旅行環遊世界。他們是在紐約認識的。」

楚娣把頭一摔，不屑的把鼻子略嗅了嗅。「那匡小姐醜。」作為解釋。

「年紀也比他大，這廖仲義又漂亮，也不知道這些外國人看著這一對可覺得奇怪，也許以為中國人的眼光不同些。這天下午四五點鐘他一個人回旅館來，開旅館的是個老小姐，一塊吃茶。他怎麼告訴她的？楚娣啊？」

「說他太太上城買東西去了。」

「噯，說去買羊毛襯衫袴去了，沒想到天這麼冷。——後來找到了，正下雨，先只看見她的背影，打著傘坐在湖邊。」

極自然的一個鏡頭，尤其在中國，五四以來無數風景照片中拍攝過的。蕊秋有點神經質的笑了起來。

「把她一隻絲襪勒在頸子上勒死的，」她輕聲說，似乎覺得有點穢褻。「赤著腳，兩隻腳浸在湖裏。還不是她跟他親熱，他實在受不了了。噯喲，沒有比你不喜歡的人跟你親熱更噁心的了！」她又笑了起來，這次是她特有的一種喘不過氣來的羞笑。

又道：「說她幾張存摺他倒已經都提出來了。」

楚娣悻悻然道：「也真莫名其妙，偏揀這麼個地方，兩個中國人多戳眼。」

「所以我說是一時實在忍不住了，事後當然有點神經錯亂。——都說廖仲義漂亮，在學生會很出風頭的，又有學位，真是前途無量，多不犯著！」

九莉當時也就知道「你不喜歡的人跟你親熱最噁心」是說她父親。她也有點知道楚娣把那醜小姐自比，儘管羞與為伍。

很久以後她看到一本蘇格蘭場文斯雷探長的回憶錄，提起當年帶他太太去湖泊區度假，正跟太太說湖上是最理想的謀殺現場。他看見過這一對中國新夫婦，這天下午碰見男的身上掛著照相機，一個人過橋回來，就留了個神。當晚聽見說女的還沒回來，就拿著個手電筒到橋那邊去找。雨夜，發現湖邊張著把傘，屍身躺在地下，檢驗後知道她是從一塊大石上滑下來的。是坐在大石上的時候，並坐或是靠近站在她背後的人勒死她的，顯然是熟人。她衣服也穿得很整齊，沒有被非禮。

文斯雷會同當地的警探去找他的時候，才九點鐘，他倒已經睡了。告訴他他太太被殺，他立刻說：「有沒有捉到殺我太太的強盜？」偵探說：「我並沒說她被搶劫。」

她戴著幾隻鑽戒，旅館裏的人都看見的。湖邊屍首上沒有首飾。在他行李裏搜出她的首飾與存摺，但是沒有鑽戒。他說：「按照中國的法律她的東西都是我的。」把他的照相機拿去，照片沖洗出來都是風景。末了在一筒軟片裏找到了那幾隻鑽戒。

回憶錄沒說死者醜陋，大概為了避免種族觀念的嫌疑，而且不是艷屍也殺風景，所以只說是他「見過的最矮小的女太太。」她父親是廣州富商，幾十個子女，最信任她，從十幾歲起就交給她管家，出洋後又還在紐約做古玩生意。他追求她的時候，把兩百元存入一家銀行，又提出一大部份，存入另一家銀行，這樣開了許多戶頭，預備女家調查他。

結婚那天，她在日記上寫道：「約定一點半做頭髮。我想念我的丈夫。」

蕊秋似乎猜對了，這是個西方化的精明強幹的女人，不像舊式的小姐們好打發。

但是日記上又有離開美國之前醫生給她的噩耗：她不能生育。探長認為她丈夫知道了之後，不孝有三，無後為大，所以殺了她。這是自以為了解中國人的心理。

蕊秋回國後遊西湖，拍了一張照片，在背面題道：

「回首英倫，黛湖何在？

想湖上玫瑰

依舊嬌紅似昔，

但毋忘我草

卻已忘儂，

惆悵恐重來無日。

支離病骨，

還能幾度秋風？

浮生若夢，

無一非空。

即近影樓台

亦轉眼成虛境。」

看來簡煒也同去湖泊區。

帶回來的許多照片裏面，九莉看到她父親寄到國外的一張，照相館拍的，背面也題了首七絕，她記不全了：

「才聽津門□□鳴，

又聞塞上鼓鞞聲。

書生□□□□，

兩字平安報與卿！」

看得哈哈大笑。

楚娣有一天說某某人做官了，蕊秋失笑道：「現在怎麼還說做官，現在都是公僕了。」九莉聽了也差點笑出聲來。她已經不相信報紙了。

這時候簡煒大概還沒結婚。

午飯後她跟上樓去，在浴室門口聽蕊秋繼續餐桌講話。磅秤上擱著一雙黑鱗紋白蛇皮半高跟扣帶鞋，小得像灰姑娘失落的玻璃鞋。蕊秋的鞋都是定做的，腳尖也還是要塞棉花。再熱的天，躺在床上都穿絲襪。但是九莉對她的纏足一點也不感到好奇，不像看余媽洗腳的小腳有怪異感。

乃德有人請客，叫條子，遇見在天津認識的一個小老七，是他的下堂妾愛老三的小姐妹。小老七懷念起愛老三來，叫她的人就叫她轉局，坐到乃德背後去，說話方便些。席上也有蕊秋的弟弟雲志，當個笑話去告訴蕊秋。已經公認愛老三老，這小老七比她還大幾歲，身材瘦小，滿面烟容，粉搽得發青灰色，還透出雀斑來，但是乃德似乎很動了感情。

也就是這兩天，女傭收拾乃德的臥室，在熱水汀上發現一隻銀灰色綢傘，拿去問楚娣蕊秋，不是她們的。蕊秋叫她拿去問乃德，也說不知道哪來的。女傭又拿來交給蕊秋，蕊秋叫她「還擱在二爺房裏水汀上。」

過了兩天，這把傘不見了。蕊秋楚娣笑了幾天。

下午來客，大都是竺家的表大媽帶著表哥表姐們，他們都大了，有時候陪著蕊秋楚娣出去茶舞，再不然就在家裏開話匣子跳舞。如果是表大媽妯娌們同來，就打麻將。蕊秋高起興來會下廚房做藤蘿花餅，炸玉蘭片，爬絲山藥。乃德有時候也進來招呼，踱兩個圈子又出去了。

竺家的純姐姐蘊姐姐二十一二歲，姐妹倆同年，蘊姐姐是姨太太生的。有次晚上兩人都穿著蘋菓綠輕紗夾袍，長不及膝，一個在左下角，一個在襟上各綴一朵洒銀粉淡綠大絹花。人都說純姐姐圓臉，甜，蘊姐姐鵝蛋臉，眼睛太小一點，像古美人。九莉也更崇拜純姐姐，她開過畫展，在字林西報上登過照片，是個名媛。

九莉現在畫小人，畫中唯一的成人永遠像蕊秋，纖瘦、尖臉，鉛筆畫的八字眉，眼睛像地平線上的太陽，射出的光芒是睫毛。

「喜歡純姐姐還是蘊姐姐？」楚娣問。

「都喜歡。」

「不能說都喜歡。總有一個更喜歡的。」

「喜歡蘊姐姐。」因為她不及純姐姐，再說不喜歡她，不好。純姐姐大概不大在乎。人人都喜歡她。

蕊秋楚娣剛回來的時候，竺大太太也問：

「喜歡二嬸還是三姑？」

「都喜歡。」

「都喜歡不算。兩個裏頭最喜歡哪個？」

「我去想想。」

「好，你去想吧。」

永遠「二嬸三姑」一口氣說，二位一體。三姑後來有時候說：「從前二嬸大肚子懷著你的時候，」即使純就理智上了解這句話都費力。

「想好了沒有？」

「還沒有。」

但是她知道她跟二嬸有點特殊關係，與三姑比較遠些，需要拉攏。二嬸要是不大高興也還不要緊。

「想好了沒有？」

「喜歡三姑。」

楚娣臉上沒有表情，但是蕊秋顯然不高興的樣子。

早幾年乃德抱她坐在膝上，從口袋裏摸出一隻金鎊，一塊銀洋。「要洋錢還是要金鎊？」老金黃色的小金餅非常可愛，比雪亮的新洋錢更好玩。她知道大小與貴賤沒關係，可愛也不能作準。思想像個大石輪一樣推不動。苦思了半天說：「要洋錢。」

乃德氣得把她從膝蓋上推下來，給了她一塊錢走了。

表大媽來得最勤。她胖，戴著金絲眼鏡，頭髮剪得很短。蕊秋給大家取個別號，揀字形與臉型相像的：竺大太太是瓜瓜，竺二太太是豆豆，她自己是青青，楚娣是四四。

「小莉老實，」竺大太太常說。「忠厚。」

「『忠厚乃無用之別名，』知道不知道？」蕊秋向九莉說。

「她像誰？小林像你。像不像三姑？」竺大太太說。

「可別像了我，」楚娣說。

「她就有一樣還好，」蕊秋說。

在小說裏，女主角只有一樣美點的時候，永遠是眼睛。是海樣深、變化萬端的眼睛救了她。九莉自己知道沒有，但是仍舊抱著萬一的希望。

「嗯，哪樣好？」竺大太太很服從的說。

「你猜。」

竺大太太看了半天。「耳朵好？」

耳朵！誰要耳朵？根本頭髮遮著看不見。

「不是。」

她又有了一線希望。

「那就不知道了。你說吧，是什麼？」

「她的頭圓。」

不是說「圓顱方趾」嗎，她想。還有不圓的？

竺大太太摸了摸她的頭頂道：「噯，圓。」彷彿也有點失望。

蕊秋難得單獨帶她上街，這次是約了竺大太太到精美吃點心，先帶九莉上公司。照例店夥搬出的東西堆滿一櫃檯，又從裏面搬出兩把椅子來。九莉坐久了都快睡著了，那年才九歲。去了幾個部門之後出來，站在街邊等著過馬路。蕊秋正說「跟著我走；要當心，兩頭都看了沒車子——」忽然來了個空隙，正要走，又躊躇了一下，彷彿覺得有牽著她手的必要，一咬牙，方才抓住她的手，抓得太緊了點，九莉沒想到她手指這麼瘦，像一把細竹管橫七豎八夾在自己手上，心裏也很亂。在車縫裏匆匆穿過南京路，一到人行道上蕊秋立刻放了手。

九莉感到她剛才那一剎那的內心的掙扎，很震動。這是她這次回來唯一的一次形體上的接觸。顯然她也有點噁心。

九莉講個故事給純姐姐聽，是她在小說月報上看來的，一個翻譯的小說。這年青人隔壁鄰居有三姐妹，大姐黑頭髮，二姐金黃頭髮，三妹纖弱多病，銀色頭髮。有一天黃昏時候，他在她們花園裏遇見一個女孩子，她發瘋一樣的抱得他死緊，兩人躺在地下滾來滾去的瘋。那地方黑，他只知道是三姐妹中的一個，不知道是哪一個，她始終沒開口。第二天再到她們家去，留神看她們的神氣，聽她們的口氣，也還是看不出來。到底是沉靜的大姐，還是活潑熱情的二姐，還是羞怯的三妹？

純姐姐定睛聽著，臉上不帶笑容。她對這故事特別有興趣，因為她自己也是姐妹花。追求她的人追不到，都去追她妹妹。

「後來呢？」

「底下我不記得了，」九莉有點忸怩的說。

純姐姐急了，撒起嬌來，呻吟道：「唔……你再想想。怎麼會不記得？」

九莉想了半天。「是真不記得了。」

要不是她實在小，不會懂，純姐姐真還以為她是不好意思說下去，推說忘了。

她十分抱歉，把前兩年的小說月報都找了出來，堆在地下兩大疊，蹲在地下一本本的翻，還是找不到。純姐姐急得眼都直了。

多年後她又看到這篇匈牙利短篇小說，奇怪的是仍舊記不清楚下文，只知道是三妹——彷彿叫葉麗娜。是葉麗娜病中他去探病，還是他病了她看護他……？大概不是她告訴他的，不知道怎麼一來透露了出來。他隨即因事離開了那城市，此後與她們音訊不通。

會兩次忘了結局，似乎是那神秘的憧憬太強有力了，所以看到後來感到失望。其實當然應當是三妹。她怕她自己活不到戀愛結婚的年齡。

來不及告訴純姐姐了。講故事那時候不知道純姐姐也就有病，她死後才聽見說是骨癆。病中一直沒看見過她，辦喪事的時候去磕頭，靈堂上很簡單的搭著副鋪板，從頭到腳蓋著白布，直垂到地下，頭上又在白布上再覆著一小方紅布。與純姐姐毫無關係，除了輕微的恐怖之外，九莉也毫無感覺。

「那樣喜歡純姐姐，一點也不什麼，」她回家後聽見蕊秋對楚娣說，顯然覺得寒心。

蕊秋逼著乃德進戒烟醫院戒掉了嗎啡針，方才提出離婚。

「醫生說他打的夠毒死一匹馬，」她說。

乃德先說「我們盛家從來沒有離婚的事，」臨到律師處簽字又還反悔許多次，她說那英國律師氣得要打他。當然租界上是英國律師佔便宜，不然收到律師信更置之不理了。

蕊秋楚娣搬了出來住公寓，九莉來了，蕊秋一面化妝，向浴室鏡子裏說道：「我跟你二叔離婚了。這不能怪你二叔，他要是娶了別人，會感情很好的。希望他以後遇見合適的人。」

九莉倚門含笑道：「我真高興。」是替她母親慶幸，也知道於自己不利，但是不能只顧自己。同時也得意，家裏有人離婚，跟家裏出了個科學家一樣現代化。

「我告訴你不過是要你明白，免得對你二叔誤會。」蕊秋顯然不高興，以為九莉是表示贊成。她還不至於像有些西方父母，離婚要徵求孩子們的同意。

乃德另找房子，卻搬到蕊秋娘家住的衖堂裏，還痴心指望再碰見她，她弟弟還會替他們拉攏勸和。但是蕊秋手續一清就到歐洲去了。這次楚娣沒有同去，動身那天帶著九莉九林去送行，雲志一大家子人都去了，包圍著蕊秋。有他們做隔離器，彷彿大家都放心些。九莉心裏想：好像以為我們會哭還是怎麼？她與九林淡然在他們舅舅家的邊緣上徘徊，很無聊。甲板上支著紅白條紋大傘，他們這一行人參觀過艙房，終於在傘下坐了下來，點了桔子水喝，孩子們沒有座位。

在家裏，跟著乃德過，幾乎又回復到北方的童年的平靜。乃德脾氣非常好，成天在他房裏踱來踱去轉圈子，像籠中的走獸，一面不斷的背書，滔滔汩汩一瀉千里，背到末了大聲吟哦起來，末字拖長腔拖得奇長，殿以「嗷……！」中氣極足。只要是念過幾本線裝書的人就知道這該費多少時間精力，九莉替他覺得痛心。

楚娣有一次向她講起她伯父，笑道：「大爺聽見廢除科舉了，大哭。」

九莉卻同情他，但是大爺至少還中過舉。當然楚娣是恨他。她與乃德是後妻生的，他比他們兄妹大二十幾歲，是他把這兩個孤兒帶大的。

「大爺看電影看到接吻就摀著眼睛，」楚娣說。「那時候梅蘭芳要演《天女散花》，新編的。大爺聽見說這一齣還好，沒有什麼，我可以去看。我高興得把戲詞全背了出來，免得看戲的時候拿在手裏看，耽誤了看戲。臨時不知道為什麼，又不讓去。

「大爺老是說我不出嫁，叫他死了怎麼見老太爺老太太，對我哭。總是說我不肯，其實也沒說過兩回親。

「大媽常說：『二弟靠不住，你大哥那是不會的！』抿著嘴一笑，看扁了他。大爺天天晚上瞇睫著眼睛叫『來喜啊！拿洗腳水來。』哪曉得伺候老爺洗腳，一來二去的，就背地裏說好了；來喜也厲害，先不肯，答應她另外住，知道太太厲害。就告訴大媽把來喜給人了，一夫一妻，在南京下關開鞋帽莊的，說得有名有姓。大媽因為從小看她長大的，還給她辦嫁妝，嫁了出去。生了兒子還告訴她：『來喜生了兒子了！』也真缺德。」

自從蕊秋楚娣為了出國的事與大房鬧翻了不來往，九莉也很少去，從前過繼過去的事早已不提了。乃德離婚後那年派他們姐弟去拜年，自己另外去。大爺在樓下書房裏獨坐，戴著瓜皮帽與眼鏡，一張短臉，稀疏花白的一字鬚，他們磕頭他很客氣，站起來伸手攔著，有點雌雞喉嚨，輕聲喊喊喳喳一句話說兩遍：「吃了飯沒有？吃了飯沒有？看見大媽啦？樓上去過沒？看見大媽啦？」又低聲囑咐僕人：「去找少爺來。去找少爺來，嗯？」他原有的一個兒子已經十幾歲了。「樓上去過沒？——去叫少爺來，哈？」

乃德又叫韓媽帶孩子們到大房的小公館去拜年。那來喜白淨樸素，也確是像個小城裏的鞋帽莊老板娘，對韓媽也還像從前一樣，不拿架子，因此背後都誇姨太好。

年前乃德忘了預備年事，直到除夕晚上才想起來，從口袋裏掏出一張十元鈔票，叫九莉乘家裏汽車去買臘梅花。幸而花店還開門，她用心挑選了兩大枝花密蕊多的，付了一塊多錢，找的錢帶回來還他，他也說花好。平時給錢沒那麼爽快，總要人在烟舖前站很久等著。楚娣說他付賬總是拖，「錢擱在身上多渥兩天也是好的。」九莉可以感覺到他的恐怖。

「二爺現在省得很，」洗衣服的李媽說。

韓媽笑道：「二爺現在知道省了。『敗子回頭金不換』嚜！」

他這一向跑交易所買金子，據說很賺錢。他突然成為親戚間難得的擇偶對象了。失婚的小姐們儘多。

有一天他向九莉笑道：「跟我到四姑奶奶家去。也該學學了！」

四姑奶奶家裏有個二表姑，不知道怎麼三表姑已經結了婚，二表姑還沒有。她不打扮，穿得也寒素，身材微豐，年紀不上三十，微長的寬臉，溫馴的大眼睛，頭髮還有點餘鬈，堆在肩上。乃德有點不好意思的向她勾了勾頭，叫了聲二表妹。他和他姨父姨媽談天，她便牽著九莉的手出來，到隔壁房裏坐。

這間房很大而破爛，床帳很多。兩人坐在床沿上，她問長問短，問除了上學還幹什麼，「還學鋼琴？」說時帶著奇異的笑容，顯然視為豪舉。

她老拉著手不放，握得很緊。

「我願意她做我的後母嗎？」九莉想。「不知道。」

她想告訴她，她父親的女人都是「燕瘦」而厲害的。

二表姑顯然以為她父親很喜歡她，會聽她的話。

他也是喜歡夾菜給她，每次挖出鴨腦子來總給她吃。他繞室兜圈子的時候走過，偶而伸手揉亂她頭髮，叫她「禿子。」她很不服，因為她頭髮非常多，還不像她有個表姐夏天生瘡癤，剃過光頭。多年後才悟出他是叫她Toots。

很不容易記得她父母都是過渡時代的人。她母親這樣新派，她不懂為什麼不許說「碰」字，一定要說「遇見」某某人，不能說「碰見」。「快活」也不能說。為了新聞報副刊「快活林」，不知道有過多少麻煩。九莉心裏想「快活林」為什麼不叫「快樂林」？她不肯說「快樂」，因為不自然，只好永遠說「高興」。稍後看了《水滸傳》，才知道「快活」是性的代名詞。「幹」字當然也忌。此外還有「壞」字，有時候也忌，這倒不光是二嬸，三姑也忌諱，不能說「氣壞了，」「嚇壞了。」也是多年後才猜到大概與處女「壞了身體」有關。

乃德訂閱《福星》雜誌，經常收到汽車圖片廣告，也常換新車。買了兩件辦公室傢俱，鋼製書桌與文件櫃，桌上還有個打孔機器，從來沒用過。九莉在一張紙上打了許多孔，打出花樣來，做鏤空紙紗玩。他看了一怔，很生氣的說：「胡鬧！」奪過機器，似乎覺得是對他的一種諷刺。

書桌上還有一尊拿破崙石像。他講英文有點口吃，也懂點德文，喜歡叔本華，買了希特勒《我的奮鬥》譯本與一切研究歐局的書。雖然不穿西裝，採用了西裝背心，背上藕灰軟緞，穿在汗衫上。

他訂了份《旅行雜誌》。雖然不旅行——抽大烟不便——床頭小几上擱著一隻「旅行鐘」，嵌在皮夾子裏可以摺起來。

九莉覺得他守舊起來不過是為了他自己的便利。例如不送九林進學校，明知在家裏請先生讀古書是死路一條，但是比較省，藉口「底子要打好，」一再拖幾年再說。蕊秋對九林的事沒有力爭，以為他就這一個兒子，總不能不給他受教育。

蕊秋上次回國前，家裏先搬到上海來等著她，也是她的條件之一。因為北邊在他堂兄的勢力圈內，怕離不成婚。到了上海，乃德帶九莉到她舅舅家去，他們郎舅感情不錯，以前常一塊出去嫖的雲志剛起來，躺在烟舖上過癮。對過兩張單人鐵床，他太太在床上擁被而坐，乃德便在當地踱來踱去。一個表姐拉九莉下樓去玩，差她妹妹到衖口去租書，買糖。

「帶三毛錢鴨肫肝來，」她二姐在客廳裏叫。

「錢呢？」

「去問劉嫂子借。」

客廳中央不端不正擺著張小供桌，不知道供奉什麼，繫著綉花大紅桌圍，桌上灰塵滿積，連燭淚上都是灰。三表姐走過便匆匆一合掌，打了個稽首。燭台旁有隻銅磬，九莉想敲磬玩，三表姐把磬槌子遞給她，卻有點遲疑，彷彿亂敲不得的，九莉便也只敲了一下。卻有個老女傭聞聲而來，她已經瞎了，人異常矮小，小長臉上闔著眼睛，小腳伶仃，還是晚清裝束，一件淡藍布衫長齊膝蓋，洗成了雪白，打著補釘，下面露出緊窄的黑袴管。罩在腳面上，還是自己縫製的白布襪，不是「洋襪」。

「我也來磕個頭。」她扶牆摸壁走進來。

「這老二姑娘頂壞了。專門偷香烟。你當她眼睛看不見啊？」二表姐恨恨的說，把茶几上的香烟罐打開來檢視。

老二姑娘不作聲，還在摸來摸去。

「好了，我來攙你。」

「還是三姐好！」老二姑娘說。

三表姐把她攙到沙發前蜷臥的一隻狼狗跟前跪下，拍著手又是笑又是跳。「老二姑娘給狗磕頭嘅！老二姑娘給狗磕頭嘅！」

雲志怕綁票，僱了個退休了的包打聽做保鏢，家裏又養著狼狗。

老二姑娘嘟囔著站起身來走開了。

四表姐租了《火燒紅蓮寺》連環圖畫全集，買了鴨肫肝香烟糖來。「書攤子說下次不賒了。」

她們臥室在樓下，躺到床上去一面吃一面看書。香烟糖幾乎純是白糖，但是做成一枝烟的式樣，拿在手裏吃著有禁果的感覺。房裏非常冷，大家蓋著大紅花布棉被。垢膩的被窩的氣味微帶鹹濕，與鴨肫肝的滋味混合在一起，有一種異感。

「你多玩一會，就住在這兒不要回去了。四妹你到樓上看看，姑爹要走就先來告訴我們，好躲起來。」

九莉也捨不得走，但是不敢相信真能讓她住下來。等到四表姐下來報信，三表姐用力拉著她一步跨兩級，搶先跑上樓去，直奔三樓。姨奶奶住三樓，一間極大的統間，疏疏落落擺著一堂粉紅漆大床梳妝台等。

「姨奶奶讓表妹在這兒躲一躲，姑爹就要走了。」把她拖到一架白布屏風背後，自己又跑下樓去了。

她在屏風後站了很久，因為驚險緊張，更覺得時間長。姨奶奶非常安靜，難得聽見遠處微微息率有聲。她家常穿著襖袴，身材瘦小，除了頭髮燙成波浪形，整個是個小黃臉婆。

終於有人上樓來了。

姨奶奶在樓梯口招呼「姑老爺。」

乃德照例繞圈子大踱起來，好在這房間奇大。九莉知道他一定看上去有點窘，但是也樂意參觀她這香巢。

「李媽！倒茶，」她喊了聲。

「不用倒了，我就要走了。小莉呢？——出來出來！」帶笑不耐煩的叫，一面繼續踱著。

「出來出來！」

最後大概姨奶奶努了努嘴。他到屏風後把九莉拖了出來。她也笑著沒有抵抗。

乘人力車回去，她八歲，坐在他身上。

「舅舅的姨奶奶真不漂亮——舅母那麼漂亮，」她說。

他笑道：「你舅母笨。」

她很驚異，一個大人肯告訴孩子們這些話。

「你舅舅不笨，你舅舅是不學無術。」

她從此相信他，因為他對她說話沒有作用，不像大人對孩子們說話總是訓誨，又要防他們不小心洩漏出來。

他看報看得非常仔細，有客來就談論時事。她聽不懂，只聽見老閻老馮的。客人很少插嘴，不過是來吃他的鴉片烟，才聽他分析時局。

他叫她替他剪手指甲。「剪得不錯，再圓點就好了。」

她看見他細長的方頭手指跟她一模一樣，有點震動。

他把韓媽叫來替他剪腳趾甲，然後韓媽就站在當地談講一會，大都是問起年常舊規。

她例必回答：「從前老太太那時候……」

有時候他叫韓媽下廚房做一碗廚子不會做的菜，合肥空心炸肉圓子，火腿蘿蔔絲酥餅。過年總是她蒸棗糕，碎核桃餡，棗泥拌糯米麵印出雲頭蝙蝠花樣，托在小片粽葉上。

「韓媽小時候是養媳婦，所以胆子小，出了點芝蔴大的事就嚇死了，」他告訴九莉。楚娣也說過。他們兄妹從小喜歡取笑她是養媳婦。

她自己從來不提做養媳婦的時候，也不提婆婆與丈夫，永遠是她一個寡婦帶著一兒一女過日子，像舊約聖經上的寡婦，跟在割麥子的人背後揀拾地下的麥穗。

「家裏沒得吃，啷搞呢？去問大伯子借半升豆子，給他說了半天，眼淚往下掉。」

九莉小時候跟她弟弟兩個人吃飯，韓媽總是說：「快吃，鄉下霞（孩）子沒得吃呵！」每飯不忘。又道：「鄉下霞子可憐啱！實在吵得沒辦法，舀碗水蒸個雞蛋騙騙霞子們。」

她講「古」，鄉下有一種老秋虎子，白頭髮，紅眼睛，住在樹上，吃霞子們。講到老秋虎子總是於嗤笑中帶點羞意，大概聯想到自己的白頭髮。也有時候說：「老嘍！變老秋虎子了。」似乎老秋虎子是老太婆變的。九莉後來在書上看到日本遠古與愛斯基摩人棄老的風俗，總疑心老秋虎子是被家人遺棄的老婦——男人大都死得早些——有的也許真在樹上棲身，成了似人非人的怪物，吃小孩充飢，因為比別的獵物容易捕捉。

韓媽三十來歲出來「幫工」，把孩子們交給他們外婆帶。「捨不得呵！」提起來還眼圈紅了。

男僕鄧升下鄉收租回來，她站在門房門口問：「鄧爺，鄉下現在怎麼樣？」

他們都是同鄉，老太太手裏用的人。田地也在那一帶。

「鄉下鬧土匪。現在土匪多得很。」

「哦……現在人心壞，」她茫然的說。

她兒子女兒外孫女輪流上城來找事，都是在盛家住些時又回去了。她兒子進寶一度由盛家托人薦了個事，他人很機靈，長得又漂亮，那時候二十幾歲，槍花很大，出了碴子，還是韓媽給求了下來。從此一失足成千古恨，再也無法找事了，但是他永遠不死心。瘦得下半個臉都蝕掉了，每次來了，在乃德烟舖前垂手站著，聽乃德解釋現在到處都難——不景氣。

「還是求二爺想想辦法。」

九莉看見他在廚房外面穿堂裏，與韓媽隔著張桌子並排坐著，彷彿正說了什麼，他這樣憔悴的中年人，竟噘著嘴，像孩子撒嬌似的「唔……」了一聲。

李媽也是他們同鄉，在廚房裏洗碗，向九莉笑道：「進寶會打鐮槍，叫進寶打鐮槍給你看。」

「小時候看進寶打鐮槍，記不記得了？」韓媽說。

進寶不作聲，也不朝誰看，臉上一絲笑意也沒有。九莉覺得他妒忌她。她有點記得他打鐮槍的舞姿，拿著根竹竿代表鐮槍，跨上跨下。鐮槍大概是長柄的鐮刀。

他姐姐一張長臉，比較呆笨。都瘦得人乾一樣，晒成油光琤亮的深紅色。從哪裏來的，這棗紅色的種族？

韓媽稱她女兒「大姐」。只有《金瓶梅》裏有這稱呼。她也叫九莉「大姐」，所以講起她女兒來稱為「我家大姐」，以資識別。但是有時候九莉摟著她跟她親熱，她也叫她「我家大姐嘛！」

韓媽回鄉下去過一次，九莉說：「我也要去。」她那時候還小，也並沒鬧著要去，不過這麼說了兩遍，但是看得出來韓媽非常害怕，怕她真要跟去了，款待不起。

韓媽去了兩個月回來了，也晒得紅而亮，帶了他們特產的紫暈豆酥糖與大蔴餅來給她吃。

有一天家裏來了貴客。僕人們輕聲互相告訴：「大爺來了。」親戚間只有竺家有個大爺到處都稱「大爺」而不名。他在前清襲了爵，也做過官，近年來又出山，當上了要人。表大媽是他太太，但是一直帶著緒哥哥另外住，緒哥哥也不是她生的。九莉從來沒見過表大爺。

這一天她也只在洋台上聽見她父親起坐間裏有人高談闊論，意外的卻是一口合肥話，竺家其他男女老少都是一口京片子。後來她無意中在玻璃門內瞥見他踱到洋台上來，瘦長條子，只穿著一身半舊青綢短打，夾襖下面露出垢膩的青灰色板帶。蒼白的臉，從前可能漂亮過，頭髮中分，還是民初流行的式樣，油垢得像兩塊黑膏藥貼在額角。

此後聽見說表大爺出了事，等到她從學校裏回來，頭條新聞的時期已經過去了，報上偶有續發的消息，也不詳細：虧空鉅款——在她看來是天文學上的數字，大得看了頭暈，再也記不得——調查，免職，提起公訴。

表大媽住著個奇小的西班牙式衖堂房子，樓上攞著一堂民初流行的白漆傢俱，養著許多貓。緒哥哥大學畢了業，在銀行做事，住在亭子間裏。九莉向來去了就跟貓玩。她很喜歡那裏，因為不大像份人家，像兩個孩子湊合著同住，童話裏的小白房子，大白貓。所以她並不詫異三姑也搬了去，分租他們三樓，樓梯口裝上一扇紗門，鈎上了貓進不來。裏面也跟公寓差不多，有浴室冰箱電話，楚娣常坐在電話旁邊一打打半天，她也像乃德一樣，做點金子股票。

九莉去了她照例找出一大疊舊英文報紙，讓她坐在地毯上剪貼明星照片。

「表大爺的官司，我在幫他的忙，」她悄然說。

九莉笑道：「噢，」心裏想，要幫為什麼不幫韓媽她們，還要不了這麼些錢。

「奶奶從前就喜歡他這一個姪子，說他是個人才，」楚娣有點自衛的說。「說只有他還有點像他爺爺。」

九莉也聽見過楚娣與乃德講起大爺來。也是因為都說他「有祖風，」他祖父自己有兒子，又過繼了一個姪子，所以他也過繼了一個庶出的姪子寄哥兒。此外在他那裏拿月費月敬的人無其數。

「他現在就是那老八？」楚娣問乃德。

「嗯。」

寄哥兒會拍老八的馬屁，因此很得寵，比自己的兒子喜歡。

「那寄哥兒都壞透了，」楚娣也說。「大太太都恨死了。」

「表大爺的事我看見報上，」九莉說。「到底是怎麼回事？」

「是孟曉筠害他的。起初也就是孟曉筠拉他進去的，出了紕漏就推在他身上。所以說『朝中無人莫做官，』只有你沒有靠山，不怪你怪誰？」

「現在表大爺在哪裏？」

楚娣忙道：「在醫院裏，」免得像是已經拘押了起來。「他也是有病，肝炎，很厲害的病。」默然了一會，又道：「他現在就是虧空。」

又道：「我搬家也是為了省錢。」

九莉在她那裏吃了晚飯，飯後在洋台上乘涼，有人上樓來敲紗門，是緒哥哥。

小洋台狹窄得放張椅子都與鐵闌干扞格，但是又添了張椅子。沒點燈，免得引蚊子。

楚娣笑問道：「吃了飯沒有？」一面去絞了個手巾把子來。

緒哥哥笑嘆了一聲，彷彿連這問題都一言難盡，先接過毛巾兜臉一抹，疲倦到極點似的，坐了下來。

緒哥哥矮，九莉自從竄高了一尺，簡直不敢當著他站起來，怕他窘。但是她喜歡這樣坐在黑暗中聽他們說話。他們是最明白最練達的成年人。他在講剛才去見某人受到冷遇，一面說一面噗嗤噗嗤笑。她根本聽不懂，他們講的全是張羅錢的事。輕言悄語，像走長道的人剛上路。她也不能想像要多少年才湊得出那麼大的數目。

下午他到醫院去見過表大爺。他一提起「爸爸」，這兩個字特別輕柔迷濛，而帶著一絲怨意。九莉在楚娣的公寓裏碰見過他，他很少叫「表姑」，叫的時候也不大有笑容，而且聲音總低了一低，有點悲哀似的。他一點也不像他父親，蒼黑的小長臉，小凸鼻子，與他父親唯一的聯繫只是大家稱他「小爺」，與大爺遙遙相對。

不知道怎麼，忽然談起「有沒有柏拉圖式的戀愛」的問題。

「有。」九莉是第一次插嘴。

楚娣笑道：「你怎麼知道？」

「像三姑跟緒哥哥就是的。」

一陣寂靜之後，楚娣換了話題，又問他今天的事。

九莉懊悔她不應當當面這樣講，叫人家覺得窘。

有一天楚娣又告訴她：「我們為分家的事，在跟大爺打官司。」

「不是早分過家了？」

「那時候我們急著要搬出來，所以分得不公平。其實錢都是奶奶的，奶奶陪嫁帶過來的。」

「那現在還來得及？還查得出？」

「查得出。」

她又有個模糊的疑問：怎麼同時進行兩件訴訟？再也想不到第二件也是為了第一件，為了張羅錢，營救表大爺。

「你二叔要結婚了，」楚娣告訴她。「耿十一小姐——也是七姑她們介紹的。」

楚娣當然沒告訴她耿十一小姐曾經與一個表哥戀愛，發生了關係，家裏不答應，嫌表哥窮，兩人約定雙雙服毒情死。她表哥臨時反悔，通知她家裏到旅館裏去接她回來。事情鬧穿了，她父親在清末民初都官做得很大，逼著她尋死，經人勸了下來，但是從此成了個黑人，不見天日。她父親活到七八十歲，中間這些年她抽上了鴉片烟解悶，更嫁不掉了。這次跟乃德介紹見面，打過幾次牌之後，他告訴楚娣：「我知道她從前的事，我不介意。我自己也不是一張白紙。」

楚娣向九莉道：「你二叔結婚，我很幫忙，替他買到兩堂傢俱，那是特價，真便宜。我是因為打官司分家要聯絡他。」她需要解釋，不然像是不忠於蕊秋。

她對翠華也極力敷衍，叫她「十一姐」。翠華又叫她「三姐」。敘起來也都是親戚。乃德稱翠華「十一妹」，不過他怕難為情，難得叫人的。做媒的兩個堂妹又議定九莉九林叫「娘」。

楚娣在背後笑道：「你叫『二叔』，倒像叔接嫂。」

她這一向除了忙兩場官司與代乃德奔走料理婚事，又還要帶九莉去看醫生。九莉對於娶後母的事表面上不怎樣，心裏担憂，竟急出肺病來，胳肢窩裏生了個皮下棗核，推著是活動的，吃了一兩年的藥方才消退。

喜期那天，鬧房也有竺大太太，出來向楚娣說：「新娘子太老了沒意思，鬧不起來。人家那麼老氣橫秋敬糖敬瓜子的。二弟弟倒是想要人鬧。」

卞家的表姐妹們都在等著看新娘子，衖堂裏有人望風。乃德一向說九林跟他們卞家學的，都是「馬路巡閱使」。

「看見你們娘，」她們後來告訴九莉。「我說沒什麼好看，老都老了。」

過門第二天早上，九莉下樓到客室裏去，還是她小時候那幾件舊擺設，赤鳳團花地毯，熟悉的淡淡的灰塵味夾著花香——多了兩盆花。預備有客來，桌上陳列著四色糖菓。她坐下來便吃，覺得是賄賂。

九林走來見了，怔了一怔，也坐下來吃。二人一聲也不言語，把一盤藍玻璃紙包的大粒巧格力花生糖都快吃光了。陪房女傭見了，也不作聲，忙去開糖罐子另抓了兩把來，直讓他們吃。他二人方才微笑抽身走開了。

婚後還跟前妻娘家做近鄰，出出進進不免被評頭品足的，有點不成體統，隨即遷入一幢大老洋房，因為那地段貶值，房租也還不貴。翠華飯後到洋台上去眺望花園裏荒廢的網球場，九莉跟了出去。乃德也踱了出來。風很大，吹著翠華的半舊窄紫條紋薄綢旗袍，更顯出一捻腰身，玲瓏突出的胯骨。她頭髮溜光的全往後，梳個低而扁的髻，長方臉，在陽光中蒼白異常，長方的大眼睛。

「咦，你們很像，」乃德笑著說，有點不好意思，彷彿是說他們姻緣天定，連前妻生的女兒都像她。

但是翠華顯然聽了不高興，只淡笑著「唔」了一聲，嗓音非常低沉。

九莉想道：「也許粗看有點像。——不知道。」

她有個同班生會作舊詩，這年詠中秋：「塞外忽傳三省失，江山已缺一輪圓！」國文教師自然密圈密點，舉校傳誦。九莉月假回家，便笑問她父親道：「怎麼還是打不起來？」說著也自心虛。她不過是聽人說的。

「打？拿什麼去打？」乃德悻悻然說。

又一次她回來，九林告訴她：「五爸爸到滿洲國做官去了。」這本家伯父五爺常來。翠華就是他兩個妹妹做的媒。他也抽大烟。許多人都說他的國畫有功力。大個子，黑馬臉，戴著玳瑁邊眼鏡，說話柔聲緩氣的。他喜歡九莉，常常摩挲著她的光胳膊，戀戀的叫：「小人！」

「五爸爸到滿洲國去啦？」她笑著問她父親。

「他不去怎麼辦？」乃德氣吼吼的就說了這麼一句。

她先還不知道是因為五爺老是來借錢。他在北洋政府當過科長，北伐後就靠他兩個妹妹維持，已經把五奶奶送回老家去了，還有姨奶奶這邊一份家，許多孩子。

九莉也曾經看見他摩挲楚娣的手臂，也向她借錢。

「我不喜歡五爸爸，」她有一天向楚娣說。

「也奇怪，不喜歡五爸爸，」楚娣不經意的說。「他那麼喜歡你。」

竺大太太在旁笑道：「五爺是名士派。」

乃德一時高興，在九莉的一把團扇上題字，稱她為「孟媛」。她有個男性化的學名，很喜歡「孟媛」的女性氣息，完全沒想到「孟媛」表示底下還有女兒。一般人只有一個兒子覺得有點「懸」，女兒有一個也就夠了，但是乃德顯然預備多生幾個子女，不然怎麼四口人住那麼大的房子。

「二叔給我起了個名字叫孟媛，」她告訴楚娣。

楚娣攢眉笑道：「這名字俗透了。」

九莉笑道：「哦？」

楚娣又笑道：「二嬸有一百多個名字。」

九莉也在她母親的舊存摺上看見過一兩個：卞漱梅、卞爐蘭……結果只用一個英文名字，來信單署一個「秋」字。

現在總是要楚娣帶笑催促：「去給二嬸寫封信，」方才訕訕的笑著坐到楚娣的書桌前提起筆來。想不出話來說，永遠是那兩句，「在用心練琴，」「又要放寒假了」……此外隨便說什麼都會招出一頓教訓。其實蕊秋的信也文如其人。不過電影上的「意識」是要用美貌時髦的演員來表達的。不形態化，就成了說教。

九莉一面寫，一面喝茶，信上滴了一滴茶，墨水暈開來成為一個大圓點。

楚娣見了笑道：「二嬸看了還當是一滴眼淚。」

九莉非常不好意思，忙道：「我去再抄一遍。」

楚娣接過去再看了看，並沒有字跡不清楚，便道：「行，用不著再抄了。」

九莉仍舊訕訕的笑道：「還是再抄一張的好。我情願再抄一遍。」

楚娣也有點覺得了，知道是她一句玩話說壞了，也有三分不快，粗聲道：「行了，不用抄了。」

九莉依舊躊躇，不過因為三姑現在這樣省，不好意思糟蹋一張精緻的布紋箋，方才罷了。

冬天只有他們吸烟的起坐間生火爐。下樓吃午飯，翠華帶隻花綢套熱水袋下來。乃德先吃完了，照例繞室兜圈子，走過她背後的時候，把她的熱水袋擱在她頸項背後，笑道：「燙死你！燙死你！」

「別鬧。」她偏著頭笑著躲開。

下午九莉到他們起坐間去看報，見九林斜倚在烟舖上，偎在翠華身後。他還沒長高，小貓一樣，臉上有一種心安理得的神氣，彷彿終於找到了一個安身立命的角落。她震了一震，心裏想是幾時孟光接了梁鴻案。烟舖上的三個人構成一幅家庭行樂圖，很自然，顯然沒有她在內。

楚娣給過她一隻大洋娃娃，沉甸甸的完全像真的嬰兒，穿戴著男嬰的淡藍絨線帽子衫袴，楚娣又替它另織了一套淡綠的。她覺得是楚娣自己想要這麼個孩子。

翠華笑道：「你那洋娃娃借給我擺擺。」

她立刻去抱了來，替換的毛衣也帶了來。翠華把它坐在烟舖上。

她告訴楚娣，楚娣笑道：「你娘想要孩子想要得很呢。」

九莉本來不怎麼喜歡這洋娃娃，走過來走過去看見它坐在那裏，張開雙臂要人抱的樣子，更有一種巫魘的感覺，心裏對它說：「你去作法好了！」

與大房打官司拖延得日子久了，費用太大，翠華便出面調解，勸楚娣道：「你們才兄弟三個，我們家兄弟姐妹二三十個，都和和氣氣的。」她同母的幾個都常到盛家來住。她母親是個老姨太，隨即帶了兩個最小的弟妹長住了下來。九莉他們叫她好婆。

楚娣不肯私了，大爺也不答應，拍著桌子罵：「她幾時死了，跟我來拿錢買棺材，不然是一個錢也沒有！」

翠華節省家用，辭歇了李媽，說九莉反正不大在家，九林也大了，韓媽帶看著他點，可以兼洗衣服。其實九莉住校也仍舊要她每週去送零食，衣服全都拿回來洗。

當時一般女傭每月工資三塊錢，多則五塊。盛家一向給韓媽十塊，因為是老太太手裏的人。現在減成五塊，韓媽仍舊十分巴結，在飯桌前回話，總是從心深處叫聲「太太！」感情滂礴的聲氣。她「老縮」了，矮墩墩站在那裏，面容也有變獅子臉的趨勢，像隻大狗蹲坐著仰望著翠華，眼神很緊張，因為耳朵有點聾，彷彿以為能靠眼睛來補救。

她總是催九莉「進去，」指起坐間吸烟室。

她現在從來不說「從前老太太那時候，」不然就像是怨言。

九莉回來看見九林忽然拔高，細長條子晃來晃去，一件新二藍布罩袍，穿在身上卻很臃腫。她隨即發現他現在一天一個危機，永遠不知道什麼時候會爆發。

「剛才還好好的嘿！」好婆低聲向女傭們抱怨。「這孩子也是——！叫他不來。倒像有什麼事心虛似的。」又道：「叫我們做親戚的都不好意思。」

乃德喜歡連名帶姓的喊他，作為一種幽默的暱稱：「盛九林！去把那封信拿來。」他應了一聲，立即從書桌抽屜裏找到一隻業務化的西式長信封，遞給他父親，非常幹練熟悉。

有一次九莉剛巧看見他在一張作廢的支票上練習簽字。翠華在烟舖上低聲向乃德不知道說了句什麼，大眼睛裏帶著一種頑皮的笑意。乃德跳起來就刷了他一個耳刮子。

又有一回又是「叫他不來，」韓媽與陪房女傭兩人合力拖他，他賴在地下扳著房門不放。

「唉哎嗳，」韓媽發出不贊成的聲音。

結果罰他在花園裏「跪磚」，「跪香」，跪在兩隻磚頭上，一枝香的時間。九莉一個人在樓下，也沒望園子裏看。她恨他中了人家「欲取姑予」之計，又要這樣怕。他進來了也不理他。他突然憤怒的睜大了眼睛，眼淚汪汪起來。

鄧升看不過去，在門房裏叫罵：「就這一個兒子，打丫頭似的天天打。」乃德也沒怎樣，隔了些時派他下鄉去，就長駐在田上，沒要他回來。老頭子就死在鄉下。

九莉在陰暗的大房間裏躺著看書，只有百葉窗上一抹陽光。她有許多發財的夢想，要救九林韓媽出去。聽見隔壁洗衣間的水泥池子裏，搓衣板格噔格噔撞著木盆的聲音，韓媽在洗被單帳子。

楚娣來聯絡感情，穿著米黃絲絨鑲皮子大衣，迴旋的喇叭下襬上一圈麝鼠，更襯托出她完美的長腿。蕊秋說的：「你三姑就是一雙腿好，」比瑪琳黛德麗的腿略豐滿些，柔若無骨，沒有膝蓋。她總是來去匆匆的與韓媽對答一兩句，撇著合肥土白打趣她：「嗳，韓大媽！好啊？我好嘞！」然後習慣的鼻子略嗅一嗅，表示淡漠。但是她有一次向九莉說：「我在想，韓媽也是看我們長大的，怎麼她對我們就不像對你一樣。」

九莉想不出話來說，笑道：「也許因為她老了。像人家疼兒子總不及疼孫子。」

翠華從娘家帶來許多舊衣服給九莉穿，領口發了毛的線呢長袍，一件又一件，永遠穿不完，在她那號稱貴族化的教會女校實在觸目。她很希望有校服，但是結果又沒通過。

楚娣笑道：「等你十八歲我替你做點衣裳。」

不知道為什麼，十八歲異常渺茫，像隔著座大山，過不去，看不見。

楚娣說過：「我答應二嬸照應你的。」不要她承她的情。

「我們官司打輸了，」楚娣輕快的說。

「是怎麼的？」九莉輕聲問，有點恐懼迷茫。

「他們塞錢。——我們也塞錢。他們錢多。」

楚娣沒告訴她打輸的另一個原因是她父親倒戈，單獨與大爺私了了。

「說弟弟偷東西，」她告訴楚娣。

「偷了什麼？」

「錢。」

楚娣默然片刻道：「小孩子看見零錢擱在那裏，拿了去也是常有的事，給他們耿家說出去就是偷了。」

明年校刊上要登畢業生的照片，九莉去照了一張，頭髮短齊耳朵，照出來像個小雞。翠華見她自己看了十分懊喪，便笑道：「不燙頭髮都是這樣的呀！你要不要燙頭髮？」

「娘問我要不要燙頭髮，」她告訴楚娣。

楚娣笑道：「你娘還不是想嫁掉你。」

她也有戒心。

有個呂表哥是耿家的窮親戚，翠華的表姪，常來，跟乃德上交易所歷練歷練，生得面如冠玉，唇若塗朱，劍眉星眼，玉樹臨風，所有這些話都用得上，穿件藏青綢袍，過來到九莉房裏，招呼之後坐下就一言不發，翻看她桌上的小說。她還搭訕著問他看過這本沒有，看了哪張電影沒有，他總是頓了頓，微笑著略搖搖頭。她想不出別的話說，他也只低著頭掀動書頁，半晌方起身笑道：「表妹你看書，不攪糊你了。」

耿家有個表姐笑嚷道：「這呂表哥討厭死了！聽六姐說，也是到他們那兒去一坐坐了半天，一句話也不說。六姐說討厭死了！」那是耿家的闊親戚，家裏兩個時髦小姐，二十幾歲了。耿家自己因為人太多，沒錢，呂表哥也不去默坐。

九莉覺得她是酸葡萄，但是聽見說他對「六姐」姐妹倆也這樣，不禁有點爽然若失。後來聽九林說呂表哥結婚了，是個銀行經理的女兒。又聽見九林說他一發跡就大了肚子，又玩舞女，也感到一絲慶幸。

九林對呂表哥的事業特別注意。他跟九莉相反，等不及長大。翠華有個弟弟給了他一套舊襯衫，黃卡其袴，配上有油漬的領帶，還是小時候楚娣送他的一條，穿著也很英俊，常在浴室裏照著鏡子，在龍頭下蘸濕了梳子，用水梳出高聳的飛機頭。十二歲那年有一次跟九莉去看電影，有家裏汽車接送，就是他們倆，散場到惠爾康去吃冰淇淋，他就點啤酒。

「大爺死了，」九莉放假回來他報告。「據說是餓死的。」

九莉駭異道：「他那麼有錢，怎麼會餓死？」

「他那個病，醫生差不多什麼都不叫吃。餓急了，不知怎麼給他跑了出來，住到小公館去。姨太說『我也不敢給他吃，不然說我害死的。』還是沒得吃。所以都說是餓死的。」她知道西醫忌嘴之嚴，中國人有時候不大了解，所以病死了以為是餓死的，但是也是親戚間大家有這麼個願望。

「韓媽鄉下有人來，說進寶把他外婆活埋了，」九林又閒閒的報道。「他外婆八九十歲了，進寶老是問她怎麼還不死。這一天氣起來，硬把她裝在棺材裏。說是她手扳著棺材沿不放，他硬把手指頭一個個扳開來往裏塞。」

九莉又駭然，簡直不吸收，恍惚根本沒聽見。「韓媽怎麼說？」

「韓媽當然說是沒有的事，說她母親實在年紀大了，沒聽見說有病，就死了，所以有人造謠言。」

「少爺！老爺叫！」陪房女傭在樓梯上喊。

「噢，」他高聲應了一聲，因為不慣大聲，聲帶太緊，聽上去有點不自然，但是很鎮靜敏捷的上樓去了。

韓媽沒提她母親死了的事，九莉也沒問她。

她晚上忽然向九莉說：「我今天在街上看見個老叫化子，給了他兩毛錢。人老了可憐咧！韓媽要做老叫化子了，」說著幾乎淚下。

九莉笑道：「那怎麼會？不會的，」也想不出別的話安慰她。她不作聲。

「怎麼會呢？」九莉又說，自己也覺得是極乏的空話。

她陪著九莉坐在燈下，借此打個盹。九莉畫了她一張鉛筆像，雖然銀白頭髮稀了，露出光閃閃的禿頂來，五官都清秀，微闔著大眼睛。

「韓媽你看我畫的你。」

她拿著看了一會，笑道：「醜相！」

九莉想起小時候抱著貓硬逼牠照鏡子，牠總是厭惡的別過頭去，也許是嫌鏡子冷。

起先翠華不知道網球場有許多講究，修理起來多麼貴，還說九莉可以請同學來打網球。一直沒修，九林仍舊是對著個磚牆打網球，用楚娣給他的一隻舊球拍。

翠華在報紙副刊上看到養鵝作為一種家庭企業，想利用這荒蕪的花園養鵝，買了兩隻，但是始終不生小鵝。她與乃德都常站在樓窗前看園子裏兩隻鵝踱來踱去，開始疑心是買了兩隻公的或是兩隻母的。但是兩人都不大提這話，有點忌諱——連鵝都不育？

「二嬸要回來了，」楚娣安靜的告訴九莉，臉上沒有笑容。

九莉聽了也心情沉重，有一種預感。

好婆長得一點也不像她女兒，冬瓜臉，矮胖，穿著件月白印度綢旗袍，挺著個大肚子。翠華也常說她：「媽就是這樣！」甕聲甕氣帶著點撒嬌的口吻，說得她不好意思，嘟嘟囔囔的走出起坐間。

這一天她在樓梯口叫道：「我做南瓜餅，咱們過陰天兒哪！」只有《兒女英雄傳》上張金鳳的母親說過「過陰天兒」的話。她下廚房用南瓜泥和麵煎一大疊薄餅，沒什麼好吃，但是情調很濃。

「我們小時候那時候鬧義和拳，嚇死了，那時候我們在北京，都扒著那柵欄門往外看。看啊，看啵！看那些義和拳嘍！」她說。她是小家碧玉出身，家裏拉大車。

她曾經跟翠華的父親出國做公使夫人，還能背誦德文字母：「啊，貝，賽，代。」「那時候使館請客，那些洋女人都光著膀子，戴著珍珠寶石金剛鑽脖鍊兒，摟摟抱抱的跳。跳舞嘛！樓梯上有個小窗戶眼兒，我們都扒在那窗戶眼兒上看。」

這兩天她女兒女婿都在談講新出的一本歷史小說，寫晚清人物的《清夜錄》，裏面賽金花從良後，也是代表太太出國做公使夫人，顯然使她想起自己的身世來。

九莉也看了《清夜錄》，聽見說裏面有她祖父，看著許多影射的人名有點惴惴然，不知道是哪一個，是為了個船妓丟官的還是與小旦同性戀愛的？

「爺爺名字叫什麼？」她問九林，又道：「是哪兩個字？」

他寫給她看。不知道他怎麼知道的。乃德從來不跟他們提起他父親，有時候跟訪客大談

「我們老太爺」，但是當然不提名道姓的。楚娣更不提這些事，與蕊秋一樣認為不民主。

她趕緊去翻來看，驚喜交集看到那傳奇化的故事。她祖父的政敵不念舊惡，在他倒楣的時候用他做師爺，還又把女兒給了他。

乃德繞著圈子踱著，向烟舖上的翠華解釋「我們老太爺」不可能在簽押房驚艷，撞見東翁的女兒，彷彿這證明書中的故事全是假的。翠華只含笑應著「唔。……唔。」

「你講點奶奶的事給我聽。」九莉向韓媽說。韓媽沒趕上看見老太爺。

她想了想。「從前老太太省得很喏！連草紙都省。」

九莉聽著有點刺耳，但是也可以想像，與她父親的恐怖一樣，都是永遠有出無進的過日子。

「三小姐小時候穿男裝，給二爺穿女裝。十幾歲了還穿花鞋，鑲滾好幾道，都是沒人穿了的。二爺出去，夾著個小包，」韓媽歪著頭，雙肩一高一低，模仿乃德遮掩脅下的包裹的姿勢，「一溜溜出去，還沒到二門，在簷下偷偷的把腳上的鞋脫下來換一雙。我們在樓上看見笑，」她悄悄笑著說，彷彿怕老太太聽見。

「二爺背書，老太太打呵！

「老太太倒是說我心細。說『老韓有耐心。』」

她以前替九莉篦頭，問疼不疼，也常說：「從前老太太倒是說我手輕。」

她在女僕間算是後進，但是老太太後來最信任她。

九莉又問三姑關於奶奶的事，爺爺她不記得了，死的時候她太小。

楚娣也看了《清夜錄》，笑道：「奶奶那首詩是假的。集子裏唱和的詩也都是爺爺作的。奶奶只有一首集句，自己很喜歡：『四十明朝過，猶為世網縈。蹉跎暮容色，煊赫舊家聲。』想想真是——從前那時候四十歲已經老了，奶奶死的時候也不過四十幾歲，像我們現在倒已經三十幾了。

「奶奶非常白，我就喜歡她身上許多紅痣，其實那都是小血管爆炸，有那麼個小紅點子。我喜歡摸它。

「大爺非常怕奶奶。奶奶總是罵他。」

她死後他侵吞兩個孤兒的財產，報了仇，九莉心裏想。

「韓媽說二叔十幾歲還穿花鞋，穿不出去，帶一雙出去換。」

「是都說奶奶後來脾氣古怪，不見人。也是故意要他不好意思見人，要他怕人——怕他學壞了。」楚娣默然了一會，又道：「替奶奶想想也真是，給她嫁個年紀大那麼許多的，連兒子都比她大。她未見得能像老爹爹那樣賞識他。當然從前的人當然相信父親……」

九莉不願意這樣想。「不是說他們非常好嗎？」

「當然是這麼說，郎才女貌的。」

楚娣找出她母親十八歲的時候的照片，是夏天，穿著寬博的輕羅衫袴，長挑身材，頭髮中分，橫V字頭路，雙腮圓鼓鼓的鵝蛋臉，眉目如畫，眼睛裏看得出在忍笑——笑那叫到家裏來的西洋攝影師鑽在黑布底下？

但是九莉想起純姐姐蘊姐姐有點像她，是她的姪孫女。蕊秋楚娣都說她們倆「愛笑人。」她們的確是容易看不起人。奶奶嫁給爺爺大概是很委曲。在他們的合影裏，她很見老，臉面胖了，幾乎不認識了，儘管橫V字頭路依舊。並沒隔多少年，他們在一起一共也不過十幾年。又一直過著伊甸園的生活，就是他們兩個人在自己蓋的大花園裏。

這樣看來，他們的羅曼斯是翁婿間的。這也更是中國的。

「爺爺是肝病，」楚娣說。「喝酒喝得太多。」

他稱為「恩師」的丈人百般援引，還是沒有出路，他五十幾歲就死了。

楚娣忽然好奇的笑道：「你為什麼這樣有興趣？我們這一代已經把這些都撂開了，到了你們更應當往前看了。」

九莉笑道：「我不過因為忽然在小說上看到他們的事。」

她愛他們。他們不干涉她，只靜靜的躺在她血液裏，在她死的時候再死一次。

這次她母親一回國就在看《清夜錄》。她就從來沒對蕊秋提起這本書。她知道她母親恨他們，尤是沒見過面的婆婆。

蕊秋到後，九莉放月假才見到她，已經與楚娣搬進一家公寓。第一次去，蕊秋躺在床上，像剛哭過，喉嚨還有點沙啞。第二天再去，她在浴室裏，楚娣倚在浴室門邊垂淚，對著門外的一隻小文件櫃，一隻手扳著抽屜柄，穿著花格子綢旗袍，肚子上柔軟的線條還在微微起伏，剛抽噎過。見九莉來了，便走開了。

碧桃來了，也是倚在浴室門框上流淚。上次蕊秋臨走，因為碧桃也有十七八、十八九歲了——從小買來的丫頭，不知道確實歲數——留著她又是件未了的事。毓恒還沒娶親，雖然年紀比她大，兩人可以說是從小在一起長大的，自己也都願意，就把她嫁了給毓恒，又給了一筆錢作為嫁妝。但是婚後開的一爿小店蝕本，把碧桃的錢也搨進去蝕掉了。婆婆又嫌她沒有孩子，家裏常吵鬧，毓恒到鎮江找事就沒回來，聽說在那邊有人了。碧桃現在就是一個人在上海幫傭，也一度在楚娣這裏做過。她紫棠臉，圓中見方，很秀麗，只是身材太高大，板門似的，又黑，猛一看像個黑大漢站在人前，嚇人一跳。

九莉來了也是在浴室倚門訴說家裏的情形。只有下午在浴室化妝是個空檔。

蕊秋一面刷著頭髮，含酸道：「不是說好得很嗎？跟你三姑也好，還說出去總帶著小林，帶東帶西，喜歡得很。」

九莉覺得驚異，她母親比從前更美了，也許是這幾年流行的審美觀念變了。尤其是她蓬著頭在刷頭髮，還沒搽上淡紅色瓶裝水粉，秀削的臉整個是個黃銅彫像。談話中，她永遠倒身向前，壓在臉盆邊上，把輕倩的背影對著人，向鏡子裏深深注視著。

「唔。」

九莉那天回去，當著翠華向乃德說：「三姑說好久沒看見弟弟，叫我明天跟他一塊去。」

當然他們也早已聽見說蕊秋回來了。

蕊秋備下茶點，楚娣走開了，讓他們三個人坐下吃茶。

「小林你的牙齒怎麼回事？」

他不作聲。九莉也注意到他牙齒很小，泛綠色，像搓衣板一樣粼粼的，成為鋸齒形。她想是營養缺乏，他在飯桌上總是食不下咽的樣子。

有一天她走進餐室，見他一個人坐在那裏，把頭抵在皮面方桌的銅邊上。

「你怎麼了？」

「頭昏。」他抬起頭來苦著臉說：「聞見鴉片烟味就要吐。」

她不禁駭笑，心裏想我們從小聞慣的，你更是偎灶貓一樣成天偎在旁邊，怎麼忽然這樣嬌嫩起來？

蕊秋講了一段營養學，鼓勵的說他夠高的，只需要長寬，但是末了叫他去照X光驗肺，到某醫院去，向掛號處說卞小姐講好的，賬單寄給她。九莉覺得這安排恐怕太「懸」，醫院裏攪不清楚，尤其是她弟弟，更不好意思去跟人說。又是某小姐代付費，倒像是他靠一個年紀較大的女朋友養活他。

他先走，她要在晚飯前直接回學校去。蕊秋又去洗臉，九莉站在浴室門邊拭淚，哭道：「我要……送他去學騎馬。」

蕊秋笑了。「這倒不忙，先給他進學校，哪有這麼大的人不進學校的。」

她替九莉把額前的頭髮梳成卻爾斯王子的橫雲度嶺式。直頭髮不持久，回到學校裏早已塌下來了，她捨不得去碰它，由它在眼前披拂，微風一樣輕柔。

「痴頭怪腦的，」飯桌上一個同班生嗤笑著說。她這才笑著把頭髮掠上去。

自從乃德倒戈，楚娣不跟他來往了。這時候剛巧五爺回來了，就托五爺去說，送九林進學校，送九莉出洋。五爺在滿洲國不得意，娶了個十六歲的班子裏姑娘帶回來，說看她可憐，也是流落在東北。所以現在又是兩份家，他兩個姑奶奶對他十分不滿。

又是在下午無人的餐室裏，九林走來笑道：「你要到英國去啦？」驚奇得眼睛睜得圓圓的。

「不知道去得成去不成，」九莉說。

「你去我想不成問題，」他很斟酌的說，她覺得有點政客的意味。

她因為二嬸三姑，一直總以為她也有一天可以出洋，不過越大越覺得渺茫。

「他答應的，離婚協議上有，」蕊秋說。

那時候他愛她，九莉想。真要他履行條約，那又是打官司的事。但是她的魔力也還在，九莉每次說要到「三姑」那裏去，他總柔聲答應著，臉上沒有表情。

「你二叔有錢，」蕊秋說。

九莉有點懷疑。她太熟悉他的恐怖。

他也並沒說沒有，只道：「離了韓媽一天也過不了，還想一個人出去——就要打仗了，去送死去！」

翠華道：「小莉到底還想嫁人不嫁？」

五爺把話傳了過去，楚娣又是氣又是笑，道：「哪有這樣的，十六七歲就問人還想不想嫁人。」

韓媽大概是聽九林說的，乘無人的時候忽道：「太太要是要你跟她，我也沒什麼，」這句有點囁嚅著，眼睛一直不望著她。「她又不要你，就想把你搞到那沒人的地方去。」

「我想到外國去，」九莉輕飄的說。「我要像三姑。」

「嚇咦！」嚇噤的聲音，低低的一聲斷喝。韓媽對楚娣蕊秋從來沒有過微詞，只有這一次。

九林又給叫到楚娣那裏去了一趟。

「小林你怎麼這麼荒唐？」蕊秋厲聲說。

他不作聲。

他沒到醫院去照X光，九莉覺得是因為蕊秋不信任他，沒給他十塊錢X光費。當然，給了他是否會另作別用，那又是個問題了。

九莉剛中學畢了業回來，這一天街上叫賣號外。陪房女傭出去買了張回來，只比傳單略大一圈，拿在手裏驚笑道：「這報紙怎麼這麼小？」

九莉只在樓梯腳下就她手裏看了看。滿紙大紅大黑字。滬戰開始了。

蕊秋與她兄弟都住在越界築路的地段。雲志承認他胆子小，一打仗就在法租界一家旅館裏租下一套三個房間，闔家搬去避難。他的姨太太早已「打發」了。他叫蕊秋楚娣也去住，蕊秋大概覺得他這筆旅館費太可觀了，想充份利用一下，叫九莉也跟去，也許也是越看她越不行，想乘機薰陶薰陶。

「三姑說我們這裏離閘北太近了，叫我到她那裏去住兩天，」九莉向乃德說。翠華剛巧出去了，她如釋重負，每次當著翠華抬出「三姑」來，總覺得非常不自然，不像與乃德在這一點上有一種默契。

乃德照例應了聲「唔，」沒抬起眼來。

旅館裏很熱鬧。粉紫色的浴缸上已經一圈垢膩。

「要亡國還是亡給英國人，日本鬼子最壞了，」雲志說。

蕊秋笑了起來。「你這種話可不氣死人，要亡國還情願亡給誰。」

雲志又道：「印度鬼子可憐咧，亡國奴咧！」

蕊秋道：「你們這些人都是不到外國去，到了外國就知道了，給人看不起，都氣死人了！」

「哪個叫你去的？」

他們姐弟與楚娣兄妹一樣，到了一起總是唇槍舌劍，像拌嘴似的，但是他們倆感情好。

蕊秋道：「你不洗個澡？人家還特為開房間洗澡呢。」

雲志道：「多洗澡傷元氣的。」

雲志夫婦托了蕊秋給長女次女介紹留學生，正交朋友，讓出兩間房來讓她們會客，大家擠在另一間裏，蕊秋楚娣領了紅十字會的活來做，捲繃帶，又替外僑志願兵打茶褐色毛線襪子。

雲志低聲道：「那天在家裏，我聽見客廳裏一個跑一個追，在笑，我有點不放心，走過門口瞭了一眼，看見旗袍大襟敞著，我急了，大叫劉嫂子，叫她進去裝著拿東西，一會再去對茶送點心，多去兩趟。」

蕊秋道：「所以說我們中國人不懂戀愛。哪有才進大門就讓人升堂入室的。」

轟炸中，都說這旅館大廈樓梯上最安全。九莉坐在梯級上，看表姐們借來的《金粉世家》，非常愉快。

次日正午一聲巨響，是大世界遊藝場中彈，就在法大馬路。九莉在窗口看見一連串軍用卡車開過，有一輛在蒼綠油布篷下露出一大堆肉黃色義肢，像櫥窗中陳列的，不過在這裏亂七八糟，夾雜在花布與短打衣袴間。有些義肢上有蜿蜒的亮晶晶深紅色的血痕。匆匆一瞥，根本不相信看見了。

看來法租界比她家裏還要危險。午後蕊秋便道：「好了，你回去吧。」

電車站上鬧嚷嚷的賣號外，車窗裏伸出手來買。似乎大家臉上都帶著一絲微笑，有一種新鮮刺激的感覺。

天熱，下了車還要走一大截路，回到家裏晒得紅頭漲臉，先去洗個臉再上樓去見他們。在浴室裏，她聞見身上新鮮的汗味。

洗了臉出來，忽見翠華下樓來了，劈頭便質問怎麼沒告訴她就在外面過夜，打了她一個嘴巴子，反咬她還手打人，激得乃德打了她一頓。大門上了鎖出不去，她便住到樓下兩間空房裏，離他們遠些，比較安全。一住下來就放心了些，那兩場亂夢顛倒似的風暴倒已經去遠了。似乎無論出了什麼事，她只要一個人過一陣子就好了。這是來自童年深處的一種渾，也是一種定力。

這兩間房裏堆著一些用不著的舊傢俱，連她小時候都沒見過，已經打入冷宮的紅木大櫥，櫥頂有彫花門樓子。翠華的兩個進大學的兄弟來住的時候權作客房，睡在籐心紅木炕床上。她只用一間，把中間的拉門拉上。到隔壁一間去找書看，桌上有筆硯，又有張紙鬆鬆的團成一大團。攤平了是張舊式信箋，上面半草的很大的字是她弟弟的筆跡：

「二哥如晤：日前走訪不遇，悵悵。家姐事想有所聞。家門之玷，殊覺痛心。」

這是什麼話？她因為從前在她的畫上打槓子，心裏有了個底子，並不十分震動。二哥是天津來的從堂兄。這封信是沒寄還是重新寫過了？粗心大意丟在這裏，正像他幹的事。

他難道相信她真有什麼？翠華說她在外面過夜沒先稟告她，不過是個不敬的罪名，別的明知說了也沒人相信。尤其是九林，直到不久以前，她從學校回來還是跟他住一間房，兩張單人床之間隔著個小櫥。她已經聽韓媽說他夢遺過，但是脫衣上床的時候，他雖然是禮貌的不看，也確實兩人都坦然不當樁事。她一門心思抽長條子，像根竹竿。有時候她也有點覺得奇怪，沒人叫他們分房住。原因大概是楚娣乘著乃德結婚，多買了一堂現代化的臥室傢俱。既然是買給他們倆的，翠華不好意思叫他們搬一個出來，彷彿是覬覦這堂傢俱，所以直到去年才讓她的小妹妹去跟九莉住。

如果他不是真當她會有什麼，那他是為虎作倀誣蔑她？但是她沒往下想，只跟自己打官腔，氣憤道：「念到書經了，念通了沒有，措辭這樣不知輕重。」信箋依舊團皺了撩在桌上，也從來沒有告訴任何人。

關了幾天，這天下午韓媽進來低聲說：「三小姐來了。」

二嬸三姑聽見了風聲，所以三姑來跟他們理論。九莉也興奮起來了。

「你千萬不要出去，出去了就再也回不來了，」韓媽恐嚇的輕聲說。

九莉帶笑點了點頭。當然這是替她打算的話。她自己也已經寫過一張字條交給韓媽送去：

「二叔，

娘是真的對我誤會了，請二叔替我剖白。希望二叔也能原宥我。

莉」

當然一看就撕了。韓媽沒說，她也沒問。

韓媽拖過一張椅子，促膝坐下，虎起一張臉看守著她，只避免與她對看。臉對臉坐得這樣近，九莉不禁有點反感。自從她挨了打抱著韓媽哭，覺得她的冷酷，已經知道她自己不過是韓媽的事業，她愛她的事業。過去一直以為只有韓媽喜歡她，就光因為她活著而且往上長，不是一天到晚掂斤撥兩看她將來有沒有出息。

突然聽見叫罵聲，在樓上樓梯口，聲帶緊得不像楚娣的聲音，一路嚷下樓梯，聽不清楚說什麼。才來了沒有一會。

乘此衝出去，也許可以跟三姑一塊走。

韓媽更緊張起來。

九莉坐著沒動，自己估量打不過她，而且也過不了大門口門警那一關。

又一天晚上韓媽進來收拾，低聲道：「講要你搬到小樓上去。」

「什麼小樓？」

「後頭的小樓。壞房子。」

九莉沒去過，只在走廊門口張望過一下，後搭的一排小木屋，沿著一溜搖搖晃晃的樓廊，褪色的慘綠漆闌干東倒西歪，看著不寒而慄，像有丫頭在這裏弔死過。

韓媽眼睛裏有種盤算的神氣，有點什麼傢俱可以搬進去，讓她住得舒服點。隨又輕聲道：「好在還沒說呢。」

還沒來得及鎖進柴房，九莉生了場大病。韓媽去向翠華討藥，給了一盒萬金油。發高熱，她夢見她父親帶她去兜風，到了郊區車夫開快車，夏夜的涼風吹得十分暢快。街燈越來越稀少，兩邊似乎都是田野，不禁想起閻瑞生王蓮英的案子，有點寒森森的。閻瑞生帶了個妓女到郊外兜風，為了她的首飾勒死了她。跟乃德在一起，這一類的事更覺得接近。

她乘病中疏防，一好了點就瞞著韓媽逃了出去，跑到二嬸三姑那裏。一星期後韓媽把她小時候的一隻首飾箱送了來，見了蕊秋叫了聲「太太！」用她那感情洋溢的聲口。
蕊秋也照舊答應著，問了好，便笑道：「大姐走了他們說什麼？」
韓媽半霎了霎眼睛，輕聲笑道：「沒說什麼。」
九莉知道蕊秋這一向錢緊，但是韓媽去後她說：「我給了她五塊錢。看老奶奶可憐，七八十歲的人，叫她洗被單。這才知道厲害了！從前對我那樣，現在一比才知道了。」
「她從前怎樣？」九莉問。
「哈！從前我們走的時候，你沒看見這些大媽們一個個的那樣子呵——！臨上船，挑夫把行李挑走了，就此不見了。你二叔一拍桌子說：『行李我扣下了！』這些人在旁邊那神氣呵——都氣死人。」
楚娣在洋行裏找了個事，不大在家。卞家兩個較小的表姐也由蕊秋介紹留學生，她們都健美。從前楚娣那裏也有一種有目標有紀律的氣氛，是個訴訟廠，現在是個婚姻廠，同時有幾件在進行。卞家的人來得川流不息。
「你三姑反正就嫌人，多隻狗都嫌，」蕊秋說。
南西也常來。
楚娣背後攢眉笑道：「啊呦，那南西！」
九莉知道是說她的化妝衣著不像良家婦女。
蕊秋道：「你沒看見她剛到巴黎的時候小可憐似的。認識了查禮，一吵架就跑來哭。總算查禮倒是跟她結了婚。到現在他家裏人還看不起她，他們家守舊。」

蕊秋不是跟他們一塊回來的。她有個爪哇女朋友一定要她到爪哇去玩，所以彎到東南亞去了一趟。

「爪哇人什麼樣子？」九莉問。

「大扁臉，沒什麼好看。」

她喜歡蕊秋帶回來的兩幅埃及剪布畫，米色粗布上，縫釘上橙紅的人牽著駱駝，遠處有三座褪色的老藍布金字塔，品字式懸在半空中。她剛在古代史上發現了苗條的古埃及人，奇怪他們的面型身段有東方美。

「埃及人什麼樣子？」

蕊秋微撮著嘴唇考慮了一下。「沒什麼好看。大扁臉。」

她跟蕊秋一床睡，幸而床大，但是彈簧褥子奇軟，像個大粉撲子，早上她從裏床爬出來，挪一步，床一抖，無論怎樣小心，也常把蕊秋吵醒，總是鬧「睡得不夠就眼皮摺得不對，瞅著。」她不懂那是眉梢眼角的秋意。

她怕問蕊秋拿公共汽車錢，寧可走半個城，從越界築路走到西青會補課。走過跑馬廳，綠草坪上有幾隻白羊，是全上海唯一的擠奶的羊。物以稀為貴，蕊秋每天定一瓶羊奶，也說「貴死了！」這時候西方有這一說，認為羊奶特別滋補，使人年青。

她從家裏墊在鞋底帶出來的一張五元鈔票，洗碗打碎了一隻茶壺，幸而是純白的，自己去配了一隻，英國貨，花了三塊錢。蕊秋沒說什麼。母親節這天走過一爿花店，見櫥窗裏一叢芍藥，有一朵開得最好，長圓形的花，深粉紅色複瓣，老金黃色花心，她覺得像蕊秋。走進去指著它笑問：「我只要一朵。多少錢？」

「七角錢。」店裏的人是個小老僕歐，穿著白布長衫，蒼黃的臉，特別殷勤的帶笑抽出這一朵，小心翼翼用綠色蠟紙包裹起來，再包上白紙，像嬰兒的襁褓一樣，只露出一朵花的臉，表示不嫌買得太少。

「我給二嬸的，」她遞給蕊秋。蕊秋卸去白紙綠紙捲，露出花蒂，原來這朵花太沉重，蒂子斷了，用根鐵絲支撐著。

九莉「噯呀」了一聲，耳朵裏轟然一聲巨響，魂飛魄散，知道又要聽兩車話：「你有些笨的地方都不知道是哪裏來的，連你二叔都還不是這樣。」「照你這樣還想出去在社會上做人？」她想起那老西崽臉上諂媚的笑容，心裏羞愧到極點。

「不要緊，插在水裏還可以開好些天。」蕊秋的聲音意外的柔和。她親自去拿一隻大玻璃杯裝了水插花，擱在她床頭桌上。花居然開了一兩個星期才謝。

她常說「年青的女孩子用不著打扮，頭髮不用燙，梳的時候總往裏捲，不那麼筆直的就行了。」九莉的頭髮不聽話，穿楚娣的舊藍布大褂又太大，「老鼠拔荷葉」似的，自己知道不是她母親心目中的清麗的少女。

「人相貌是天生的，沒辦法，姿勢動作，那全在自己。你二叔其實長得不難看，十幾歲的時候很秀氣的。你下次這樣：看見你愛慕的人，」蕊秋夾了個英文字說，「就留神學她們的姿勢。」

九莉羞得正眼都不看她一眼。她從此也就沒再提這話。

「嗚啦啦！」蕊秋慣用這法文口頭禪含笑驚嘆，又學會了愛吃千葉菜「啊提修」，煮出來一大盤，盤子上堆著一隻灰綠色的大刺蝟，一瓣一瓣摘下來，略吮一下，正色若有所思。

「啊，我那菲力才漂亮呢！」她常向楚娣笑著說。他是個法科學生，九莉在她的速寫簿上看見他線條英銳的側影，戴眼鏡。

「他們都受軍訓。怕死了，對德國人又怕又恨，就怕打仗。他說他一定會打死。」

「他在等你回去？」楚娣有一次隨口問了聲。

蕊秋別過頭去笑了起來。「這種事，走了還不完了？」

但是她總是用藍色航空郵簡寫信，常向九莉問字，用兩張紙掩住兩邊，只露出中間一段。九莉覺得可笑。

「我有兩本活動字典，」她說楚娣與九莉。

她難得請客，這一次笑向楚娣道：「沒辦法，欠的人情太多了，又都要吃我自己做的菜。」

這公寓小，是個單獨請吃茶的格局，連一張正式的餐桌都沒有，用一套玻璃桌子拼成不等邊形。幽暗的土黃色燈光下，她只穿著件簡便的翻領黑絲絨洋服，有隻長方的碧藍彫花土耳其玉腰帶扣。菜已經上了桌，飯照西式盛在一隻橢圓大蓋碗裏，預備添飯。

「還缺一隻椅子，」她說。

九莉到別的房間去找，但是椅子已經全搬去了。唯一的可能是一張小沙發椅，躊躇了一下，只好把它推出去，偏又擱在個小地毯上，澀滯異常，先推不動，然後差點帶倒了一隻站燈。她來了以後遇到勞作總是馬上動手，表示她能適應環境。本來連劃火柴都不會，在學校做化學實驗無法點酒精燈，美國女教師走來問知代劃，一臉鄙夷的神色。

在家裏總有女傭慌忙攔阻：「我來我來！」怕她闖禍失火。

「卞家的小姐們自己到衖堂口小店去買東西！」從前李媽輕聲說，彷彿是醜事。

蕊秋定做的一套仿畢卡索抽象畫小地毯，都是必經之道，有時候可以捲起一角，有時候需要把沙發椅抬起一半。地毯一皺就會拖倒打碎東西，才度過一張，又面臨一張。好容易拱到過道裏，進了客室的門，精疲力盡，忽見蕊秋驚異得不能相信的臉。

「你這是幹什麼？豬！」

項八小姐南西夫婦與畢先生都在。九莉只好像他們一樣裝不聽見，仍舊略帶著點微笑，再把沙發椅往回推。等到回到飯桌上，椅子也有了，不知道是不是楚娣到隔壁去借的。

每次說她她分辯，蕊秋便生氣說：「你反正總有個理！」

「沒有個理由我為什麼這樣做？」她想，但是從此不開口了。

有天下午蕊秋在浴室刷頭髮，忽道：「我在想著啊，你在英國要是遇見個什麼人。」

九莉笑道：「我不會的。」

「人家都勸我，女孩子念書還不就是這麼回事，……」但是結了婚也還是要有自立的本領，寧可備而不用，等等。

九莉知道她已經替蕊秋打過一次嘴，學了那麼些年的琴不學了。

「『她自己不要噯！』」楚娣學著翠華的聲口。

住讀必須學琴才准練琴，學了又與原有的教師衝突，一個要手背低，一個要手背凸，白俄女教師氣得對她流淚。校方的老處女錢小姐又含嗔帶笑打她的手背，一掌橫掃過來，下手很重。她終於決定改行畫卡通片。

「你已經十六歲了，可不能再改了，」楚娣說。

蕊秋總是說：「我們就吃虧在太晚。」

這要到了英國去鬧戀愛，那可真替她母親打嘴了。她明白蕊秋的恐怖，但是也知道即使立下字據也無用。

「第一次戀愛總是自以為噯——好得不得了！」蕊秋恨恨的說。

九莉笑道：「我不會的。我要把花的錢賺回來，花的這些錢我一定要還二嬸的。」裝在一隻長盒子裏，埋在一打深紅的玫瑰花下。

她像不聽見一樣。「想想真冤——回來了困在這兒一動都不能動。其實我可以嫁掉你，年紀青的女孩子不會沒人要。反正我們中國人就知道『少女』。只要是個處女，就連碧桃，那時候雲志都跟我要！」

九莉詫異到極點。從小教她自立，這時候倒又以為可以嫁掉她？少女處女的話也使她感到污穢。

蕊秋又道：「我不喜歡介紹朋友，因為一說給你介紹，你先心亂了，整個的人都——」她打了個手勢，在胸腔間比劃著，表示五中沸騰，一切感官都騷動起來，聲音也低了下來，變得親密而恐懼，九莉聽著有一種輕微的穢褻感。雖然不過是比譬的話，口口聲聲「你」呀「你」的也覺得刺耳。她不懂為什麼對她說這些。雖然剛說過「嫁掉你，」她以為是舊式的逼婚，再也沒想到她母親做媒做得順手，也考慮到給她介紹一個，當她在旁邊眼紅也說不定。像她表姐們那當然是應當給介紹的。她們也並不像舊式女孩子一樣，一聽見提親就跑了，卻是大大方方坐在一邊微笑聽著，有時候也發表意見。有一個表姐說「嫁人要嫁錢，」她也贊成，覺得對於她表姐是對的。但是她想要電影上那樣的戀情，不但反對介紹見面，而且要是她，第一先會窘死了，僵死了，那還行？當然她也從來沒說過。海闊天空「言志」的時候早已過去了。

蕊秋沉默了一會，又夾了個英文字說：「我知道你二叔傷了你的心——」

九莉猝然把一張憤怒的臉掉過來對著她，就像她是個陌生人插嘴講別人的家事，想道：「她又知道二叔傷了我的心！」又在心裏叫喊著：「二叔怎麼會傷我的心？我從來沒愛過他。」

蕊秋立刻停住了，沒往下說。九莉不知道這時候還在托五爺去疏通，要讓她回去。蕊秋當然以為她是知道了生氣，所以沒勸她回去。

乃德笑向五爺道：「我們盛家的人就認識錢。」又道：「小姐們住在一塊要吵架的。」

翠華道：「九莉的媽是自搬磚頭自壓腳。」

九莉總想著蕊秋這樣對她是因為菲力，因為不能回去，會失去他。是她拆散了一對戀人？有一天蕊秋出去了，一串鑰匙插在抽屜上，忘了帶去。那些藍色航空郵簡都收在那第一隻抽屜裏。

九莉想道：「我太痛苦了，我有權利知道我幹下了什麼事。」把心一橫，轉了轉鑰匙，打開抽屜，輕輕拈出最上面的一張，一看是一封還沒寄出的信，除了親暱的稱呼，也跟蕊秋平時的信一樣，抱怨忙，沒工夫念法文，又加入了本地的美術俱樂部學塑像。最後畫了十廿個斜十字，她知道一個乂乂代表一個吻，西方兒童信上常用的。

看了也仍舊不得要領。看慣了電影上總是纏綿不休而仍舊沒有發生關係，她不知道那是規避電影檢查，懂的人看了自然懂的。此外她也是從小養成的一種老新黨觀點，總覺得動不動疑心人家，是頑固鄉氣不大方。

表大媽仍舊常在一起打麻將，但是蕊秋說：「大太太現在不好玩了。」

「自從大爺出了事，她就變了，」楚娣說。

蕊秋笑道：「我就怕她一輸就搖，越搖越輸。」

她在牌桌上一著急就上身左右搖擺著。

其實這時候大爺已經還清了虧空，出了醫院。

這天蕊秋楚娣帶著九莉在大太太家吃晚飯，小爺不在家，但是房子實在小，多兩個人吃飯就把圓桌面擺在樓梯口。

竺大太太在飯桌上笑道：「老朱啊，今天這碗老玉米炒得真好，老玉米嫩，肉絲也嫩。還可以多擱點鹽，好像稍微淡了點。」她怕朱媽。

朱媽倚在樓梯闌干上，揚著臉不耐煩的說：「那就多擱點鹽就是了。」

飯後報說大爺來了。竺大太太拉蕊秋楚娣一塊下去。九莉跟在後面，見大爺在樓下踱來踱去。因為沒有客室傢俱，上首擱著一張條几，一張方桌，佈置成一個狹小的堂屋，專供他回家祭祀之用。燈光黯淡，他又沒脫袍子，看上去不那麼髒，也許在醫院裏被迫沐浴過了。她叫了聲「表大爺。」

他點頭答應，打量了她一眼，喃喃的向蕊秋笑道：「要到英國去啦？將來像了你們二位，那真是前途不可限量，一定了不起。」蕊秋也喃喃的謙了一聲。他又道：「二位都是俠女，古道熱腸，巾幗英雄，叫我們這些人都慚愧死了。」

大家都沒坐下。大太太站在一邊，只隔些時便微嗽一聲打掃喉嚨：「啃！」

「這一向好多了？」楚娣說。

「精神還好。沒什麼消遣，扶乩玩。」

「靈不靈？」

「那就不知道了。也要碰巧，有時候的確彷彿有點道理。你們幾時高興來看看？就在功德林樓上。有兩個乩仙喜歡跟弟子們唱和，有一個是女仙。」

楚娣笑道：「聽說你這一向很活動？」帶著挑戰的口吻。

他笑道：「沒有沒有，沒有的事。」

「不是說你要出山了嗎？」

「不不，絕對沒有這話。那是人家看不得我這劫後餘生，造我的謠言。」

「啃！」大太太又微咳了聲。

蕊秋楚娣回去都笑：「真怕看大太太見了大爺那僵的啊！」

「說是日本人在跟他接洽，要他出來，也不知道這話是不是有點影子？」

「他是指天誓日說沒有這事。」

「那他當然是這麼說。」

她二人浴室夜談，蕊秋溫暖的笑聲，現在很少聽見了。九莉自從住到這裏來，當然已經知道她們現在不對了。蕊秋有時候突然爆發，楚娣總是讓著她。九莉不懂楚娣為什麼不另住，後來聽她說是為了省錢，也仍舊覺得寧可住亭子間，一樣可以佈置得獨出心裁。後來又聽說西方人注重住址，在洋行做事，有個體面的住址很重要。楚娣也確是升得很快。

蕊秋托畢先生替九莉領護照，轉托了人，不到半個月就從重慶寄來了，蕊秋很得意。——

「這要丟了可好了！在外國沒有護照，又不能住下去，又不能走，只好去死。」

有一天九莉聽見楚娣在浴室倚門向裏面笑道：「你不要著急了，她到了時候自然會的，」知道蕊秋在說她。其實楚娣也並不贊成送她出洋，後來提起來，向九莉悄然道：「我也勸來著。她這件事一定要做。」

九莉有次洗澡，剛巧她們倆都在浴室裏，正有點窘，楚娣不由得噗嗤一笑道：「細高細高的——！」

「也有一種……沒成年的一種，」蕊秋說。「美術俱樂部也有這種模特兒。」

「哦？」楚娣自負體格夠標準，顯然不大相信。

九莉是第一次聽見她母親衛護的口吻，竭力不露出喜色來。

當然不會肯讓她去做模特兒。

有天晚上，蕊秋等楚娣回來幫她油漆燈罩，但是顯然又在辦公室絆住了，七點多鐘還沒回來。她激動的在客室裏走來走去，忽道：「你知道我沒回來的時候，你三姑做投機，把我的錢都用掉了。也是為了救你表大爺，所以買空賣空越做越大。這時候找到個七八十塊錢一個月的事，這樣巴結，笑話不笑話？」

九莉怔了一怔，輕聲道：「是怎麼……？別人怎麼能把錢提出來？」

「也是為了現在法幣要保值，所以臨走的時候托了人，隨時看著辦，問我來不及了，由她代管。哪想到有這樣的事？馬壽聽見了都氣死了，說『這是偷！』」說時猛一探脖子，像隻翠鳥伸長了蛇一樣的頸項，向空中啄了一下。

馬壽是個英國教員，前一向來過一次，去後蕊秋笑得格格的告訴楚娣：「馬壽現在胖得像個豬，」又提起他現在結了婚了。

「把人連根剷，就是這點命根子。噯喲，我替她想著將來臨死的時候想到這件事，自己心裏怎麼過得去？當然她是為了小爺。我怎麼跟她說的？好歸好，不要發生關係。好！這下子好，身敗名裂。表大媽為了小爺恨她。也是他們家傭人說的，所以知道了。」

九莉本來也覺得大太太現在只跟蕊秋好，對楚娣總是酸溜溜的，有時候連說話聲音都難聽。但是大太太現在根本改了常，往往笑起來也像冷笑，只在鼻子裏哼一聲，因此她陰陽怪氣的，九莉也沒大注意。恨楚娣，不見得光是因為他們輩份不同？總也是因為她比他大，以為是她引誘他。

「表大媽也是氣他們不拿她當個人，什麼都不告訴她，不要她管。你三姑是逞能，小爺還不也是利用她。現在都說小爺能幹了，他爸爸總是罵他，現在才好些了。——我心裏想，你舅舅是不知道，要給他知道了，你舅舅那張嘴多壞！我想想真冤，啞子吃黃連，還不能告訴人——真是打哪說起的？」

九莉始終默然，心裏也一片空白，一聽見了就「暫停判斷，」像柯勒瑞支的神怪故事詩〈老水手〉等，讀者「自願暫停不信。」也許因為她與三姑是同舟的難友。

蕊秋又道：「從前提親的時候，呵喲！講起來他們家多麼了不起。我本來不願意的，外婆對我哭了多少回，說你舅舅這樣氣她，我總要替她爭口氣。好，等到過來一看——」她又是氣又是笑，「那時候你大媽當家，連肥皂都省，韓媽胆子小，都怕死了，也不敢去要，洗的被窩枕頭都有唾沫臭。還要我拿出錢來去買，拿出錢來添小鍋菜，不然都不能吃。你三姑那時候十五歲，一天到晚跑來坐著不走，你二叔都恨死了！後來分了家出來，分家的時候說是老太太從前的首飾就都給了女兒吧，你三姑也就拿了。還有一包金葉子，她也要。你二叔反正向來就是那樣，就說給了她吧。那時候說小也不小了，你說她不懂事呀？」

她說得喉嚨都沙啞了，又在昏黃的燈下走來走去，然後又站住了。「我為了這幾個錢這樣受彆，困在這兒一動也不能動，我還是看不起錢。就連現在，我要是要錢要地位的話，也還不是沒人要。」

九莉知道她是指畢大使。楚娣打趣過她，提起畢大使新死了太太。

「勞以德總是說：『你應當有人照應你。你太不為自己著想了。』是我的朋友都覺得我不應當讓你念書。不是我一定要你念，別的你又都不會。馬壽也說我：『留著你的錢！你不要傻！』」

九莉不由得對馬壽一陣敵意。馬壽上次來她也看見的，矮小，希臘石像的側影，不過因為個子小，一發胖就肥唧唧的。她母親的男友與父親的女人同是各有個定型。還有個法國軍官，也是來吃下午茶，她去開門，見也英俊矮胖，一身雪白的制服，在花沿小鴨舌軍帽下陰沉的低著頭，擠出雙下巴來，使她想起她父親書桌上的拿破崙石像。

「現在都是說『高大』，」蕊秋笑她姪女們擇偶的標準，「動不動要揀人家『高大』。這要是從前的女孩子家，像什麼話？」

聽她的口氣「高大」也穢褻，九莉當時不懂為什麼——因為聯想到性器官的大小。

請客吃茶的下午，蕊秋總是脾氣非常好，一面收拾房間，插花，鋪桌布，擺碟子，一面說笑，笑聲低抑。她講究穿衣服，但是九莉最喜歡她穿一件常穿的，自己在縫衣機上踏的一件墨綠蘇布齊膝洋服，V領，窄袖不到肘彎，毫無特點，是幾十年來世界各國最普遍的女裝，她穿著卻顯得嬌俏幽嫻。

有客來，九莉總是拿本厚重的英文書到屋頂上去看。高樓頂上，夏天下午五點鐘的陽光特別強烈，只能坐在門檻上陰影裏。淡紅亂石嵌砌的平台，不許晾衣裳，望出去空曠異常，只有立體式的大烟囱，高高下下幾座乳黃水泥掩體。蕊秋好起來這樣好，相形之下，反而覺得平時實在使人不能忍受。這時候錢也花了，不能說「我不去了。」不去外國又做什麼，也不能想像。她看不起自己。

而且沒良心。人家造就你，再嘀咕你也都是為你好，為好反成仇。

讓你到後台來，你就感到幻滅了？

她想到跳樓，讓地面重重的摔她一個嘴巴子。此外也沒有別的辦法讓蕊秋知道她是真不過意。

她聽見楚娣給緒哥哥打電話，喉嚨哭啞了，但是很安靜，還是平時的口吻，然而三言兩語之後，總是忽然惱怒起來。

這就是熱情嗎？

她留神對楚娣完全像從前一樣，免得疑心她知道。

現在楚娣大概對任何人都要估量一下，他知道不知道。九莉知道只有她，楚娣以為她不會知道。

緒哥哥有天來，九莉有點詫異，蕊秋對他很親熱。自從她離婚後，他從「表嬸」改口叫她蕊秋。一般都認為叫名字太托大了，但是英文名字不妨。談話間，講起他家裏洗澡不方便，楚娣便道：「就在這兒洗個澡好了，」不耐煩的口吻，表示不屑裝作他沒在她家洗過澡。

蕊秋親自去浴室，見九莉剛洗過澡，浴缸洗得不乾淨，便彎下腰去代洗，低聲笑道：「這怎麼能叫人家洗澡？」是她高興的時候的溫暖羞澀的笑聲。

放了一缸溫熱的水出去，緒哥哥略有點窘的脫下袍子，擱在榻上，穿著白綢短打進浴室，更顯得矮小。蕊秋九莉兩個人四道目光都射在他背影上，打量著他，只有楚娣沒注意，又在淚眼模糊起來。

「你韓媽要走了，你去見她一面吧。」蕊秋說。

顯然她沒來辭行，是因為來了又要蕊秋給錢。這邊托人帶話，約了她在靜安寺電車站見面。九莉順便先到車站對街著名的老大房，把剩下的一塊多錢買了兩色核桃糖，兩隻油膩的小紙袋，笑著遞了給她。她沒說什麼，也沒有笑容，像手藝熟溜的魔術師一樣，兩個油透了的紙袋已經不見了，掖進她那特別寬大的藍布罩衫裏面不知什麼不礙事的地方。九莉馬上知道她又做錯了事，一塊多錢自己覺得拿不出手，給了她也是一點意思。

韓媽辭別後問了聲：「大姐你學堂那隻箱子給我吧？」九莉略怔了怔，忙應了一聲。是學校制定的裝零食的小鉛皮箱，上面墨筆大書各人名字，畢業後帶了回來，想必她看在眼裏，與她送來的那隻首飾箱一併藏過一邊，沒給翠華拿去分給人。

九莉這兩天剛戴上眼鏡，很不慣，覺得是驢馬戴上了眼罩子，走上了漫漫長途。韓媽似乎也對她有點感到陌生，眼見得又是個楚娣了，她自己再也休想做陪房跟過去過好日子了。九莉自己知道虧負她，騙了她這些年。在電車月台上望著她上電車，兩人都知道是永別了，一滴眼淚都沒有。

考上了，護照也辦好了，還是不能走。

「再等等看吧，都說就要打起來了，」蕊秋說。

九莉從來不提這事，不過心裏著急。並不是想到英國去——聽蕊秋說的一年到頭冷雨，黃霧，下午天就黑了。「窮學生哪裏都去不了，什麼都看不見，」整個不見天日。「吃的反正就是乾乳酪——」

（九莉笑道：「我喜歡吃乳酪。」

「那東西多吃最不消化了。」）

不過是想遠走高飛。這時候只求脫身。

這樣著急，也還是不肯看報。

「到時候自會告訴我的，」她想。

其實她母親又還不像她父親是個「圈椅政治分析家」。

蕊秋又道：「真打起來也不要緊，學生他們會疏散到鄉下去，配給口糧，英國人就是這種地方最好了。」

九莉卻有點疑心她母親是忘了她已經不是個學童了。蕊秋顯然是有個願望，乘此好把她交給英國政府照管。

兩個表姐就快結婚了，姐妹倆又對調了一下，交換對象，但是仍舊常跑來哭。

楚娣抱怨：「我回來都累死了，大小姐躺在我床上哭！」

「這是喜期神經，沒辦法的，」蕊秋說。

她幫著她們買衣料，試衣服，十分忙碌。有天下午她到卞家去了，因此他們家的人也都沒來，公寓裏忽然靜悄悄的，聽得見那寂靜，像音樂一樣。是週末，楚娣在家裏沒事，忽然笑道：「想吃包子。自己來包。」

九莉笑道：「沒有餡子。」

「有芝蔴醬。」她一面和麵，又輕聲笑道：「我也沒做過。」

蒸籠冒水蒸氣，薰昏了眼鏡，摘下來揩拭，九莉見她眼皮上有一道曲折的白痕，問是什麼。

「是你二叔打的。那時候我已經跟他鬧翻了不理他，你給關起來了，只好去一趟，一看見我就跳起來掄著烟鎗打。」

九莉也聽見說過，沒留心。

「到醫院去縫了三針。倒也沒人注意。」但是顯然她並不因此高興。

糖心芝蔴醬包子蒸出來，沒有發麵，皮子有點像皮革。楚娣說「還不錯，」九莉也說這餡子好，一面吃著，忽然流下淚來。楚娣也沒看見。

辦過了一件喜事，蕊秋正說要請誰吃茶，九莉病了，幾天沒退燒，只好搬到客室去睡與楚娣對調。下午茶當然作罷了。

她正為了楊邊擱一隻嘔吐用的小臉盆覺得抱歉，恨不得有個山洞可以爬進去，免得沾髒了這像童話裏的巧格力小屋一樣的地方。蕊秋忽然盛氣走來說道：「反正你活著就是害人！像你這樣只能讓你自生自滅。」

九莉聽著像詛咒，沒作聲。

請了個德國醫生來看了，是傷寒，需要住院。進了個小醫院，是這范斯坦醫生介紹的。單人病房，隔壁有個女人微弱的聲音呻吟了一夜，天亮才安靜了下來。

早晨看護進來，低聲道：「隔壁也是傷寒症，死了。才十七歲，」說著臉上慘然。

她不知道九莉也是十七歲。本來九莉不像十七歲。她自己覺得她有時候像十三歲，有時候像三十歲。

以前說「等你十八歲給你做點衣服，」總覺得異常渺茫。怪不得這兩年連生兩場大病，差點活不到十八歲。

范斯坦醫生每天來看她，他是當地有名的肺病專家，胖大，禿頭，每次俯身到她床前，發出一股子清涼的消毒品氣味，像個橡皮水龍沖洗得很乾淨的大象。他總是取笑她：

「多有耐心！」學她在毯子底下拱著手。她微笑，卻連忙把手指放平了。

「啊，星期五是好日子，開葷了！」他說。第一次吃固體的東西。

她記得去年蕊秋帶她到他診所裏去過一次。他順便聽聽蕊秋的肺，九莉不經意的瞥見兩人對立，蕊秋單薄的胸部的側影。蕊秋有點羞意與戒備的神氣，但是同時又有她那種含情脈脈的微醺。

蕊秋楚娣替換著來，帶雞湯來。蕊秋總是跟看護攀談，尤其誇讚有個陳小姐好，總是看書，真用功。她永遠想替九莉取得特殊待遇。

九莉出院後才聽見表大爺被暗殺的消息。就在功德林門口，兩個穿白襯衫黃卡其袴的男子，連放幾鎗逃走了，送到醫院裏拖了三天才死了。都說是重慶方面的人。以前的謠言似乎坐實了。緒哥哥銀行裏的事也辭掉了。表大媽正病著，他們不敢告訴她，她有嚴重的糖尿病心臟病。

「是說他眼睛漏光不好，主横死，」楚娣輕聲說。

「怎麼樣叫漏光？」九莉問。

似乎很難解釋，彷彿是眼睛大而眼白多。

「表大爺到底有沒有這事？」

「誰知道呢。緒哥哥也不知道。有日本人來見，那是一直有的。還有人說是寄哥兒拉縴，又說是寄哥兒在外頭假名招搖。」

九莉在大太太那裏見過寄哥哥，小胖子，一臉黑油，一雙睡眼，腫眼泡，氣鼓鼓惱叨的不言語，不知道為了什麼事冤枉了他。後來恍惚聽見大太太告訴楚娣，上次派他送月費來，拿去嫖了。

九莉總疑心大爺自己也脫不了干係。他現在實在窮途末路了，錢用光了只好動用政治資本。至少他還在敷衍延宕著，不敢斷了這條路。

她太深知她父親的恐怖。

緒哥哥預備到北邊去找事，上海無法立足，北邊的政治氣氛緩和些。已經說好了讓他看祠堂，至少有個落腳的地方。但是一時也走不開，大太太病著。

九莉動身到香港去之前，蕊秋楚娣帶她去看表大媽。樓下坐滿了人，都是大太太娘家的人，在商議要不要告訴她。她恨大爺，她病得這樣，都不來看她一次。

小爺也在，但是始終不開口，不然萬一有什麼差池，又要怪到他身上。反正她最相信她娘家人。

蕊秋等三人上樓去，也沒坐，椅子都搬到樓下去了。一間空房，屋角地下點著根香，大太太躺在個小銅床上，不戴眼鏡，九莉都不認識她了，也許也因為黃瘦了許多，聲音也微弱，也不想說話。九莉真替她難受，恨不得告訴她表大爺死了。

蕊秋楚娣送九莉上船，在碼頭上遇見比比家裏的人送她。是替她們補課的英國人介紹她們倆一塊走。蕊秋極力敷衍，重托了比比照應她。船小，不讓送行的上船。

她只笑著說了聲「二嬸我走了。」

「好，你走吧。」

「三姑我走了。」

楚娣笑著跟她握手。這樣英國化，九莉差點笑出聲來。

上了船，兩人到艙房裏看看，行李都搬進來了。

「我們出去吧，他們還在那裏，」比比說。

「你去，我不去了。她們走了。」

「你怎麼知道？我們去看看。」

「你去好了，我不去。」

比比獨自到甲板上去了。九莉倒在艙位上大哭起來。汽笛突然如雷貫耳，拉起迴聲來，一聲「嗡——」充滿了空間。床下的地開始移動。她遺下的上海是一片廢墟。

比比回到艙房裏，沒作聲，在整理行李。九莉也就收了淚坐起來。

四

楚娣在德國無線電台找了個事，做國語新聞報告員，每天晚上拿著一盞小油燈，在燈火管制的街道上走去上工。玫瑰紅的燈罩上纍纍的都是顆粒，免得玻璃滑，容易失手打碎，但是淪陷後馬路失修，許多坑穴水潭子，黑暗中有時候一腳踹進去，燈還是砸了，摸黑回來，搖搖頭只說一聲「喝！」旗袍上罩一件藏青嗶嘰大棉袍代替大衣，是她的夜行衣，防身服。她學騎車，屢次跌破了膝蓋也沒學會。以前學開車，也開得不好，波蘭籍汽車夫總坐在旁邊，等著跟她換座位。

「我不中用。二嬸裏腳還會滑雪，我就害怕，怕跌斷腿。」

有個二〇年間走紅的文人湯孤鶩又出來辦雜誌，九莉去投稿。楚娣悄悄的笑道：「二嬸那時候想逃婚，寫信給湯孤鶩。」

「後來怎麼樣？」九莉忍不住問。「見了面沒有？」

「沒見面。不知道有沒有回信，不記得了。」又道：「湯孤鶩倒是很清秀的，我看見過照片。後來結了婚，把他太太也捧得不得了，作的詩講他們『除卻離家總並頭』，我們都笑死了。」

那時候常有人化名某某女士投稿。九莉猜想湯孤鶩收到信一定是當作無聊的讀者冒充女性，甚至於是同人跟他開玩笑，所以沒回信。

湯孤鶩來信說稿子採用了，楚娣便笑道：「幾時請他來吃茶。」

九莉覺得不必了，但是楚娣似乎對湯孤鶩有點好奇，她不便反對，只得寫了張便條去，他隨即打電話來約定時間來吃茶點。

湯孤鶩大概還像他當年，瘦長，穿長袍，清瘦的臉，不過頭禿了，戴著個薄黑殼子假髮。他當然意會到請客是要他捧場，他又並不激賞她的文字。因此大家都沒多少話說。

九莉解釋她母親不在上海，便用下頦略指了指牆上掛的一張大照片，笑道：「這是我母親。」

橢圓彫花金邊鏡框裏，蕊秋頭髮已經燙了，但還是民初的前劉海，蓬蓬鬆鬆直罩到眉毛上。湯孤鶩注視了一下，顯然印象很深。那是他的時代。

「哦，這是老太太，」他說。

九莉覺得請他來不但是多餘的，地方也太偪仄，分明是個臥室，就這麼一間房，又不大。一張小圓桌上擠滿了茶具，三人幾乎促膝圍坐，不大像樣。楚娣卻毫不介意，她能屈能伸，看得開。無債一身輕，有一次提起「那時候欠二嬸的錢。」

九莉笑道：「我知道。二嬸告訴我的。」

楚娣顯然很感到意外，十分不快。那是她們兩人之間的秘密。「也是為了表大爺的事籌錢，做股票，一時週轉不過來，本來預備暫時挪一挪的，」她聲音低了一低，「就蝕掉了。後來也都還了她了。我那時候還有三條衖堂沒賣掉——也都抵押過不止一次。賣了就把二嬸的錢還了她。」

「哦。二嬸到香港來的時候我也猜著是錢還了她。」

楚娣默然了一會，又道：「你那時候聽見了覺得怎麼樣？」

九莉笑道：「我不覺得什麼。」

她不信。「怎麼會不覺得什麼？」

「我想著三姑一定有個什麼理由。」

楚娣頓了頓，顯然不明白，難道蕊秋沒告訴她是為了緒哥哥？

九莉因又笑道：「也是因為從前晚上在洋台上乘涼，聽三姑跟緒哥哥講話，我非常喜歡聽，覺得三個人在一起有種氣氛非常好。」

「哦？」楚娣似乎不大記得了，但是十分喜悅。默然片刻，又道：「就只有一次，二哥哥見了面不理我——還不是聽見了緒哥哥的事——我很hurt。他剛到上海來的時候我非常幫他的忙。」

她跟著九莉叫「二哥哥」，是她唯一賞識的一個堂姪，大學畢業後從天津帶著少奶奶出來，在上海找了個小事做著，家裏有錢，但是不靠家裏。少奶奶是家裏給娶的，耳朵有點聾。楚娣說過：「現在這些年青人正相反，家裏的錢是要的，家裏給娶的老婆可以不要。」

九莉跟她弟弟到他們那裏去過一次。九林常去，那封「家門之玷」的信就是寫給二哥哥的。他們夫婦倆住著一層樓面，兩間房相當大，冷冷清清擺著兩件敝舊的傢俱。兩人都是典型的北方人，二哥哥高個子，有紅似白的長臉，玳瑁邊眼鏡，夠得上做張恨水小說的男主角；二嫂也是長臉，矮而不嬌小。她殷勤招待，有點慌亂。九莉已經留了個神，說話大聲點，也不便太高聲，還是需要他傳話，他顯然很窘，冷冷的，不大高興的神氣。九莉覺得他們很慘，沒有小家庭例有的一種喜氣。

她看過《真善美》雜誌上連載的曾虛白的小說《魯男子》，裏面雲鳳與表姪戀愛，也不知是堂姪——只看見兩段，沒說清楚——有肉體關係。男的被族長捉到祠堂裏去打板子，女的僱了頂轎子趕去挺身相救，主角魯男子怕她會吃虧。雖然那是民初的事，宗法社會的影響至今也還在，再加上楚娣不像雲鳳與對方年齡相仿。九莉從來沒問起緒哥哥的歲數，因為三姑對這一點一定敏感。但是他進大學很晚，畢業大概有二十六七歲了，也許還不止。他是那種乾薑癟棗看不出年紀的人。

二哥哥也甚至於聯想到他自己——也是小輩，楚娣對他也非常熱心幫忙。連幫忙都像是別有用心的了。他又有個有缺陷的太太。

楚娣沉默了下來，九莉也想不出話來替她排遣，便打岔道：「表大媽後來到底知道不知道表大爺死了？」

「他們沒告訴她。」

沉默了一會，楚娣又道：「表大媽跟表大爺的事，其實不能怪他。是她哥哥硬摜給他的。他剛死了太太，她哥哥跟他在書房裏連說了兩天兩夜。他們本來是老親。表大媽那時候當然沒這麼胖，都說她長得『喜相』。他那時候就是個三姨奶奶。娶填房，別的姨奶奶都打發了，就帶著三姨奶奶去上任，是在北京任上過門的。表大媽說她做新娘子時候，『三姨奶奶磕頭，我要還禮，兩邊攙親的硬扳住了，不讓彎腰噯！』」學著她悄悄說笑的口吻。「娘家早就囑咐了跟來的人。

「三姨奶奶到新房來陪大奶奶說話。北邊那房子有兩溜窗戶，上頭的一溜只能半開，用根紅木棍子支著。天熱，大奶奶叫開窗子，剛巧旁邊沒人，就叫三姨奶奶把窗戶棍子拿來。三姨奶奶當時沒說什麼，一出了新房，一路哭回去，說大奶奶把她當成傭人。大爺氣得從此不進新房。陪房都說她們小姐脾氣太好了，這時候剛過來就這樣，將來這日子怎麼過？嗾使她鬧，於是大鬧了一場。也不知怎麼，說是新娘子力氣大，把牆都推倒了。大概那衙門房子老，本來快塌了。」

九莉在表大媽的照相簿上看見過一張三姨奶奶的照片，晚清裝束，兩端尖削的鵝蛋臉，異常妖艷苗條。

「大爺一直不理她。後來還是三姨奶奶做賢人，勸著大爺對她好了點，他們出去看戲吃館子也帶她去。這是她一輩子的黃金時代。她哥哥到北京來，打電話去，電話裝在三姨奶奶的院子裏。叫大奶奶聽電話，問『東屋大奶奶還是西屋大奶奶？』她哥哥氣得馬上跑了去，打了大爺一個嘴巴子。

「大爺就把她送回上海去了。以後回上海來也不在家裏住。只有一次，他病了，住在小公館裏老太太不放心，搬回來養病，叫大奶奶服侍他。回來住了幾個月，表大媽就想她能有個孩子就好了，後來對人說：『素小姐就住在隔壁房裏，她爸爸不好意思的。』怪到素姐姐身上，素姐姐都氣死了。」

素姐姐是前頭太太生的。

「緒哥哥是三姨奶奶的丫頭生的，」楚娣說，「生了下來三姨奶奶就把她賣到外埠去了，不知道賣到哪裏去了，孩子留下來自己帶，所以緒哥哥恨她。

「表大媽還跟她好得很。現在她還常來，來了就住在表大媽那裏，頭髮禿了，戴個薄片子假頭髮殼子。頭一禿大爺就不理她了。緒哥哥還對他爸爸哭。他叫她媽，還以為他是她生的。大爺對他說：『你不要傻。你不是她養的。』他這才知道了。

「她隔些時就到上海來一趟，從來見不到大爺。表大媽反正是，給她幾聲『太太太太』一叫，就又跟她好得很，還說『人家這時候倒楣了——。』也不想想她從前跟大爺在外頭說得她多難聽：『胖子要得很哩！』

「來了就住在他們家亭子間裏，緒哥哥都恨死了！表大媽就是這種地方叫人寒心。我們跟大爺打官司，她就嚇死了，不知道有多為難，怕得罪了人，說：『可惜了兒的，一門好親戚。』」

九莉詫異道：「她這麼說？」

楚娣把頭一捽。「可不是？她們這些人是這樣說：『有這麼一門好親戚走走，』看得很重。表大爺出了事表大媽到親戚家去挨家磕頭，還怪緒哥哥不跟著去磕頭告幫——誰真幫了忙了？所以表大媽就是這樣。」

九莉回來了覺得上海畢竟與香港不同，簡直不看見日本兵。都說「上海也還是那樣。」她帶回來的土布花紅柳綠，也敢穿出去了，都做了旗袍與簡化的西式衫裙，像把一幅名畫穿在身上，森森然快樂非凡，不大管別人的反應。

「現在沒電影看了，」楚娣悵然笑著說。「我就喜歡那些喜劇，說話俏皮好玩。」尤其是羅莎琳・若素演的職業女性，跟她更接近些，九莉想。比比說：「這些人說話是真像這樣的。」她也相信。是他們的文化傳統，所以差不多都會說兩句。高級的打情罵俏，與上海人所謂「吃豆腐」又有點不同，「吃豆腐」只吃瘋瘋傻傻的「十三點」女人的豆腐，帶輕藐的成份。

楚娣又笑道：「在辦公室裏跟焦利說話就好玩。」

焦利跟她兩個人一間房，是個混血兒，瘦長蒼白，黑頭髮。九莉看見過他，有點眼熟。九林如果順理成章的長大成人，一切如願，大概就是這樣，自己開車，結婚很早，有職業，沒有前途——雜種人在洋行裏的地位與楚娣相等，又都不是科技人才，兩人都已經升得碰了頂了，薪水就一個獨身的女性來說，是高薪了。

「那時候緒哥哥跟我不好，我常常在辦公室很晚才回來，跟焦利調情。我也害怕，」她笑容未斂，末句突然聲音一低，滯重起來，顯然是說強姦。

九莉也有點知道下了班的辦公室的空寂，入夜的營業區大廈的荒涼。但是怎麼會想到這相當年青漂亮的同事會強姦她，未免有點使人駭笑與心酸。

楚娣默然片刻，又道：「緒哥哥就是跟維嫂嫂好這一點，我實在生氣。」

九莉愕然輕聲道：「跟維嫂嫂好？」竺家二房的維嫂嫂是個美人，維哥哥跟她倒也是一對，有好幾個孩子了。她尖下頦，一張「俏龐兒」，額上有個小花尖，頰上橙紅的胭脂更襯出一雙杏仁眼又黑又亮。只是太矮了些，一向是個洋火盒式身材。慣常仿照南美歌星卡門麥軟妲頭頂上戴一朵粉荷色大絹花，更容光照人。九莉小時候喜歡他們家的純姐姐蘊姐姐，其實長得都不及她，但是不喜歡她，也許因為她一口常熟官話特別刺耳，稱婆婆為「娘」，念去聲，聽著覺得這人假。

緒哥哥看他不出，真是人不可以貌相。九莉十分反感，覺得他太對不起三姑了。也是楚娣給了他自信心，所以有這胆子偷香竊玉，左右逢源起來。竺家這幾房的子弟都照流行的風氣晚婚，只有維哥哥一個人娶了親，也是因為他不老實，一二十歲的人就玩舞女，只好早點給他娶少奶奶，而且要娶個漂亮的，好讓他收心。到內地物色了一個江南佳麗，也是他們親戚，家裏既守舊又沒錢，應當會過日子。竺家自己到了絲字輩，錢也已經給上一代用得差不多了，尤其他們二房人多，更拮据，但是他婚後也不短出去玩。維嫂嫂要報復，其實緒哥哥是最合邏輯的人選，嫡堂小叔，接近的機會多，又貌不驚人，不會引人注意，而且相處的年數多了，知道他謹慎，守口如瓶絕對可靠。處在她的地位，當然安全第一。在他這方面，想必早就羨慕她了。他又不像維哥哥大少爺脾氣，她也許有眾人國士之感。

九莉這時候回想起來，緒哥哥提起「嫂嫂」的時候，這兩個字也特別輕柔，像他口中的爸爸一樣。當然是向楚娣說的，奇怪的是聲調裏毫無心虛的犯罪感。是那時候還沒真怎麼樣，還是楚娣那時候還不知道？還是知道了他也仍舊坦然？

他想必也是借此擺脫楚娣。維嫂嫂顯然也知道楚娣的事，她叫起「表姑」來聲音格外難聽，十分敵意。

「緒哥哥臨走，我跟他講開了，還是感情很好的朋友。不講開，心裏總是不好受。」

九莉雖然不平，也明白她是因為他們的事後來變醜惡了，她要它有始有終，還是個美好的東西，不然在回憶裏受不了。

楚娣又笑道：「他現在結婚了，也是他們家的老親，一個三小姐。」她也是三小姐，彷彿覺得這數目的巧合有命運性。「嬌小玲瓏，是個嬌小姐，慣得不得了，處處要他照應她。現在他在天津做事，跟著丈母娘過，丈母娘也把他慣得不得了。」

沉默了一會，楚娣又低聲道：「他喜歡你，」似乎不經意的隨口說了聲。

九莉詫異到極點。喜歡她什麼？除非是羨慕她高？還是由於一種同情，因為他們都是在父母的陰影的籠罩下長大的？從來沒誰喜歡過她，她當然想知道他是什麼時候說的，怎麼會說的，但是三姑說這話一定也已經付出了相當的代價，她不能再問了，惟有詫笑。

她不喜歡他，倒不光是為了維嫂嫂。她太不母性，不能領略他那種苦兒流浪兒的楚楚可憐。也許有些地方他又與她太相近，她不喜歡像她的人，尤其是男人。

她讀中學的時候興紀念冊，人人有一本，到處找人寫，不願寫的就寫個「為學如逆水行舟，不進則退」，訓人家一句。她叫緒哥哥在她那本上畫張畫。他跟五爸爸學過國畫，但是她說：「隨便畫什麼，除了國畫。」她小時候家裏請的老師有一個會畫國畫，教她「只用赭色與花青兩個顏色。」她心裏想「那不是半瞎了嗎？」學了兩天就沒學下去。她對色彩永遠感到飢渴。

她只記得對他說過這麼句話，他更從來不跟她說話，當時笑著接過紀念冊，隔了些時交卷，畫了個舞蹈的金髮美人，世紀末「新藝」派畫風，畫中人卻是鵝蛋臉兩頭尖，頭髮中分，緊貼在頭上，倒像他的仇人三姨奶奶。

她三姑有了職業，她又開始賺稿費之後，兩個德國房客搬走了一個，多出一間房來。蔥油餅也不吃了，老秦媽也退休了。楚娣其實會做菜，還在外國進過烹飪學校，不過深恐套進，「一回是情，二回是例，」就成了管家婆。但是現在也肯做兩樣簡單的菜，九莉只會煮飯，担任買菜。這天晚上在月下去買蟹殼黃，穿著件緊窄的紫花布短旗袍，直柳柳的身子，半鬈的長髮。燒餅攤上的山東人不免多看了她兩眼，摸不清是什麼路數。歸途明月當頭，她不禁一陣空虛。二十二歲了，寫愛情故事，但是從來沒戀愛過，給人知道不好。

有天下午比比來了。新收回的客室L形，很長。紅磚壁爐。十一月稀薄的陽光從玻璃門射進來，不夠深入，飛絮一樣迷濛。

「有人在雜誌上寫了篇批評，說我好。是個汪政府的官。昨天編輯又來了封信，說他關進監牢了，」她笑著告訴比比，作為這時代的笑話。

起先女編輯文姬把那篇書評的清樣寄來給她看，文筆學魯迅學得非常像。極薄的清樣紙雪白，加上校對的大字硃批，像有一種線裝書，她有點捨不得寄回去。寄了去文姬又來了封信說：「邵君已經失去自由了。他倒是個硬漢，也不要錢。」

九莉有點担憂書評不能發表了——文姬沒提，也許沒問題。一方面她在做白日夢，要救邵之雍出來。

她鄙視年青人的夢。

結果是一個日軍顧問荒木拿著手鎗衝進看守所，才放出來的。此後到上海來的時候，向文姬要了她的住址來看她，穿著舊黑大衣，眉眼很英秀，國語說得有點像湖南話。像個職業志士。

楚娣第一次見面便笑道：「太太一塊來了沒有？」

九莉立刻笑了。中國人過了一個年紀全都有太太，還用得著三姑提醒她？也提得太明顯了點。之雍一面答應著也笑了。

去後楚娣道：「他的眼睛倒是非常亮。」

「你跟你三姑在一起的時候像很小，不跟她在一起的時候又很老練，」之雍說。

他天天來。她們家不興房門整天開著，像有些中國人家一樣。尤其因為有個房客，過道裏門全關著，在他就像住旅館一樣，開著門會使他覺得像闖到別人家裏。但是在客室裏關著門一坐坐很久，九莉實在覺得窘。楚娣只皺著眉半笑著輕聲說了聲：「天天來——！」

她永遠看見他的半側面，背著亮坐在斜對面的沙發椅上，瘦削的面頰，眼窩裏略有些憔悴的陰影，弓形的嘴唇，邊上有稜。沉默了下來的時候，用手去捻沙發椅扶手上的一根毛呢線頭，帶著一絲微笑，目光下視，像捧著一滿杯的水，小心不潑出來。

「你臉上有神的光，」他突然有點納罕的輕聲說。

「我的皮膚油，」她笑著解釋。

「是滿面油光嗎？」他也笑了。

他約她到向璟家裏去一趟，說向璟想見見她。向璟是戰前的文人，在淪陷區當然地位很高。之雍晚飯後騎著他兒子的單車來接她，替她叫了部三輪車。清冷的冬夜，路相當遠。向璟住著個花園洋房，方塊烏木壁的大客廳裏許多人，是個沒酒喝的雞尾酒會。九莉戴著淡黃邊眼鏡，鮮荔枝一樣半透明的清水臉，只搽著桃紅唇膏，半鬈的頭髮蛛絲一樣細而不黑，無力的堆在肩上，穿著件喇叭袖孔雀藍寧綢棉袍，整個看上去有點怪，見了人也還是有點僵，也不大有人跟她說話。

「其實我還是你的表叔，」向璟告訴她。

他們本來親戚特別多，二嬸三姑在國外總是說：「不要朝那邊看——那邊那人有點像我們的親戚。」

向璟是還潮的留學生，回國後穿長袍，抽大烟，但仍舊是個美男子，希臘風的側影。他太太是原有的，家裏給娶的，這天沒有出現。他早已不寫東西了，現在當然更有理由韜光養晦。九莉想走，找到了之雍，他坐在沙發上跟兩個人說話。她第一次看見他眼睛裏輕藐的神氣，很震動。

她崇拜他，為什麼不能讓他知道？等於走過的時候送一束花，像中世紀歐洲流行的戀愛一樣絕望，往往是騎士與主公的夫人之間的，形式化得連主公都不干涉。她一直覺得只有無目的的愛才是真的。當然她沒對他說什麼中世紀的話，但是他後來信上也說「尋求聖杯」。

他走後一烟灰盤的烟蒂，她都揀了起來，收在一隻舊信封裏。

她有兩張相片，給他看，因為照相沒戴眼鏡，她覺得是她的本來面目。有一張是文姬要登她的照片，特為到對門一家德國攝影師西坡爾那裏照的，非常貴，所以只印了一張。陰影裏只露出一個臉，看不見頭髮，像阮布然特的畫。光線太暗，雜誌上印得一片模糊，因此原來的一張更獨一無二，他喜歡就送了給他。

「這是你的一面，」他說另一張。「這張是整個的人。」

雜誌上雖然印得不清楚，「我在看守所裏看見，也看得出你很高。」

他臨走她順手抽開書桌抽屜，把裝滿了烟蒂的信封拿給他看。他笑了。

他每次問「打攪了你寫東西吧？」她總是搖搖頭笑笑。

他發現她吃睡工作都在這間房裏，笑道：「你還是過的學生生活。」她也只微笑。

後來她說：「我不覺得窮是正常的。家裏窮，可以連吃隻水菓都成了道德問題。」

「你像我年青的時候一樣。那時候我在郵局做事，有人寄一本帖，我看了非常好，就留了下來。」

他愛過一個同鄉的「四小姐」，她要到日本留學，本來可以一塊去，「要四百塊錢——就是沒有，」他笑著說。

「我看見她這兩年的一張照片，也沒怎麼改變。穿著襯衫，長袴子，」他說。

他沒說她結了婚沒有，九莉也不忍問。她想大概一定早已結了婚了。

他除了講些生平的小故事，也有許多理論。她覺得理論除了能有確實證據的，往往會有「願望性質的思想」，一廂情願把事實歸納到一個框框裏。他的作風態度有點像左派，但是「不喜歡」共產黨總是陰風慘慘的，也受不了他們的紀律。在她覺得共產這觀念其實也沒有什麼，近代思想的趨勢本來是人人應當有飯吃，有些事上，如教育，更是有多大胃口就拿多少。不過實踐又是一回事。至於紀律，全部自由一交給別人，勢必久假而不歸。

「和平運動」的理論不便太實際，也只好講拗理。他理想化中國農村，她覺得不過是懷舊，也都不去注意聽他。但是每天晚上他走後她累得發抖，整個的人淘虛了一樣，坐在三姑房裏俯身向著小電爐，抱著胳膊望著紅紅的火。楚娣也不大說話，像大禍臨頭一樣，說話也悄聲，彷彿家裏有病人。

九莉從來不留人吃飯，因為要她三姑做菜。但是一坐坐到七八點鐘，不留吃晚飯，也成了一件窘事。再加上對楚娣的窘，兩下夾攻實在受不了，她想秘密出門旅行一次，打破這惡性循環。但是她有個老同學到常州去做女教員，在火車站上似乎被日本兵打了個嘴巴子——她始終沒說出口來。總之現在不是旅行的時候，而且也沒這閒錢。

有天晚上他臨走，她站起來送他出去，他揿滅了烟蒂，雙手按在她手臂上笑道：「眼鏡拿掉它好不好？」

她笑著摘下眼鏡。他一吻她，一陣強有力的痙攣在他胳膊上流下去，可以感覺到他袖子裏的手臂很粗。

九莉想道：「這個人是真愛我的。」但是一隻方方的舌尖立刻伸到她嘴唇裏，一個乾燥的軟木塞，因為話說多了口乾。他馬上覺得她的反感，也就微笑著放了手。

隔了一天他在外面吃了晚飯來，有人請客。她泡了茶擱在他面前的時候聞得見酒氣。談了一會，他坐到她旁邊來。

「我們永遠在一起好不好？」

昏黃的燈下，她在沙發靠背上別過頭來微笑望著他。「你喝醉了。」

「我醉了也只有覺得好的東西更好，憎惡的更憎惡。」他拿著她的手翻過來看掌心的紋路，再看另一隻手，笑道：「這樣無聊，看起手相來了。」又道：「我們永遠在一起好嗎？」

「你太太呢？」

他有沒有略頓一頓？「我可以離婚。」

那該要多少錢？

「我現在不想結婚。過幾年我會去找你。」她不便說等戰後，他逃亡到邊遠的小城的時候，她會千山萬水的找了去，在昏黃的油燈影裏重逢。

他微笑著沒作聲。

講起在看守所裏托看守替他買雜誌，看她新寫的東西，他笑道：「我對看守宣傳，所以這看守也對我很好。」又道：「你這名字脂粉氣很重，也不像筆名，我想著不知道是不是男人化名。如果是男人，也要去找他，所有能發生的關係都要發生。」

臨走的時候他把她攔在門邊，一隻手臂撐在門上，孜孜的微笑著久久望著她。他正面比較橫寬，有點女人氣，而且是個市井的潑辣的女人。她不去看他，水遠山遙的微笑望到幾千里外，也許還是那邊城燈下。

他終於只說了聲「你眉毛很高。」

他走後，她帶笑告訴楚娣：「邵之雍說『我們永遠在一起好不好？』說他可以離婚。」那麼許多鐘點單獨相對，實在需要有個交代。她不喜歡告訴人，除非有必要，對比比就什麼也沒說。從前跟比比幾乎無話不談，在香港也還給楚娣寫過長信。但是自從寫東西，覺得無論說什麼都有人懂，即使不懂，她也有一種信心，總會有人懂。曾經滄海難為水，更嫌自己說話言不達意，什麼都不願告訴人了。每次破例，也從來得不到滿足與安慰，過後總是懊悔。

當下楚娣聽了笑道：「我一直想知道人家求婚怎麼說。有一次緒哥哥說：『你怎麼沒結婚？』那時候躺在床上，我沒聽清楚，以為他說『你怎麼不跟我結婚？』我說『你沒跟我說。』」轉述的幾句對白全用英文，聲口輕快，彷彿是好萊塢喜劇的俏皮話，但是下一句顯然是自覺的反高潮：「他說『不是，我是說你怎麼沒結婚。』」

九莉替他們倆窘死了，但是三姑似乎並不怎麼介意，緒哥哥也被他硬挺過去了。輕鬆過了，楚娣又道：「當然你知道，在婚姻上你跟他情形不同。」

「我知道。」

次日之雍沒來。一兩個星期後，楚娣忽道：「邵之雍好些天沒來了。」

九莉笑道：「噯。」

馬路上兩行洋梧桐剛抽出葉子來，每一棵高擎著一隻嫩綠點子的碗。春寒，冷得有些濕膩。她在路上走，心情非常輕快。一件事圓滿結束了——她希望，也有點悵惘。

五

正以為「其患遂絕」，他又來了。她也沒問怎麼這些天沒來。後來他有一次說：「那時候我想著真是不行也只好算了，」她彷彿有點詫異似的微笑。

又一次他說：「我想著你如果真是愚蠢的話，那也就是不行了。」

在這以前他說過不止一次：「我看你很難。」是說她很難找到喜歡她的人。

九莉笑道：「我知道。」但是事實是她要他走。

在香港她有一次向比比說：「我怕未來。」

沒說怕什麼，但是比比也知道，有點悲哀的微笑著說：「人生總得要去過的。」

之雍笑道：「我總是忍不住要對別人講起你。那天問徐衡：『你覺得盛小姐美不美？』」是她在向璟家裏見過的一個畫家。「他說『風度很好。』我很生氣。」

她也只微笑。對海的探海燈搜索到她，藍色的光把她塑在臨時的神龕裏。

他送了她幾本日本版畫，坐在她旁邊一塊看畫冊，看完了又拉著她的手看。

她忽然注意到她孔雀藍喇叭袖裏的手腕十分瘦削，見他也在看，不禁自衛的說：「其實我平常不是這麼瘦。」

他略怔了怔，方道：「是為了我嗎？」

她紅了臉低下頭去，立刻想起舊小說裏那句濫調：「怎麼樣也抬不起頭來，有千斤重。」也是抬不起頭來。是真的還是在演戲？

他注視了她一會之後吻她。兩隻孔雀藍袍袖軟弱的溜上他肩膀，圍在他頸項上。

「你彷彿很有經驗。」

九莉笑道：「電影上看來的。」

這次與此後他都是像電影上一樣只吻嘴唇。

他攬著她坐在他膝蓋上，臉貼著臉，他的眼睛在她面頰旁邊亮晶晶的像個鑽石耳墜子。

「你的眼睛真好看。」

「『三角眼。』」

不知道什麼人這樣說他。她想是他的同學或是當教員的時候的同事。

寂靜中聽見別處無線電裏的流行歌。在這時候聽見那些郎呀妹的曲調，兩人都笑了起來。高樓上是沒有的，是下面街上的人家。但是連歌詞的套語都有意味起來。偶而有兩句清晰的。

「噯，這流行歌也很好。」他也在聽。

大都聽不清楚，她聽著都像小時候二嬸三姑常彈唱的一支英文歌：

「泛舟順流而下

金色的夢之河，

唱著個

戀歌。」

她覺得過了童年就沒有這樣平安過。時間變得悠長，無窮無盡，是個金色的沙漠，浩浩蕩蕩一無所有，只有嘹亮的音樂，過去未來重門洞開，永生大概只能是這樣。這一段時間與生命裏無論什麼別的事都不一樣，因此與任何別的事都不相干。她不過陪他多走一段路。在金色夢的河上划船，隨時可以上岸。

他望著她。「明明美嘿，怎麼說不美？」又道：「你就是笑不好。現在好了。」

不過笑得自然了點，她想。

他三十九歲。「一般到了這年紀都有一種惰性了的，」他笑著說。

聽他的口氣他也畏難。但是當然他是說他不像別人，有重新來過的決心。她也有點知道沒有這天長地久的感覺，她那金色的永生也不是那樣。

他算魯迅與許廣平年齡的差別，「他們只在一起九年。好像太少了點。」

又道：「不過許廣平是他的學生，魯迅對她也還是當作一個值得愛護的青年。」他永遠在分析他們的關係。又講起汪精衛與陳璧君，他們還是國民黨同志的時候，陳璧君有天晚上有事找他，在他房子外面淋著雨站了一夜，第二天早上才開門請她進去。

陳璧君的照片她看見過，矮胖，戴眼鏡，很醜。汪精衛她知道是美男子。

「我們這是對半，無所謂追求。」見她笑著沒說什麼，又道：「大概我走了六步，你走了四步，」討價還價似的，她更笑了。

又有一次他又說：「太大胆了一般的男人會害怕的。」

「我是因為我不過是對你表示一點心意。我們根本沒有前途，不到哪裏去。」但是她當時從來想不出話說。而且即使她會分辯，這話也彷彿說得不是時候。以後他自然知道——不久以後。還能有多少時候？

她用指尖沿著他的眼睛鼻子嘴勾劃著，仍舊是遙坐的時候的半側面，目光下視，凝注的微笑，卻有一絲淒然。

「我總是高興得像狂喜一樣，你倒像有點悲哀，」她說。

他笑道：「我是像個孩子哭了半天要蘋菓，蘋菓拿到手裏還在抽噎。」

她知道他是說他一直想遇見像她這樣的人。

「你像六朝的佛像。」她說。

「噯，我也喜歡那種腰身細的佛像，不知道從什麼時候起，就都是大肚子彌勒佛了。」

那些石佛都是北朝的。他說過他祖先是羌人。

「秀男說她沒看見我這樣過。」

秀男是他姪女。「我這姪女一直跟著我，替我管家，對我非常好。看我生活不安定，她為了幫我維持家用，決定嫁給一個姓聞的木材商人，也是我們同鄉，人很好。」

九莉到他上海的住宅去看過他一次，見到秀男，俏麗白淨的方圓臉，微鬈的長頭髮披在背上，穿著件二藍布罩袍，看上去至多二十幾歲。那位聞先生剛巧也在，有點窘似的偏著身子鞠了一躬，穿著西裝，三十幾歲，臉上有點麻麻癩癩的，實在配不上她。

「她愛她叔叔，」九莉心裏想。

他講他給一個朋友信上說：「『我跟盛九莉小姐，戀愛了。』」頓了頓，末了有點抗聲說。

她沒說什麼，心裏卻十分高興。她也恨不得要人知道。而且，這是宣傳。

她的腿倒不瘦，襪子上端露出的一塊更白膩。

他撫摸著這塊腿。「這樣好的人，可以讓我這樣親近。」

微風中棕櫚葉的手指。沙灘上的潮水，一道蜿蜒的白線往上爬，又往後退，幾乎是靜止的。她要它永遠繼續下去，讓她在這金色的永生裏再沉浸一會。

有一天又是這樣坐在他身上，忽然有什麼東西在座下鞭打她。她無法相信——獅子老虎撣蒼蠅的尾巴，包著絨布的警棍。看過的兩本淫書上也沒有，而且一時也聯繫不起來。應當立刻笑著跳起來，不予理會。但是還沒想到這一著，已經不打了。她也沒馬上從他膝蓋上溜下來，那太明顯。

那天後來她告訴他：「向璟寫了封信給我，罵你，叫我當心你，」她笑著說。

之雍略頓了頓，方道：「向璟這人還不錯，他對我也很了解，說我這樣手無寸金的人，還能有點作為，不容易。他說他不行了。」

他不相信她！她簡直不能相信。她有什麼動機，會對他說向璟的壞話？還是表示有人關心她，抬高自己的身份？她根本沒想通，但是也模糊的意識到之雍迷信他自己影響人的能力，不相信誰會背叛他。他對他的朋友都是佔有性的，一個也不肯放棄。

信就在書桌抽屜裏，先讚美了她那篇「小傑作」，然後叫她當心「這社會上有吃人的魔鬼。」當然沒指名說他，但是文姬也已經在說「現在外面都說你跟邵之雍非常接近。」

她沒拿給他看，她最怕使人覺得窘，何況是他，儘管她這是過慮。也許她也是不願正視他在這一點上有點瘋狂。

結果她找楚娣幫她寫，回了向璟一封客氣而不著邊際的信。

之雍回南京去了，來信說他照常看朋友，下棋，在清涼山上散步，但是「一切都不對了。……生命在你手裏像一條迸跳的魚，你又想抓住牠又嫌腥氣。」

她不怎麼喜歡這比喻，也許朦朧的聯想到那隻趕蒼蠅的老虎尾巴。

但是他這封長信寫得很得體，她拿給楚娣看，免得以為他們有什麼。

楚娣笑道：「你也該有封情書了。」

「我真喜歡紅綠燈，」過街的時候她向比比說。

「帶回去插在頭髮上吧，」比比說。

之雍再來上海，她向他說「我喜歡上海。有時候馬路邊上乾淨得隨時可以坐下來。」

之雍笑道：「唔。其實不是這樣的。」

為什麼不是？他說「有些高房子給人一種威脅，」不也是同樣的主觀？

「你倒是不給人自卑感，」他有次說。

他撳鈴她去開門，他笑道：「我每次來總覺得門裏有個人。」聽他的語氣彷彿有個女體附在門背後，連門都軟化了。她不大喜歡這樣想。

「你們這裏佈置得非常好，」他說。「我去過好些講究的地方，都不及這裏。」

她笑道：「這都是我母親跟三姑，跟我不相干。」

他稍稍吃了一驚道：「你喜歡什麼樣的呢？」

深紫的洞窟，她想。任何濃烈的顏色她都喜歡，但是沒看見過有深紫的牆，除非是個舞廳。要個沒有回憶的顏色，回憶總有點悲哀。

她只帶笑輕聲說了聲「跟別的地方都兩樣。」

他有點担心似的，沒問下去。

她覺得了，也有點輕微的反感，下意識的想著「已經預備找房子了？」

他說他還是最懷念他第一個妻子，死在鄉下的。他們是舊式婚姻，只相過一次親。

「我不喜歡戀愛，我喜歡結婚。」「我要跟你確定，」他把臉埋在她肩上說。

她不懂，不離婚怎麼結婚？她不想跟他提離婚的事，而且沒有錢根本辦不到。同時他這話也有點刺耳，也許她也有點感覺到他所謂結婚是另一回事。

說過兩遍她毫無反應，有一天之雍便道：「我們的事，聽其自然好不好？」

「嗳。」她有把握隨時可以停止。這次他走了不會再來了。

他們在沙發上擁抱著，門框上站著一隻木彫的鳥。對掩著的黃褐色雙扉與牆平齊，上面又沒有門楣之類，怎麼有空地可以站一隻尺來高的鳥？但是她背對著門也知道它是立體的，不是平面的畫在牆上的。彫刻得非常原始，也沒加油漆，是遠祖祀奉的偶像？它在看著她。她隨時可以站起來走開。

十幾年後她在紐約，那天破例下午洗澡。在等打胎的來，先洗個澡，正如有些西方主婦在女傭來上工之前先忙著打掃一番。

急死了，都已經四個月了。她在小說上看見說三個月已經不能打了，危險。好容易找到的這人倒居然肯。

懷孕期間乳房較飽滿，在浴缸裏一躺下來也還是平了下來。就像已經是個蒼白失血的女屍，在水中載沉載浮。

女人總是要把命拼上去的。

她穿上黑套頭背心，淡茶褐色斜紋布窄腳袴。汝狄只喜歡她穿長袴子與鄉居的衣裙。已經扣不上，鈕扣挪過了，但是比比說看不出來。

「生個小盛也好，」一起初汝狄說，也有點遲疑。

九莉笑道：「我不要。在最好的情形下也不想要——又有錢，又有可靠的人帶。」

門鈴響，她去開門。夏季分租的公寓，主人出門度假去了，地方相當大。一個矮墩墩平頭整臉三十來歲的男子，蒼白，深褐色頭髮，穿戴得十分齊整，提著個公事皮包，像個保險掮客，一路進來一副戒備的神氣。

「這裏沒人，」她說。那是他的條件之一。汝狄避出去了。

她領他進臥室，在床上檢驗。他脫下上衣，穿著短袖襯衫，取出許多器皿洗手消毒。

原來是用藥線。《歇浦潮》裏也是「老娘的藥線」。身死異域，而死在民初上海收生婆的藥線上，時空遠近的交疊太滑稽突梯了。

「萬一打不下來怎麼辦？」她著急的問。

「你寧願我割切你？」他說。

她不作聲。一向只聽見說「刮子宮」，總以為是極小的手術。聽他說得像大切八塊一樣，也覺得是恫嚇，但是這些事她實在模糊。

他臨走她又說：「我就是怕打不下來，不上不下卡在那裏。四個月了。」

「不會的。」但是顯然也在心裏忖度了一下。「反正你不放心可以打電話。」

他給了個電話號碼，事後有什麼問題可以跟一個瑪霞通電話，她在一家最大的百貨公司做事。九莉想著瑪霞不見得是真名字，也不見得是在家裏等電話。

他走了。

沒一會，汝狄回來了，去開碗櫥把一隻劈柴斧放還原處。這裏有個壁爐，冬天有暖氣，生火純為情調。

「我沒出去，」他說，「就在樓梯口，聽見電梯上來，看見他進去。剛才我去看看他們這裏有些什麼，看見這把斧頭，就拿著，想著你要是有個什麼，我殺了這狗娘養的。」

這話她聽了也不覺得奇怪。憑他的身胚，也有可信性。本來他也許與她十幾歲影迷時代有關，也在好萊塢混過好些年。

「我一直便宜，」他說。

也積不下錢來。打撲克談笑間買下的房子，又莫名其妙的賣了。他自己嗤笑道：「可笑的是都說『汝狄在錢上好。』」——劇情會議上總是推他寫錢的事。

「我是個懦夫，」他說。他們離西部片的時代背景不太遠，有時候會動不動對打。

「We have the damnedest thing for each other（我們這麼好也真是怪事），」他有點納罕也有點不好意思的笑著說。

她也不相見恨晚。他老了，但是早幾年未見得會喜歡她，更不會長久。

「我向來是hit and run（闖了車禍就跑了），」他說。

她可以感覺到腿上拖著根線頭，像炸彈的導線一樣。幾個鐘頭後還沒發作，給瑪霞打了個電話，這女店員聽上去是個三十來歲胖胖的猶太裔女人，顯然就管安慰，「握著她的手。」她也沒再打去。

晚飯他到對過烤雞店買了一隻，她正肚子疼得翻江攪海，還讓她吃，自己吃得津津有味。她不免有點反感，但是難道要他握著她的手？

夜間她在浴室燈下看見抽水馬桶裏的男胎，在她驚恐的眼睛裏足有十吋長，畢直的欹立在白磁壁上與水中，肌肉上抹上一層淡淡的血水，成為新刨的木頭的淡橙色。凹處凝聚的鮮血勾劃出它的輪廓來，線條分明，一雙環眼大得不合比例，雙睛突出，抿著翅膀，是從前站在門頭上的木彫的鳥。

恐怖到極點的一剎那間，她扳動機鈕。以為沖不下去，竟在波濤洶湧中消失了。

比比問起經過，道：「到底打下來什麼沒有？」告訴她還不信，總疑心不過是想像，白花了四百美元。

「我們這真是睜著眼睛走進去的，從來沒有瘋狂，」之雍說。

也許他也覺得門頭上有個什麼東西在監視著他們。

「明天有點事，不來了，」他說。

她乘著週末去看比比。比比轉學到她妹妹的大學裏，姐妹倆都人緣非常好，但是上海對印度人的歧視比香港深，因為沒有英帝國的一層關係在裏面。本地的印度人大都是異教，不通婚，同教的也寧可回家鄉娶媳婦，嫌此地的女孩子學壞了，不夠守舊。英美人又都進了集中營。她們家客室裏掛著兩個回教君主的大照片，伊朗國王為了子嗣問題與埃及的御妹離婚後，又添上伊朗國王的相片，似乎視為擇婿的對象。比比有一次向九莉解釋，照他們的標準，法魯克王不算胖——當然那時候也還沒有後來那麼胖。

法魯克後來娶的一個納麗曼王后也是平民，開羅一個店主的女兒，但是究竟近水樓台，不像戰時上海那麼隔絕。九莉心裏覺得奇怪，但是回教的世界本來是神秘的。他們家後門口小天井裏拴著一隻山羊，預備節日自己屠宰，割斷咽喉。牠有小馬大，污暗潮濕的鬈毛像青種羊，伸著頭去吃廚房窗口菜籃裏的菜。

這天剛巧無處可去，沒電影看實在是椿苦事。九莉忽然想起來，那畫家徐衡曾經把住址寫給她，叫她隨時去看他的畫，問比比有沒有興趣，便一同到徐家去看畫。

徐家住得不遠，是衖堂房子，從廚房後門進去，寬大陰暗的客室裏有十幾幅沒配畫框的油畫掛在牆上，擱在地下倚著牆。徐衡領著她們走了一圈，唯唯諾諾的很拘謹。也不過三十幾歲的人，家常卻穿著一套古舊的墨綠西裝，彷彿還是從前有種唯美派才有的，泛了色的地方更碧綠。

之雍忽然走了進來。九莉知道他跟徐衡很熟，卻再也沒想到他剛巧也在這裏。他有一次在她家裏遇見過比比，大家點頭招呼，房間裏光線暗，她也是偶然才瞥見他滿面笑容，卻帶著窘意。比比的中文夠不上談畫，只能說英文。九莉以為窘是因為言語不通，怕他與徐衡有自卑感，義不容辭的奮身投入缺口，說個不停。尤其因為並不喜歡徐的畫，更不好意思看了就走，巡視了兩遍，他又從內室搬出兩張來，大概他們只住底層兩間。欣賞過了方才告辭，主人與之雍送了她們出來，通往廚房的小穿堂裏有一桌麻將，進出都沒來得及細看，彷彿都是女太太們。

次日之雍來了，方才知道他太太在那裏打牌。

「偏你話那麼多，嘰哩喳啦說個不完，」他笑著說。

她只笑著叫「真糟糕。」回想起來，才記得迎面坐著的一個女人滿面怒容。匆匆走過，只看見彷彿個子很高，年紀不大。

「她說：『我難道比不上她嗎？』」

他說過「我太太倒是都說漂亮的。」九莉看見過她一張戶外拍的小照片，的確照任何標準都是個美人，較近長方臉，頎長有曲線，看上去氣性很大，在這裏，站在一棵芭蕉前面，也沉著臉，剔起一雙畫成拋物線的眉毛。她是秦淮河的歌女。他對自己說：「這次要娶個漂亮的。」她嫁他的時候才十五歲，但是在一起幾個月之後有了感情才有肉體關係的。

他講起出獄的時候，「這次我出來之後，更愛她了，她倒——噯，對我冷淡起來了。」他笑道：「像要跟我講條件似的噉！我很不高興。」

昨天當場打了他一個嘴巴子，當然他沒提，只說：「換了別人，給她這麼一鬧只有更接近，我們還是一樣。」

九莉偏揀昨天去穿件民初棗紅大圍巾縫成的長背心，下襬垂著原有的絨線排穗，罩在孔雀藍棉袍上，觸目異常。他顯然對她的印象很壞，而且給他丟了臉。她不禁憮然。本來他們早該結束了。但是當然也不能給他太太一鬧就散場，太可笑。九莉對她完全坦然，沒什麼對不起她。並沒有拿了她什麼，因為他們的關係不同。

他還是坐到很晚才走。次日再來，她端了茶來，坐在他的沙發椅旁邊地毯上。

他有點詫異的說：「你其實很溫柔。像日本女人。大概本來是烟視媚行的，都給昇華昇掉了。」

她總是像聽慣了諛詞一樣的笑笑。

「昨天我走的時候，這裏那個看門的嫌晚了，還要拿鑰匙替我開門，嘴裏罵著髒話。我生了氣，打了他。」他仰著頭吸了口香烟，眼睛裏有輕蔑的神氣。「噯！打得不輕呃，一跤跌得老遠。那麼大個子，不中用，我是因為練太極拳。其實我常給他們錢的，尤其是那開電梯的。」

公寓的兩個門警都是山東大漢，不知道從什麼雜牌軍隊裏退伍下來的，黃卡其布制服，夏天是英國式短袴，躺在一張籐躺椅上攔著路，突出兩隻黃色膝蓋。

開電梯的告訴楚娣：「那位先生個子不大，力氣倒大，把看門的打得臉上青了一塊，這兩天不好意思來上班。」

也不知怎麼，自從之雍打了那門警，九莉覺得對他不同了，這才沒有假想的成份了。

「我愛上了那邵先生，他要想法子離婚，」她竟告訴比比，揀她們一隻手吊在頭上公共汽車的皮圈上的時候輕快的說，不給她機會發作。

比比也繼續微笑，不過是她那種露出三分恐懼的笑容。後來才氣憤的說：「第一個突破你的防禦的人！你一點女性本能的手腕也沒有！」隨又笑道：「我要是個男人就好了，給你省多少事。」

在九莉那裏遇見之雍，她當然還是有說有笑的滿敷衍。他覺得她非常嫵媚。

「九莉的頭髮梢上分開的，可以撕成兩根，」他忽然告訴她。

九莉非常不好意思。他在炫示他們的親暱。比比顯然覺得這話太不紳士派，臉色變了，但是隨即岔了開去。那天他與比比一同走的。

有一天講起她要錢出了名，對稿費斤斤較量，九莉告訴他「我總想多賺點錢，我欠我母親的債一定要還的。」她從前也提起過她母親為她花了許多錢又抱怨。不過這次話一出口就奇窘，因為他太太是歌女，當然他曾經出錢替她「還債」。他聽著一定耳熟，像社會小說上的「條斧開出來了。」但是此一時彼一時，明知他現在沒錢，她告訴他不過是因為她對錢的態度需要解釋。

連之雍都有點變色，但是隨即微笑應了聲「唔。」

他又回南京去了。初夏再來上海的時候，拎著個箱子到她這裏來，她以為是從車站直接來的。大概信上不便說，他來了才告訴她他要到華中去辦報，然後笑著把那隻廉價的中號布紋合板手提箱拖了過來，放平了打開箱蓋，一箱子鈔票。她知道一定來自他辦報的經費，也不看，一笑便關了箱蓋，拖開立在室隅。

等他走了她開箱子看，不像安竹斯寄來的八百港幣，沒有小票子。她連港幣都還不習慣，連換幾個幣制，加上通貨膨脹，她對幣值完全沒數，但是也知道儘管通貨膨脹，這是一大筆錢。

她把箱子拎去給楚娣看，笑道：「邵之雍拿來給我還二嬸的錢。」其實他並沒有這樣說。但是她這時候也沒想到。

楚娣笑道：「他倒是會弄錢。」

九莉這才覺得有了藉口，不用感到窘了，也可以留他吃飯了。但是第二天晚上他在她們家吃了便飯之後，她實在覺得不好意思，打了個手巾把子來，剛遞了給他，已經一側身走了，半回過頭來一笑。

他望著她有點神往。但是她再回到客室的時候，之雍笑道：「這毛巾這麼乾這麼燙，怎麼擦臉？」

專供飯後用的小方塊毛巾，本來摺成三角形像兩塊三明治似的放在碟子上，冷而濕。她猜著他習慣了熱手巾把子，要熱才舒服，毛孔開放，所以拿去另絞了來。她用楚娣的浴室，在過道另一端，老遠的拿來，毛巾又小，一定涼了，所以把熱水龍頭開得特別燙，又絞得特別緊，手都燙疼了。

「我再去絞一把來。」

她再回來，他說：「到洋台上去好不好？」

這洋台不小，但是方方正正的，又什麼傢俱都沒有，粗重的闊條水泥闌干築得很高，整個幾何式。燈火管制的城市沒什麼夜景，黑暗的洋台上就是頭上一片天，空洞的紫黝黝微帶鐵銹氣的天上，高懸著大半個白月亮，裹著一團清光。

「『明明如月，何時可擷？』在這裏了！」他作勢一把捉住她，兩人都笑了。他忘了手指上夾著香烟，發現他燙了她的手臂一下，輕聲笑著叫了聲嗳喲。

他吻她，她像蠟燭上的火苗，一陣風吹著往後一飄，倒折過去。但是那熱風也是燭焰，熱烘烘的貼上來。

「是真的嗎？」她說。

「是真的，兩個人都是真的。」

他又差不多天天來。這一天下午秀男來找他，九莉招呼過了馬上走開了，讓他們說話。等她泡了茶來，秀男沒吃就走了。他們在最高的這層樓上站在洋台上看她出來，她在街上還又別過身來微笑揮手。

「她說『你們像在天上，』」次日他告訴九莉。

「因為她愛他，」九莉心裏想，有點淒然。

浴佛節廟會，附近幾條街都擺滿了攤子，連高樓上都聽得見嗡嗡的人聲，也更有一種初夏的氣息。九莉下去買了兩張平金綉花鞋面，但是這裏沒什麼東西有泥土氣，不像香港的土布。

「你的衣服都像鄉下小孩子，」他說。

依偎著，她又想念他遙坐的半側面，忽道：「我好像只喜歡你某一個角度。」之雍臉色動了一動，因為她的確有時候忽然意興闌珊起來。但是他眼睛裏隨即有輕蔑的神氣，俯身撳滅了香烟，微笑道：「你十分愛我，我也十分知道，」別過頭來吻她，像山的陰影，黑下來的天，直罩下來，額前垂著一綹子頭髮。

他講幾句話又心不在焉的別過頭來吻她一下，像隻小獸在溪邊顧盼著，時而低下頭去啜口水。

磚紅的窗簾被風吸在金色横條鐵柵上，一棱一棱，是個扯滿了的紅帆。壁上一面大圓鏡子像個月洞門。夕陽在鏡子上照出兩小條五彩的虹影。他們靜靜的望著它，幾乎有點恐懼。

他笑道：「沒有人像這樣一天到晚在一起的。」

又道：「『相看兩不厭，惟有敬亭山。』」

「能這樣抱著睡一晚上就好了，光是抱著，」他說。

又道：「鄉下有一種麂，是一種很大的鹿，頭小。有一天被我捉到一隻，力氣很大，差點給牠跑了。累極了，抱著牠睡著了，醒了牠已經跑了。」

虹影消失了。他們並排躺在沙發上，他在黃昏中久久望著她的眼睛。「忽然覺得你很像一個聊齋裏的狐女。」

他告訴她他第一個妻子是因為想念他，被一個狐狸精迷上了，自以為天天夢見他，所以得了癆病死的。

他真相信有狐狸精！九莉突然覺得整個的中原隔在他們之間，遠得使她心悸。

木彫的鳥仍舊站在門頭上。

他回南京去了。

她寫信給他說：「我真高興有你太太在那裏。」

她想起比比說的，跟女朋友出去之後需要去找妓女的話。並不是她侮辱人，反正他們現在仍舊是夫婦。她知道之雍，沒有極大的一筆贍養費，他也決不肯讓緋雯走的。

她不覺得他有什麼對不起緋雯。那麼美，又剛過二十歲，還怕沒有出路？

她不妒忌過去的人，或是將要成為過去的。

在同一封信裏她又說：「我還是担心我們將來怎麼辦。」

他回信說：「……至於我們的婚姻，的確是麻煩。但是不愉快的事都讓我來承担好了。昨天夜裏她起來到餐室裏開了櫥倒酒喝。我去搶了下來，她忽然怪笑起來，又說：『我的父親哪！』」

九莉看了也悚然，從來沒去問那句話的意義。想必總是從十五歲起，他在她心目中代替了她的亡父，所以現在要向父親訴說。

「現在都知道盛九莉是邵之雍的人了，」他信上說。

九林想必也聽見了點風聲，來了一趟，詫異得眼睛睜得又圓又大。但是看她們這裏一切照常，也看不出什麼來。

他自從那年五爸爸去說項，結果送了他進了一家大學附中，讀了兩年升入大學，念了兩年不想念下去，想找事。沒有興趣九莉也不贊成念下去，但是也無法幫他找事，更不願意向之雍開口。

「一個人要靠人幫總不行，」楚娣當著他說。

九莉對這話有點輕微的反感，因為她弟弟天生是個混飯吃的人，至少開始的時候沒人拉他一把怎麼行？

他小時候有一次病重，是楚娣連日熬夜，隔兩個鐘頭數幾滴藥水給他吃。九莉也是聽她自己說的。但是她這些年來硬起心腸自衛慣了，不然就都靠上來了。

九莉給之雍信上說，她夢見告訴她的老女傭關於他，同時看見他在大太陽裏微笑的臉，不知道為什麼是深紅色的臉，刻滿了約有一寸見方的卐字浮彫，有兩三分深，陰影明晰。她覺得奇怪，怎麼一直沒注意到，用指尖輕輕的撫摸著，想著不知道是不是還有點疼。

他信上說不知道為什麼刻著卐字。其實她有點知道是充軍刺字，卐字代表軸心國。

她寫了首詩：

「他的過去裏沒有我，
寂寂的流年，
深深的庭院，
空房裏晒著太陽，

已經是古代的太陽了。
我要一直跑進去，
大喊『我在這兒，
我在這兒呀！』」
他沒說，但是顯然不喜歡。他的過去有聲有色，不是那麼空虛，在等著她來。

六

之雍夏天到華中去，第二年十月那次回來，告訴她說：「我帶了筆錢來給緋雯，把她的事情解決了。」

九莉除了那次信上說了聲「担心我們將來怎麼辦，」從來沒提過他離婚的事。但是現在他既然提起來，便微笑低聲道：

「還有你第二個太太。」是他到內地教書的時候娶的，他的孩子們除了最大的一個兒子是亡妻生的，底下幾個都是她的。後來得了神經病，與孩子們住在上海，由秀男管家。「因為法律上她是你正式的太太。」

「大家都承認緋雯是我的太太。」

「不過你跟緋雯結婚的時候沒跟她離婚。」

「要趕她出去是不行的！」

她笑了。「不過是法律上的手續。」隨即走開了。

終於這一天他帶了兩份報紙來，兩個報上都是並排登著「邵之雍章緋雯協議離婚啟事」，「邵之雍陳瑤鳳協議離婚啟事」，看著非常可笑。他把報紙向一隻鏡面烏漆樹根矮几上一丟，在沙發椅上坐下來，雖然帶笑，臉色很淒楚。

她知道是為了緋雯，坐到沙發椅扶手上去撫摸他的頭髮。他護痛似的微笑皺著眉略躲閃了一下，她就又笑著坐回原處。

「另外替緋雯買了輛卡車。她要個卡車做生意，」他說。

「哦。」

又閒談了幾句，一度沉默後，九莉忽然笑道：「我真高興。」之雍笑道：「我早就知道你忍不住要說了！」

她後來告訴楚娣：「邵之雍很難受，為了他太太。」

楚娣皺眉笑道：「真是——！『啣著是塊骨頭，丟了是塊肉。』」又道：「當然這也是他的好處，將來他對你也是一樣。」

那兩條啟事一登出來，報上自然推測他們要結婚了。

楚娣得意的笑道：「大報小報一齊報導。——我就最氣說跟我住住就不想結婚了。這話奇怪不奇怪？」

原來親戚間已經在議論，認為九莉跟她住著傳染上了獨身主義。當然這還是之雍的事傳出去之前。她一直沒告訴九莉。

「那麼什麼時候結婚？」她問。

「他也提起過，不過現在時局這樣，還是不要，對於我好些。」

他是這樣說的：「就宣佈也好，請朋友吃酒，那種情調也很好，」慨然說。

他在還債。她覺得有點淒慘。

他見她不作聲，也不像有興致，便又把話說回來了。

提起時局，楚娣自是點頭應了聲「唔。」但又皺眉笑道：「要是養出個孩子來怎麼辦？」

照例九莉只會詫異的笑笑，但是今天她們姑姪都有點反常。九莉竟笑道：「他說要是有孩子就交給秀男帶。」

楚娣失笑道：「不能聽他的。疼得很的。——也許你像我一樣，不會生。二嬸不知道打過多少胎。」

九莉非常詫異。「二嬸打過胎？」

楚娣笑嘆道：「喝！」似又自悔失言，看了她一眼，悄然道：「我當你知道。」

因為她一向對夏赫特的態度那麼成人化。在香港蕊秋說過：「你三姑，我一走朋友也有了。」當然她回到上海就猜到是指夏赫特，德文學校校長，楚娣去學德文認識的。她也見過他，瘦瘦的中等身材，黃頭髮，戴眼鏡，還相當漂亮，說話永遠是酸溜溜的嘲弄的口吻。他來她總是到比比家裏吃飯。

九莉笑道：「我是真的一直不知道。因為二嬸總是最反對發生關係。」

楚娣疲乏的搖頭笑嘆道：「那時候為了簡煒打胎——喝！」因為在英國人生地不熟，打胎的醫生更難找？「我那時候什麼都不懂。那時候想著，要是真不能離婚，真沒辦法的話，就跟我結婚，作掩蔽。我也答應了。」略頓了頓，又道：「二嬸剛來那時候我十五歲，是真像愛上了她一樣。」

她沒說愛簡煒，但是當然也愛上了他。九莉駭異得話聽在耳朵裏都覺得迷離惝恍。但是這種三個人的事，是他們自己一個願打，一個願挨，雖然悲劇性，她也不覺得有什麼不對，因笑道：「後來怎麼沒實行？」

「後來不是北伐了嗎？北洋政府的時候不能離婚的。」

怪不得簡煒送她的照片上題的字是這樣歉疚的口吻：「贈我永遠視為吾妹的楚娣。」相片上是敏感的長長的臉，橢圓形大黑眼睛，濃眉，花尖，一副顧影翩翩的樣子。

遊湖泊區當然是三個人一同去的。蕊秋的詩上說「想籬上玫瑰　依舊嬌紅似昔。」北國涼爽的夏天，紅玫瑰開著，威治威斯等幾個「湖上詩人」的舊遊之地，新出了留學生殺妻案。也許從此楚娣總有種恐怖，不知道人家是否看中了她這筆妻財，所以更依戀這溫暖的小集團，甘心與她嫂嫂分一個男人，一明一暗。

楚娣又笑道：「還有馬壽。還有誠大姪姪。二嬸這些事多了！」

「我不記得誠大姪姪。」

「怎麼會不記得呢？」楚娣有點焦躁起來，彷彿她的可信性受影響了。「誠大姪姪。他有肺病。」

「我只記得胖大姪姪，辮大姪姪。」因為一個胖，一個年紀青青的還留著大辮子，拖在背上。「——還有那布丹大佐。」

楚娣顯然認為那個來吃下午茶的法國軍官不足道，不大能算進去。「二嬸上次回來已經不行了！」她搖搖頭說。

九莉一直以為蕊秋是那時候最美。

楚娣看見她詫異的神氣，立刻住口沒說下去。雖說她現在對她母親沒有感情了，有時候自己人被別人批評，還是要起反感的。

楚娣便又悄悄的笑道：「那范斯坦醫生倒是為了你。」

九莉很震動。原來她那次生傷寒症，那德國醫生是替她白看的！橡皮水龍沖洗得很乾淨的大象，俯身在她床前，一陣消毒藥水氣撲鼻。在他診所裏，蕊秋與他對立的畫面：診所附設在住宅裏，華麗的半老洋房，兩人的剪影映在鐵畫銀勾的五彩玻璃窗上，他低著頭用聽筒聽她單薄的胸部，她羞澀戒備的微醺的臉。

難怪她在病榻旁咒罵：「你活著就是害人！像你這樣的人只能讓你自生自滅。」

也許住院費都是他出的。

有些事是知道得太晚了，彷彿有關的人都已經死了。九莉竟一點也不覺得什麼——知道自己不對，但是事實是毫無感覺，就像簡直沒有分別。感情用盡了就是沒有了。

是不是也是因為人多了，多一個也沒什麼分別？照理不能這樣講，別的都是她愛的人。是他們不作長久之計，叫她忠於誰去？

九莉想著，也許她一直知道的。吃下午茶的客人走後，她從屋頂上下來，不知道怎麼臥室裏有水蒸氣的氣息，床套也像是草草罩上的，沒拉平，一切都有點零亂。當然這印象一瞥即逝，被排斥了。

怎麼會對誠大姪姪一點印象都沒有？想必也是他自己心虛，總是靠後站，蕊秋楚娣走後也不到他們家來玩，不像他別的弟兄們。只有他，她倒有點介意，並不是因為她母親那時候是有夫之婦——這時候再講法律也未免太可笑了。而且當時也許也帶點報復性質，那時候大概已經有了小公館。她不過因為那是她的童年，不知怎麼那一段時間尤其是她的。久後她在紐英倫鄉下有一次路上遇見一家人，一個小男孩子牽著一匹「布若」，一種小巧的墨西哥驢子，很可愛，臉也不那麼長。因為同路走了一會了，她伸手摸了摸牠頸項背後，那孩子立刻一臉不高興的神氣。她也能了解，她還沒忘記兒童時代佔有性之強。

那年請大姪姪們來過陽曆年，拍的小照片楚娣還有，乃德也在座，只有他沒戴金銀紙尖頂高帽子。九莉沒上桌，但是記得宴會前蕊秋楚娣用大紅皺紙裹花盆。桌上陳列的小炮仗也是這種皺紙，掛燈結綵也是皺紙帶子。她是第一次看見，非常喜歡，卻不記得有誠大姪姪這人。他也沒拍進照片。

她們走後這幾年，總是韓媽帶九莉九林到他們家去，坐人力車去，路很遠，一帶低矮的白粉平房，在乾旱的北方是平頂，也用不著屋瓦。荒涼的街上就是這一條白泥長方塊，倒像中東。牆上只開了個舊得發黑的白木小門，一進去黑洞洞的許多小院子，都是一家人，但是也有不相干的親戚本家。轉彎抹角，把她們領到一個極小的「暗間」裏，有個高大的老人穿著灰布大褂，坐在籐躺椅上。是她祖父的姪子，她叫二大爺。

「認了多少字啦？」他照例問，然後問他媳婦四嫂：「有什麼點心可吃的？」四嫂是個小腳的小老太太，站在房門口。翁媳討論完了，她去弄點心。大姪姪們躲得一個都不見，因為有吃的。

「背首詩我聽，」他說。

九莉站在磚地上，把重量來回的從左腳挪到右腳，搖擺著有音無字的背「商女不知亡國恨，」看見他拭淚。

她聽見家裏男傭說二大爺做總督，南京城破的時候坐在籃子裏從城牆上弔下來逃走的。

本地的近親只有這兩家堂伯父，另一家闊，在傭人口中只稱為「新房子」。新蓋的一所大洋房，裏外一色乳黃粉牆，一律白漆傢俱，每間房裏燈罩上都垂著一圈碧玻璃珠纓。盛家這一支家族觀念特別重，不但兩兄弟照大排行稱十一爺十三爺，連姨奶奶們都是大排行，大姨奶奶是十一爺的，二姨奶奶三姨奶奶是十三爺的。依次排列到九姨奶奶「全」姨奶奶，繞得人頭暈眼花。十一爺在北洋政府做總長。韓媽帶了九莉姐弟去了，總是在二樓大客廳裏獨坐，韓媽站在後面靠在他們椅背上，一等等好兩個鐘頭。隔些時韓媽從桌上的高腳玻璃碟子裏拈一塊櫻花糖，剝給他們吃。

有人送的一個新姨奶奶才十七歲，烟台人，在壁爐前抱著胳膊閒站著，細窄的深紫色旗袍映著綠磁磚壁爐，更顯得苗條。梳著兩隻辮子髻，一邊一個，稀疏的前劉海，小圓臉上胭脂紅得鄉氣。

「來了多少年哪？是哪兒人哪？」她沉著臉問韓媽。同是被冷落的客人，搭訕著找話講，免得僵。韓媽恭恭敬敬一句一個「姨奶奶」，但是話並不多。

連新姨奶奶都走開了。終於七老太太召見，他們家連老太太都照大排行稱呼。七老太太坐在床沿上拉著他們問長問短。「都吃些什麼？他們媽媽好些東西不叫吃，不敢亂給東西吃。鯽魚蒸雞蛋總可以吃吧？還有呢？」一一問過，吩咐下去，方輕聲道：「十六爺好？十六奶奶十九小姐有信沒呀？」她當然用大排行稱呼乃德兄妹。「咳呀，倆孩子怎麼扔得下，叫人怎不心疼哪？還虧得有你們老人噯！」

「還是上回來的信吧？我們底下人不知道呵，老太太！」

「倆孩子多斯文哪！不像我們這兒的。」

「他們倆倒好，不吵架。」

「十六爺這向怎麼樣？」又放低了聲音，表示這一次是認真問。隨即一陣嘁嘁喳喳。

韓媽半霎了霎眼睛，輕聲笑道：「我們不知道呵，老太太，我們都在樓上。現在樓下就是兩個燒烟的。」

問話完畢，便向孩子們說：「去玩去吧。要什麼東西跟他們要，沒有就去買去。到了這兒是自己家裏，別做客。」

沒人陪著玩，韓媽便帶他們到四樓去，四樓一個極大的統間，是個作場，大姨奶奶在一張長案上裁剪、釘被窩，在縫衣機上踏窗簾。屋角站著一大捲一大捲的絲絨織花窗簾料子。她臉黃黃的，已經不打扮了，眉毛頭髮漆黑而低壓，蝌蚪似的小黑眼睛，臉上從來沒有笑容。

「噯，韓大媽坐，坐！見過老太太沒？」

「見過老太太嘍！大姨奶奶忙。」

她短促的笑了一聲。「我反正是——總不閒著。老王倒茶！」

「大姨奶奶能幹嘛！」

老太太廢物利用，過了時的姨奶奶們另派差使。二姨奶奶比大姨奶奶還見老，骨瘦如柴，一雙大眼睛，會應酬，女客都由她招待，是老太太跟前的紅人。

大姨奶奶有個兒子，六七歲了，長得像她，與九莉姐弟一樣大，但是也不跟他們玩，跑上樓來就扯著他母親衣襟黏附在身邊，嘟囔著不知道要什麼。

她當著人有點不好意思，詫異的叱道：「嗯？」但終於從口袋裏摸出點錢來給他，嗔道：「好了去吧去吧！」他又蹬蹬蹬跑下樓去。

「開飯了。」女傭上樓來請下去吃飯。

老太太帶著幾個大孫子孫女兒與九莉九林，圍坐在白漆大圓桌上。他們倆仍舊是家裏逐日吃的幾樣菜擱在面前，韓媽站在背後，代夾到碗碟裏。

飯後老太太叫二哥哥帶他們到商務印書館去買點東西給他們。二哥哥是中學生，二藍布罩袍下面穿得棉墩墩的，長圓臉凍得紅一塊白一塊，在一排排玻璃櫃台前徘徊了很久。有許多自來水筆，活動鉛筆，精緻的文具盒，玻璃鎮紙，看不懂的儀器，九莉也不好意思細看，像是想買什麼。

一個店夥走上前來，十分巴結，也許是認識門口的汽車，知道是總長家的少爺。二哥哥忽然豎起兩道眉毛，很生氣似的，結果什麼也沒買。

晚上汽車送他們回去，九莉九林搶著認市招上的字，大聲唸出來，非常高興。

「新房子」有個僕人轉薦到海船上當茶房，一個穿黑嗶嘰短打的大漢，發福後一張臉像個油光唧亮的紅蘋菓。

「他們可以『帶貨』，賺的錢多，」九莉聽見家裏的傭人說。大家都羨慕得不得了。

烟台出的海棠果，他送了一大簍來，簸簍幾乎有一人高。女傭們一面吃一面嗤笑著，有點不好意思似的。還沒吃完早已都吃厭了。

月夜她們搬了長板凳出來在後院乘涼。

「余大媽你看這月亮有多大？」

「你看呢？」

「你們這小眼睛看月亮有多大？」韓媽轉問九莉。「有銀角子大？單角子還是雙角子？」

月亮很高很小，霧濛濛的發出青光來。銀角子拿得多遠？拿得近，大些，拿得遠，小些。如果弔在空中弔得那麼高，該多小？九莉腦子裏一片混亂。

「單角子，」碧桃說。「韓大媽你看有多大？」

韓媽很不好意思的笑道：「老嘍，眼睛不行了，看著總有巴斗大。」

「我看也不過雙角子那麼大，」李媽說。

「你小。」

「還小？都老嘍！」笑嘆著又道：「我們這都叫沒辦法，出來幫人家，余大媽家裏有田有地，有房子，這麼大年紀還出來。」

余媽不作聲。韓媽也沒接口。碧桃和余媽都是卞家陪嫁來的，背後說過，余媽是跟兒子媳婦嘔氣，賭氣出來的。兒子也還常寫信來。

「毛哥不要蹲在地下，土狗子咬！有小板凳不坐！」余媽說。

北邊有這種「土狗子」，看上去像個小土塊，三四寸長，光溜溜的淡土黃色，式樣像個簡化的肥狗，沒有頸子耳朵尾巴，眼睛是兩個小黑點或是小黑珠子，爬在土地上簡直分不出來，直到牠忽然一溜就不見了，因此總是在眼梢匆匆一瞥，很恐怖。

「毛姐給我扇子上燙個字，」李媽說。她們每人一把大芭蕉扇，很容易認錯了。用蚊香燙出一個虛點構成的姓，但是一不小心就燒出個洞。

鄧爺在門房裏熄了燈，搬了張椅子坐在門口。

「鄧爺不出來乘涼？裏頭多熱！」韓媽說。

鄧爺在汗衫上加了件白小褂，方才端椅子出來。

碧桃竊笑道：「鄧爺真有規矩，出來還非要穿上小褂子。」
鄧爺瘦瘦的，剃著光頭。剛到盛家來的時候是個書僮，後來盛家替他娶過老婆，死了。
「我學鄧爺送帖子。」打雜的也是他們同鄉，有時候鬧著玩，模仿前清拜客，家人投帖的身段，先在轎子前面緊跑幾步，然後一個箭步，打個千，同時一隻手高舉著帖子。
鄧爺一絲笑容也沒有。
九莉想說「鄧爺送帖子給我看，」沒說，知道他一定不理睬。
前兩年他曾經帶她上街去，坐在他肩頭，看木頭人戲，自掏腰包買冰糖山楂給她吃，買票逛大羅天遊藝場。
有一次她聽見女傭們嗤笑著說鄧爺和「新房子」的兩個男僕到堂子裏去。
「什麼堂子？」
「嚇咦！」韓媽低聲嚇噤她，但是也笑了。
她在門房裏玩，非常喜歡這地方。粗糙的舊方桌上有香烟燙焦的跡子。黃籐茶壺套，壺裏倒出微溫的淡橙色的茶。桌上有筆硯賬簿信箋，儘她塗抹，拿走一兩本空白賬簿也由她。從前有一次流鼻血，也抱了來，找人用墨筆在鼻孔裏抹點墨。冷而濕的毛筆舐了她一下，一陣輕微的墨臭，似乎就止了血。
「等我大了給鄧爺買皮袍子，」她說。
「還是大姐好，」他說。九林不作聲。他正在鄧爺的舖板床上爬來爬去，掀開枕頭看枕下的銅板角子。

「我呢？我沒有？」韓媽站在門口說。

「給韓媽買皮襖，」九莉說。

韓媽向鄧爺半霎了霎眼睛，輕聲笑道：「大姐好。」

門房裏常常打牌。

「今天誰贏？」他們問她。

樓上女傭們預先教她這樣回答：「都贏。桌子板凳輸。」

兩個燒烟的男僕，一個非常高而瘦，三角臉，青白色的大顴骨，瘦得聳著肩，像白無常，是後薦來的，會打嗎啡針。起初只有那猴相的矮子，為了戒賭，曾經斬掉一隻無名指，在牌桌上大家提起來都笑。九莉扳著他的手看，那隻指頭還剩一個骨節，末端像骰子一樣光滑蒼白。他桔皮臉上泛起一絲苦笑。

「長子戳了他的壁腳，矮子氣嘸，氣嘸！說要宰了他。」李媽兼代樓下洗衣服，消息較靈通。

打雷，女傭們說：「雷公老爺在拖麻將桌子了。」

雨過天青，她們說：「不會再下了，天上的藍夠做一條袴子了。」

她們種田的人特別注重天氣。秋冬早上起來，大聲驚嘆著：「打霜了！」抱著九莉在窗前看，看見對街一排房屋紅瓦上的霜，在陽光中已經在溶化，瓦背上濕了亮瀅瀅的，窪處依舊雪白，越發紅的紅，白的白，燁燁的一大片，她也覺得壯觀。

「打風了！」

颳大風，天都黃了，關緊窗子還是桌上一層黃沙，擦乾淨了又出來一層，她們一面擦一面笑。

韓媽帶她一床睡，早上醒來就舐她的眼睛，像牛對小牛一樣。九莉不喜歡這樣，但是也知道她相信一醒過來的時候舌頭有清氣，原氣，對眼睛好的。當然她並沒說過，蕊秋在家的時候她也沒這樣過。

她按照蕊秋立下的規矩，每天和余媽帶他們到公園去一趟，冬天也光著一截子腿，穿著不到膝蓋的羊毛襪。一進園門，蒼黃的草地起伏展開在面前，九莉大叫一聲，狂奔起來，畢直跑，把廣原一切切成兩半。後面隱隱聽見九林也在叫喊，也跟著跑。

「毛哥啊！快不要跑，跌得一塌平陽！」余媽像鸚哥一樣銳叫著，也邁動一雙小腳追趕上來，跑得東倒西歪。不到一兩年前，九林還有腳軟病，容易跌跤，上公園總是用一條大紅闊帶子當胸絆住，兩端握在余媽手裏，像放狗一樣，十分引人矚目。他嫌她小腳走得太慢，整個的人仆向前面，拼命往前掙，胸前紅帶子上的一張臉像要哭出來。

余媽因為是陪房，所以男孩子歸她帶。打平太平天國的將領都在南京住了下來，所以下家的傭僕清一色是南京人。

「你姓碰，碰到哪家是哪家，」她半帶微笑向九莉說。

「我姓盛我姓盛我姓盛！」

「毛哥才姓盛。將來毛哥娶了少奶奶，不要你這尖嘴姑子回來。」

蕊秋沒走的時候說過：「現在不講這些了，現在男女平等了，都一樣。」

余媽敵意的笑道：「哦？」細緻的胖胖的臉上，眼袋忽然加深了。頭髮雖然稀了，還漆黑。江南鄉下女人不種地，所以裹了腳。韓媽她們就都是大腳。

「我們不下田，」她斷然的說，也是自傲的口吻。

見九莉把吃掉半邊的魚用筷子翻過來，她總是說：「『君子不吃翻身魚。』」

「為什麼？」

「噯，君子就是不吃翻身魚。」

九莉始終不懂為什麼，朦朧的以為或者是留一半給傭人吃才「君子」，直到半世紀後才在報上看到台灣漁民認為吃翻身魚是翻船的預兆。皖北乾旱，不大有船，所以韓媽她們就沒有這一說，但是余媽似乎也已經不知道這忌諱的由來了。

余媽「講古」道：「從前古時候發大水，也是個劫數噯！人都死光了，就剩一個姐姐弟弟，姐弟倆。弟弟要跟姐姐成親，好傳宗接代。姐姐不肯，說：『你要是追得上我，就嫁給你。』弟弟說『好。』姐姐就跑，弟弟在後頭追，追不上她。哪曉得地下有個烏龜，絆了姐姐的腳，跌了一跤，給弟弟追上了，只好嫁給他。姐姐恨那烏龜，拿石頭去砸烏龜殼，碎成十三塊，所以現在烏龜殼還是十三塊。」

九莉聽了非常不好意思，不朝九林看。他當然也不看她。

家裏自來水沒有熱的，洗澡要一壺一壺拎上來，倒在洋式浴缸裏。女傭們為了省事，總是兩個孩子一盆洗，兩個女傭在兩端代洗。九莉九林各坐一端，從來不抬起眼睛來。

夏天他們與男女傭都整天在後院裏，廚子蹲在陰溝邊上刮魚鱗，女傭在自來水龍頭下洗衣服，除了碧桃是個姑娘家不大下樓來。九莉端張硃紅牛皮小三腳凳，坐在太陽晒不到的地方，頭上是深藍色的北國的藍天。余媽蹲在一邊替九林把尿。

「小心土狗子咬了小麻雀，」廚子說。

有一天韓媽說：「廚子說這兩天買不到鴨子。」

九莉便道：「沒有鴨子就吃雞吧。」

一聲斷喝：「嚇咦！」

「我不過說沒有鴨子就吃雞吧。」

「還要說！」

冬天把一罐麥芽糖擱在火爐蓋上，裏面站著一雙毛竹筷子。凍結的麥芽糖溶化得奇慢，等得人急死了。終於到了一個時候，韓媽絞了一團在那雙筷子上，她仰著頭張著嘴等著，那棕色的膠質映著日光像隻金蛇一扭一扭，彷彿也下來得很慢。

麥芽糖的小黑磁罐子，女傭們留著「拔火罐」。她們無論什麼病都是團皺了報紙在罐子裏燒，倒扣在赤裸的有雀斑的肩背上。

九林冬天穿著金醬色緞子一字襟小背心，寶藍繭綢棉袍上遍洒粉橙色蝴蝶。九莉笑道：「弟弟真好玩，」連吻他的臉許多下，皮膚雖然嫩，因為瘦，像鬆軟的薄綢。他垂著眼睛，假裝沒注意，不覺得。

女傭們非常欣賞這一幕，連余媽嘴裏不說，都很高興。

碧桃讚嘆道：「看他們倆多好！」

余媽識字。只有她用不著寄錢回去養家，因此零用錢多些，有一天在舊書担子上買了本寶卷，晚飯後唸給大家聽。黯淡的電燈下，飯後發出油光的一張張的臉都聽呆了，似懂非懂而又虔誠。最是「今朝脫了鞋和襪，怎知明朝穿不穿」這兩句，余媽反覆唸了幾遍，幾個老年人都十分感動。

她有時候講些陰司地獄的事，九莉覺得是個大地窖，就像大羅天遊藝場樓梯上的灰色水門汀牆壁，不過設在地下層，分門別類，陰山刀山火焰山，孽鏡望鄉台，投生的大輪子高入半空。當然九莉去了不過轉個圈子看看，不會受刑。她為什麼要做壞事？但是她也不要太好了，跳出輪迴上天去，玉皇大帝親自下階迎接。她要無窮無盡一次次投胎，過各種各樣的生活，總也有時候是美貌闊氣的。但是無論怎麼樣想相信，總是不信，因為太稱心了，正是人心裏想要的，所以像是造出來的話。不像後來進了教會學校，他們的天堂是永遠在雲端裏彈豎琴唱讚美詩——做禮拜做得還不夠？每天早上半小時，晚上還有同學來死拉活扯，拖人去聽學生講道，去一趟，肯代補課一次。星期日上午做禮拜三小時，唯一的調劑是美國牧師的強蘇白，笑得人眼淚出而不敢出聲，每隔兩排有個女教職員監視。她望著禮拜堂中世紀箭樓式小窄窗戶外的藍天，總覺得關在裏面是犯罪。有時候主教來主持，本來是山東傳教師，學的一口山東話，也笑得人眼淚往肚子裏流。

但是聖經是偉大的作品，舊約是史詩，新約是傳記小說，有些神來之筆如耶穌告訴猶大：「你在雞鳴前就要有三次不認我。」她在學校裏讀到這一節，立刻想起她六七歲的時候有一次。自從她母親走後愛老三就搬進來住。愛月樓老三長挑身材，蒼白的瓜子臉，梳著橫愛絲頭，前劉海罩過了眉毛，笑起來眼睛瞇得很細。她叫裁縫來做衣服，給九莉也做一套一式一樣的，雪青絲絨衣裙，最近流行短襖齊腰，不開叉，窄袖齊肘，下面皺褶長裙曳地，圓筒式高領也一清如水，毫無鑲滾，整個是簡化的世紀末西方女裝。愛老三其實是高級時裝模特兒的身段，瘦而沒有脇骨，衣架子比誰都好。

幽暗的大房間裏，西式彫花柚木穿衣鏡立在架子上，向前傾斜著。九莉站在鏡子前面，她胖，裁縫捏來捏去找不到她的腰。愛老三不耐煩的在旁邊揪了一把，道：「喏！高點好了，腰高點有樣子。」

裁縫走了，愛老三抱著她坐在膝上，笑道：「你二嬸給你做衣裳總是舊的改的，我這是整疋的新料子。你喜歡二嬸還是喜歡我？」

「喜歡你。」九莉覺得不這麼說太不禮貌，但是忽然好像頭上開了個烟囱，直通上去。隱隱的雞啼聲中，微明的天上有人聽見了。

衣服做來了。愛老三晚上獨自帶九莉出去，坐黃包車。年底風大，車夫把油布篷拉上擋風。

愛老三道：「冷不冷？」用斗篷把她也裹在裏面。

在黑暗中，愛老三非常香，非常脆弱。濃香中又夾雜著一絲陳鴉片烟微甜的哈氣。

進了一條長巷，下了黃包車，她們站在兩扇紅油大門前，門燈上有個紅色的「王」字。燈光雪亮，西北風嗚嗚的，吹得地下一塵不染。愛老三揿了鈴，扶起斗篷領子，黑絲絨綻出玫瑰紫絲絨裏子，一朵花似的托住她小巧的頭。她從黑水鑽手袋裏取出一大捲鈔票來點數，有磚頭大，只是雜亂無章。

九莉想道：「有強盜來搶了！」不禁毛髮皆豎。回過頭去看看，黃包車已經不見了。剛才那車夫腳上穿得十分齊整，直貢呢鞋子，雪白的襪子，是專拉幾個熟主顧的，這時候在她看來是救星，家將，但是一方面又有點覺得被他看見了也說不定也會搶。

開了門愛老三還沒點完，也許是故意擺闊。進去房子很大，新油漆的，但是並不精緻。穿堂裏人來人往，有個樓梯。廳上每張桌子上一盞大燈，桌子上的人臉都照成青白色。愛老三把斗篷一脫，她們這套母女裝實在引人注目，一個神秘的少婦牽著個小胖女孩子，打扮得一模一樣。她有個小姐妹走上來招呼，用異樣的眼光看了九莉一眼，帶著嫌惡的神氣。

愛老三忙道：「是我們二爺的孩子。」又張羅九莉，笑道：「你就在這兒坐著，啊！別到別處去，不然找不到你。」

兩人走開了，不久她那小姐妹送了一把糖菓來，又走了。

九莉遠遠的看著這些人賭錢，看不出所以然來，也看不見愛老三。盆栽的棕櫚樹邊，一對男女走過，像影星一樣，女人的西式裙子很短，背後飄著三尺白絲圍巾，男人頭髮亮得像漆皮。聽不見他們說話——是當時的默片。坐久了也跟「新房子」一樣，一等等幾個鐘頭，十分厭煩。愛老三來的時候她靠在那裏睡著了。

此後沒再帶她去，總是愛老三與乃德一同出去。

「說輸得厲害，」女傭們竊竊私議，都面有懼色。「過了年天天去。……俱樂部沒賭得這麼大。……說遇見了郎中。……這回還是在熟人家裏。……跟劉四爺鬧翻了。……」

早就聽見說「過了年請先生，」是一個威脅。過了年果然請了來了。

「板子開張沒有？」男女傭連廚子在內，不知道為什麼，都快心的不時詢問。

板子擱在書桌上，白銅戒尺旁邊，九莉正眼也不看它一眼，表示不屑理會。是當過書僮的鄧爺把從前二爺書房裏的配備都找了出來。板子的大小式樣像個眼鏡盒，不過扁些，舊得黑油油的，還有一處破裂過，缺一小塊，露出長短不齊的木纖維，雖然已經又磨光了，還是使人担心有刺。

開始講「綱鑑」。

「『周召共和』就是像現在韓媽余媽管家，」九莉想。

講到伯夷叔齊餓死在首陽山上，她看見他們兄弟倆在蒼黃的野草裏採野菜吃，不吃周朝的糧食，人家山下的人照樣過日子。她忽然哭了起來。老師沒想到他講得這麼動人，倒有點不好意思起來。但是越哭越傷心，他不免疑心是借此罷課，正了正臉色，不理她，繼續講下去，一面圈點。九林低著頭，抿著小薄嘴唇。她知道他在想：「又在賣弄！」師徒二人坐得近了些，被她吵得聽不見。她這才漸漸住了聲。

乃德這一向閉門課子，抽查了兩次，嫌他們背得不熟，叫他們讀夜書，晚飯後在餐桌上對坐著，溫習白天上的課，背熟了到對過房裏背給他聽。老師聽見了沒說什麼，但是顯然有點掃了他的面子。

客室餐室對過的兩間房，中間的拉門經常開著，兩間併成一間，中間一個大穹門，光線又暗，又是藍色的烟霧迷漫，像個洞窟。乃德與愛老三對躺在烟舖上，只點著茶几上一盞檯燈。愛老三穿著鐵線紗透紅裏子襖袴，喇叭袴腳，白絲襪腳跟上綉的一行黑蜘蛛爬上纖瘦的腳踝。她現在不理九莉了，九莉見了她也不招呼。乃德本來不要他們叫她什麼。但是當著她背書非常不得勁。

長子坐在小凳上燒烟，穿著件短袖白小褂，闊袖口翹得老高，時而低聲微笑著說句話。榻上兩人都不作聲。

乃德接過書去，坐起身來，穿著汗衫，眼泡微腫，臉上是他那種半醉的氣烘烘的神氣。九莉站在當地，搖擺著背誦起來，背了一半頓住了。

「拿去再唸去！」

第二次背不出，他把書扔在地下。

越是怕在愛老三面前出醜，越是背不出。第三次他跳起來拉緊她一隻手，把她拖到書房裏，拿板子打了十幾下手心。她大哭起來。韓媽在穿堂裏窺探，見乃德走了方才進來，忙把她拉上樓去。

「嚇咦！還要哭！」虎起臉來吆喝，一面替她揉手心。

傭僕廚子不再笑問「板子開了張沒有」了。

每天晚上九林坐在她對面慘慘戚戚小聲唸書，她怕聽那聲音，他倒從來沒出事。

愛老三有個父親跟著她，大個子，穿著灰布袍子，一張蒼黃的大臉，也許只有五十來歲，鬼影似的在她房裏掩出掩進。

「怕二爺，」女傭們輕聲說。

「又說不是她老子。」

他總是在樓下穿堂裏站在五斗櫥前，拿著用過的烟斗挖烟灰吃。

愛老三仍舊照堂子裏的規矩，不大跟男人一桌吃飯，總要晚兩個鐘頭一個人吃，斜簽著身子坐著，乏味的撥著碗裏的飯，只有幾樣醃漬滷菜。

剛搬進來吃暖宅酒，兼請她的小姐妹們，所以她們也上桌，與男客並坐。男女主人分別讓客進餐室，九莉那時候四歲，躲在拉門邊的絲絨門簾裏。那一群女客走過，繫著半長不短的三鑲闊花邊鐵灰皺襇裙，淺色短襖，長得都很平常，跟親戚家的女太太們沒什麼分別。進去之後拉門拉上了，只聽見她父親說話的聲音，因為忽高忽低，彷彿有點氣烘烘的聲口。客室裏只剩下兩個清倌人，身量還沒長足，合坐在一張沙發椅上，都是粉團臉，打扮得一式一樣，水鑽狗牙齒沿邊淡湖色襖袴。她覺得她們非常可愛，漸漸的只把門簾裹在身上，希望她們看見她跟她說話。但是她們就像不看見，只偶然自己兩個人輕聲說句什麼。

赤鳳團花暗粉紅地毯上，火爐燒得很旺。隔壁傳來輕微的碗筷聲笑語聲。她只剩一角絨幕搭在身上，還是不看見她。她終於疑心是不理她。

李媽幫著上菜，遞給打雜的端進去，低聲道：「不知道怎麼，這兩個不讓她們吃飯，也不讓她們走。說是姐妹倆。」因向客室裏張了張，一眼看見九莉，不耐煩的「嘖」了一聲，皺著眉笑著拉著她便走，送上樓去。

也是李媽輕聲告訴韓媽她們：「現在自己會打針了。一個跑，一個追，硬給她打，」尷尬的嗤笑著。

毓恒經常寫信到國外去報告，這一封蕊秋留著，回國後夾雜在小照片裏，九莉剛巧看見了：「小姐鈞鑒：前稟想已入鈞覽。日前十三爺召職前往，問打針事。職稟云老三現亦打上針，癮甚大。為今之計，莫若釜底抽薪調虎離山，先由十三爺藉故接十六爺前去小住，再行驅逐。十六爺可暫緩去滬，因老三南人，恐跟蹤南下，十六爺懦弱，不能駕馭也。昨職潛入十六爺內室，盜得針藥一枚，交十三爺送去化驗……」

他嚮往「新房子」，也跟著他們稱姑爺為十六爺。像蔣幹盜書一樣，他「臥底」有功，又與「新房子」十三爺搭上了線，十分興頭，但是並沒有就此賞識錄用他。蕊秋楚娣回國後他要求「小姐三小姐薦事，」蕊秋告訴他「政府現在搬到南京了，我們現在也不認識人了。」

愛老三到三層樓上去翻箱子，經過九林房門口，九林正病著，她也沒問起。

「連頭都不回，」李媽說。

余媽不作聲。

「噯，也不問一聲，」韓媽說。

九莉心裏想，問也是假的，她自己沒生，所以看不得他是個兒子。不懂她們為什麼這樣當樁事。

好久沒叫進去背書了。九莉走過他們房門口，近門多了一張單人銅床，臨空橫攔著。乃德迎門坐在床沿上，頭上裹著紗布，看上去非常異樣，但是面色也還像聽她背書的時候，目光下視，略有點悻悻然，兩手撐在床上，短袖汗衫露出的一雙胳膊意外的豐滿柔軟。

「痰盂罐砸的，」女傭們輕聲說。「不知道怎麼打起來了。」

乃德被「新房子」派汽車來接去了，她都不知道。下午忽然聽見樓下吵鬧的聲音。

「十三爺來了！」女傭們興奮的說。

李媽碧桃都到樓梯上去聽，韓媽卻沉著臉摟著九莉坐著，防她亂跑。只隱隱聽見十三爸爸拍桌子罵人，一個女人又哭又嚷，突然冒出來這麼幾句，時發時停，江南官話，逼出來的大嗓門，十分難聽。這是愛老三？九莉感到震恐。

十三爺坐汽車走了。樓下忙著理行李。男僕都去幫著扛抬。天還沒黑，幾輛塌車堆得高高的拉出大門，樓上都擠在窗口看。

「這可好了！」碧桃說。余媽在旁邊沒作聲。

還有一輛。還有。

又出來一輛大車。碧桃李媽不禁噗嗤一聲笑了。碧桃輕聲道：「哪來這些東西？」都有點恐慌，彷彿腳下的房子給掏空了。

李媽道：「是說是她的東西都給她帶去，不許在天津北京掛牌子做生意。」

碧桃道：「說是到通州去，她是通州人。」

「南通州是北通州？」李媽說。

似乎沒有人知道。

北洋政府倒了她有沒有回來，回來了是否還能掛牌子做生意，是不是太老了，又打上了嗎啡？九莉從來沒想到這些，但是提起她的時候總護著她：「我倒覺得她好看。」

當時聽不懂的也都忘了：在那洞窟似的大房間裏追逐著，捉住她打嗎啡針，那陰暗的狂歡場面。乃德看不起她，所以特地吩咐韓媽不要孩子們叫她。看不起她也是一種刺激。被她打破頭也是一種刺激。但是終於被「新房子」抓到了把柄，「棒打鴛鴦兩離分，」而且沒給遣散費。她大概下場很慘。

九林雖然好了，愛老三也走了，余媽不知道怎麼忽然灰心起來，辭了工要回家去。盛家也就快回南邊去了，她跟著走可以省一筆路費，但是竟等不及，歸心似箭。

碧桃搭訕著笑道：「余大媽走了，等毛哥娶親再來，」自己也覺得說得不像，有點心虛似的。也沒有人接口。

白牛皮箱網籃行李捲都堆在房間中央。九莉忽然哭了，因為發現無論什麼事都有完的時候。

「還是毛姐好，」碧桃說。「又不是帶她的，還哭得這樣。」

余媽不作聲，只顧忙她的行李。九林站在一邊，更一語不發。

樓下報說黃包車叫來了。余媽方才走來說道：「毛姐我走了。毛哥比你小，你要照應他。毛哥我走了。以後韓媽帶你了，你要聽話，自己知道當心。」

九林不作聲，也不朝她看。打雜的上樓來幫著拿行李，韓媽碧桃等送她下樓，一片告別聲。

此後九莉總覺得他是余媽托孤托給她們的，覺得對不起她。韓媽也許也有同感。

他們自己也要動身了。

「到上海去嘍！到上海去嘍！」碧桃漫聲唱唸著。

傢俱先上船。空房裏剩下一張小鐵床，九莉一個人蹲在床前吃石榴，是「新房子」送的水菓。她是第一次看見石榴，裏面一顆顆紅水晶骰子，吃完了用核做兵擺陣。水菓籃子蓋下扣著的一張桃紅招牌紙，她放在床下，是紅泥混沌的秦淮河，要打過河去。

連鐵床都搬走了，晚上打地鋪，韓媽李媽一邊一個，九莉九林睡在中間。一個家整個拆了，滿足了兒童的破壞慾。頭上的燈光特別遙遠黯淡，她在枕上與九林相視而笑。看著他橢圓的大眼睛，她恨不得隔著被窩摟緊了他壓碎他，他脆薄得像梳打餅干。

最初只有他們兩個人。她坐在床上，他並排坐著，離得不太近，防萬一跌倒。兩人都像底邊不很平穩的泥偶。房間裏很多人，但是都是異類，只有他們倆同類，彼此很注意。她面前擱著一隻漆盤——「抓週」。當然把好東西如筆墨都擱在跟前，壞東西如骰子骨牌都擱得遠遠的，夠不到。韓媽碧桃說她抓了筆與棉花胭脂，不過三心兩意，拿起放下。沒有人記得九林抓了什麼。

也許更早，還沒有他的時候，她站在朱漆描金站桶裏，頭別來別去，躲避一隻白銅湯匙。她的調羹呢？白磁底上有一朵紫紅小花。不要這鐵腥氣的東西。

「唉哎嗳！」韓媽不贊成的口吻。一次次潑撒了湯粥。

嬰兒的眼光還沒有焦點，韓媽的臉奇大而模糊。

突然湯匙被她搶到手裏，丟得很遠很遠，遠得看不見，只聽見叮噹落地的聲音。

「今天不知道怎麼，脾氣壞，」韓媽說。

她不會說話，但是聽得懂，很生氣。從地下揀起湯匙送了出去，居然又拿了隻銅湯匙來喂她。

房間裏還有別人來來往往，都看不清楚。

忽然嘩嘩嘩一陣巨響，腿上一陣熱。這站桶是個雙層小櫃，像響蹀廊似的迴聲很大。她知道自己理虧，反勝為敗了。韓媽嘟囔著把她抱了出來，換衣服擦洗站桶。

她站在蕊秋梳妝台旁邊，有梳妝台高了。蕊秋發脾氣，打了碧桃一個嘴巴子。

「給我跪下來！」

碧桃跪了下來，但是仍舊高得使人詫異，顯得上身太長，很難看。九莉怔了一怔，扯開喉嚨大哭起來。

蕊秋皺眉道：「吵死了！老韓呢？還不快抱走。」

她站在旁邊看蕊秋理箱子。一樣樣不知名的可愛的東西從女傭手裏傳遞過來。

「好，你看好了，不要動手摸，啊！」蕊秋今天的聲音特別柔和。但是理箱子理到一個時候，忽然注意到她，便不耐煩的說：「好，你出去吧。」

家裏人來人往，女客來得不斷，都是「新房子」七老太太派來勸說的。

臨動身那天晚上來了賊，偷去許多首飾。

女傭們窘笑道：「還在地下屙了泡大屎。」

從外國寄玩具來，洋娃娃，砲兵堡壘，真能燒煮的小酒精鋼灶，一隻藍白相間波浪形圖案絲絨鬈毛大圓球，不知道作什麼用，她叫它「老虎蛋」。放翻桌椅搭成汽車，與九林開汽車去征蠻，中途埋鍋造飯，煮老虎蛋吃。

「記不記得二嬸三姑啊？」碧桃總是漫聲唱唸著。

「這是誰呀？」碧桃給她看一張蕊秋自己著色的大照片。

「二嬸，」只看了一眼，不經意的說。

「二嬸三姑到哪去啦？」

「到外國去了。」

像祈禱文的對答一樣的慣例。

碧桃收起照片，輕聲向韓媽笑道：「他們還好，不想。」

韓媽半霎了霎眼睛，笑道：「他們還小。」

九莉知道二嬸三姑到外國去這件事很奇怪，但是這些人越是故作神秘，她越是不屑問。

韓媽彎著腰在浴缸裏洗衣服，九莉在背後把她的藍布圍裙帶子解開了，圍裙溜下來拖到水裏。

「唉哎嗳！」韓媽不贊成的聲音。

繫上又給解開了，又再拖到水裏。九莉嗤笑著，自己也覺得無聊。

有時候她想，會不會這都是個夢，會忽然醒過來，發現自己是另一個人，也許是公園裏池邊放小帆船的外國小孩。當然這日子已經過了很久了，但是有時候夢中的時間也好像很長。

多年後她在華盛頓一條僻靜的街上看見一個淡棕色童化頭髮的小女孩一個人攀著小鐵門爬上爬下，兩手扳著一根橫欄，不過跨那麼一步，一上一下，永遠不厭煩似的。她突然憬然，覺得就是她自己。老是以為她是外國人——在中國的外國人——因為隔離。

她像棵樹，往之雍窗前長著，在樓窗的燈光裏也影影綽綽開著小花，但是只能在窗外窺視。

七

戰後緒哥哥來了。他到台灣去找事，過不慣，又回北邊去，路過上海。

「台灣什麼樣子？」九莉問。

「台灣好熱。喝！」搖搖頭，彷彿正要用手巾把子擦汗，像從前在外面奔走了一天之後，回到黑暗的小洋台上。又是他們三個人坐談，什麼也沒有改變。「大太陽照著，都是那很新的馬路，老寬的，又長，到哪兒去都遠，坐三輪都得走半天。」

在九莉的印象中，是夏天正午的中山陵，白得耀眼。

「吃東西也吃不慣，苦死了，想家，」楚娣笑著補足他的話。

何至於嬌慣到這樣，九莉心裏想。他過去也並沒有怎麼享受，不過最近這幾年給丈母娘慣的。母女倆找到了一個撐家立紀的男人，終身有靠，他也找到了他安身立命的小神龕。

當然他不會沒聽到她與之雍的事，楚娣一定也告訴了他。緒哥哥與她永遠有一種最基本的了解。但是久後她有時候為了別的事聯想到他，總是想著：了解又怎樣？了解也到不了哪裏。

他喜歡過她，照理她不會忘記，喜歡她的人太少了。但是竟慷慨的忘了，不然一定有點僵，沒這麼自然。

楚娣一定告訴了他她愛聽他們說話，因此他十分賣力，連講了好幾個北邊親戚的故事。那些人都使她想起她父親與弟弟。他也提起她父親：

「聽說二表叔現在喜歡替人料理喪事，講究照規矩應當怎樣，引經據典的。」

楚娣一開始就取笑他想家，表示她不怕提起他太太。但是九莉沒提「緒嫂嫂」，也沒想起來問他有沒有孩子。還是只有他們三個人，在那夏夜的小洋台上。什麼都沒改變。

碧桃來了。碧桃三十來歲，倒反而漂亮了些，連她那大個子也都順眼得多。改穿旗袍了，仍舊打扮得很老實，剪髮，斜掠著稀稀的前劉海。

「毛姐有了人家了？」

想必是從卞家方面聽來的。

九莉只得笑道：「不是，因為他本來結了婚的，現在離掉了，不過因為給南京政府做過事，所以只好走了。」

碧桃呆著臉聽著，忽道：「嗳喲，小姐不要是上了人的當吧？」

九莉笑道：「沒有沒有。」

她倒也就信了。

九莉搭訕著走開了。碧桃去後楚娣笑道：「聽她說現在替人家管家帶管賬，主人很相信她。這口氣聽上去，也說不定她跟了人了。」

前一向緒哥哥的異母姐素姐姐也搬到上海來了。素姐姐與楚娣年紀相仿，從小一直親厚。

楚娣親戚差不多都不來往了，只有這幾個性情相投的，還有個表姐，也是竺家的姑奶奶，對「素小姐」也非常器重。

有一次提起夏赫特，楚娣有點納罕的笑道：「我同二嬸這些事，外頭倒是一點都不知道。」言下於僥倖中又有點遺憾，被視為典型的老小姐。又道：「自己有這些事的人疑心人，沒有這些事的人不疑心人，不知道是不是這樣。」

九莉笑道：「不知道。也許。」

她就是不疑心人，就連對她母親的發現之後。這時候聽楚娣猜碧桃做了主人的妾，她很不以為然。她想碧桃在她家這些年，雖然沒吃苦，也沒有稱心如意過。南京來人總帶鹹板鴨來，女傭們笑碧桃愛吃鴨屁股，她不作聲。九莉看見她凝重的臉色，知道她不過是吃別人不要吃的，才說愛吃。只有她年紀最小，又是個丫頭。後來結了婚又被遺棄，經過這些挫折，職業上一旦揚眉吐氣，也許也就滿足了。主人即使對她有好感，也不見得會怎樣。到底這是中國。

碧桃與她一同度過她在北方的童年，像有種巫魘封住了的，沒有生老病死的那一段沉酣的歲月，也許心理上都受影響。她剛才還在笑碧桃天真，不知道她自己才天真得不可救藥。一直以為之雍與小康小姐與辛巧玉沒發生關係。

他去華中後第一封信上就提起小康小姐。住在醫院裏作為報社宿舍，因為醫院比較乾淨。有個看護才十六歲，人非常好，大家都稱讚她，他喜歡跟她開玩笑。她回信問候小康小姐，輕飄的說了聲「我是最妒忌的女人，但是當然高興你在那裏生活不太枯寂。」

也許他不信。她從來沒妒忌過緋雯，也不妒忌文姬，認為那是他剛出獄的時候一種反常的心理，一條性命是揀來的。文姬大概像有些歐美日本女作家，不修邊幅，石像一樣清俊的長長的臉，身材趨向矮胖，旗袍上罩件臃腫的咖啡色絨線衫，織出纍纍的葡萄串花樣。她那麼浪漫，那次當然不能當樁事。

「你有性病沒有？」文姬忽然問。

他笑了。「你呢？你有沒有？」

在這種情況下的經典式對白。

他從前有許多很有情調的小故事，她總以為是他感情沒有寄托。

「我是喜歡女人，」他自己承認，有點忸怩的笑著。「老的女人不喜歡，」不必要的補上一句，她笑了。

她以為止於欣賞。她知道有很拘謹的男人也這樣，而且也往往把對方看得非常崇高，正因為有距離。不過他們不講，只偶然冒出一句，幾乎是憤怒的。

他帶荒木來過。荒木高個子，瘦長的臉，只有剃光頭與一副細黑框的圓眼鏡是典型日本人的。他去過蒙古，她非常有興趣。之雍隨即帶了張蒙古唱片來，又把他家裏的留聲機拿了來。那蒙古歌沒什麼曲調，是遠距離的呼聲，但是不像阿爾卑斯山上長呼的耍花腔。同樣單調，日本的能劇有鬼音，甕聲甕氣像甕屍案的冤魂。蒙古歌不像它們有地方性——而且地方性濃到村俗可笑的地步——只是平平的，一個年青人的喉嚨，始終聽著很遠，初民的聲音。她連聽了好幾遍，堅持把唱機唱片都還了他們。

荒木在北京住過很久，國語說得比她好。之雍告訴她他在北京隔壁鄰居有個女孩子很調皮，荒木常在院子裏隔著牆跟她鬧著玩，終於戀愛了，但是她家裏當然通不過。她結了婚，荒木也在日本訂了婚，是他自己看中的一個女學生。戰時未婚妻到他家裏來住了一陣子，回去火車被轟炸，死了。結果他跟家裏的下女在神社結了婚。

那北京女孩子嫁的丈夫不成器，孩子又多，荒木這些年一直經常資助她，又替她介紹職業。有一次她實在受不了，決定離開家，她丈夫跪下來求她，孩子們都跪下了。她正拿著鏡子梳頭髮，把鏡子一丟，嘆了口氣，叫他們起來。

九莉見過她一次，骨瘦如柴，但是並沒有病容，也不很見老，只是長期的精神與物質上的煎逼把人熬成了人乾，使人看著駭然。看得出本來是稚氣的臉，清麗白皙，額部像幼童似的圓圓的突出，長挑身材，燙髮，北派滾邊織錦緞長袖旗袍，領口瘦得大出一圈。她跟荒木說說笑笑很輕鬆，但是兩人聲調底下都有一種溫存。

「她對荒木像老姐姐一樣，要說他的，」之雍後來說。

九莉相信這種古東方的境界他也做得到。不過他對女人太博愛，又較富幻想，一來就把人理想化了，所以到處留情。當然在內地客邸淒涼，更需要這種生活上的情趣。

「我倒很喜歡中學教員的生活，」他說過。

報社宿舍裏的生活，她想有點像單身的教員宿舍。他喜歡教書。總有學生崇拜他，有時候也有漂亮的女同事可以開開玩笑。不過教員因為職位關係，種種地方受約束。但是與小康小姐也只能開開玩笑，跟一個十六歲的正經女孩子還能怎樣？

他也的確是忙累，辦報外又創辦一個文藝月刊，除了少數轉載，一個雜誌全是他一個人化名寫的。

她信上常問候小康小姐。他也不短提起她，引她的話，像新做父母的人轉述小孩的妙語。九莉漸漸感覺到他這方面的精神生活對於他多重要。他是這麼個人，有什麼辦法？如果真愛一個人，能砍掉他一個枝幹？

她夢見手擱在一棵棕櫚樹上，突出一環一環的淡灰色樹幹非常長。沿著欹斜的樹身一路望過去，海天一色，在耀眼的陽光裏白茫茫的，睜不開眼睛。這夢一望而知是弗洛依德式的，與性有關。她沒想到也是一種願望，棕櫚沒有樹枝。

秋天之雍回上海來，打電話來說：「喂，我回來了。」聽見他的聲音，她突然一陣輕微的眩暈，安定了下來，像是往後一倒，靠在牆上，其實站在那裏一動也沒動。

中秋節剛過了兩天。

「邵之雍回來了，」她告訴楚娣。

楚娣笑道：「跟太太過了節才來。」

九莉只笑笑。她根本沒想到他先回南京去了一趟。她又不過節，而且明天是她生日。她小時候總鬧不清楚，以為她的生日就是中秋節。

他又帶了許多錢給她。這次她拿著覺得有點不對。顯然他不相信她說的還她母親的錢的話，以為不過是個藉口。上次的錢買了金子保值，但是到時候知道夠不夠？將來的幣制當然又要換過，幾翻就沒有了，任何政府都會這一招。還是多留一點。屢次想叫三姑替她算算二嬸到底為她花了多少錢，至少有個數。但是幣值這樣動盪，早算有什麼用？也不能老找三姑算，老說要還錢多貧！對之雍她也沒再提起。說了人家不信，她從來不好意思再說一遍。

「經濟上我保護你好嗎？」他說。

她微笑著沒作聲。她賺的錢是不夠用，寫得不夠多，出書也只有初版暢銷。剛上來一陣子倒很多產，後來就接不上了，又一直對濫寫感到恐怖。能從這裏抽出點錢來貼補著點也好。他不也資助徐衡與一個詩人？「至少我比他們好些，」她想。

「我去辦報是為了錢，不過也是相信對國家人民有好處，不然也不會去，」他說。

她感到一絲涼意。

依偎間，他有點抱歉的說：「我是像開車的人一隻手臂抱著愛人，有點心不在焉。」

他講起小康小姐，一些日常瑣事，對答永遠像是反唇相譏，打打鬧鬧，搶了東西一個跑一個追：「你這人最壞了！」

原來如此，她想。中國風的調情因為上層階級不許可，只能在民間存在，所以總是打情罵俏。並不是高級調情她就會，但是不禁感到鄙夷。

她笑道：「小康小姐什麼樣子？」

他回答的聲音很低，幾乎悄然，很小心戒備，不這樣不那樣，沒舉出什麼特點，但是「一件藍布長衫穿在她身上也非常乾淨相。」

「頭髮燙了沒有？」

「沒燙，不過有點……朝裏彎，」他很費勁的比劃了一下。

正是她母親說的少女應當像這樣。

他們的關係在變。她直覺的回到他們剛認識的時候對他單純的崇拜，作為補償。也許因為中間又有了距離。也許因為她的隱憂——至少這一點是只有她能給他的。

她狂熱的喜歡他這一向產量驚人的散文。他在她這裏寫東西，坐在她書桌前面，是案頭一座絲絲縷縷質地的暗銀彫像。

「你像我書桌上的一個小銀神。」

晚飯後她洗完了碗回到客室的時候，他迎上來吻她，她直溜下去跪在他跟前抱著他的腿，臉貼在他腿上。他有點窘，笑著雙手拉她起來，就勢把她高舉在空中，笑道：「崇拜自己的老婆——！」

他從華北找了虞克潛來，到報社幫忙。虞克潛是當代首席名作家的大弟子。之雍帶他來看九莉。虞克潛學者風度，但是她看見他眼睛在眼鏡框邊緣下斜溜著她，不禁想道：「這人心術不正。」他走後她也沒說什麼，因為上次向璟的事，知道之雍聽不進這話。

「荒木說緋雯，說『我到你家裏這些次，從來沒看見過有一樣你愛吃的菜，』」之雍說。

九莉聽了沒說什麼。其實她也是這樣，他來了，添菜不過是到附近老大房買點醬肉與「鋪蓋捲」——百葉包碎肉——都是他不愛吃的。她知道他喜歡郊寒島瘦一路的菜。如果她學起做菜來，還不給她三姑笑死了？至於叫菜，她是跟著三姑過，雖然出一半錢，房子是三姑二嬸頂下來的，要留神不喧賓奪主，只能隨隨便便的，還照本來的生活方式。楚娣對她已經十分容忍了。楚娣有個好癖是看房子，無故也有時候看了報上的招租廣告去看公寓，等於看櫥窗。有一次看了個極精緻的小公寓，只有一間房，房間又不大，節省空間，櫥門背後裝著燙衣板，可以放下來，羨慕得不得了。九莉知道她多麼渴望一個人獨住，自己更要識相點。

食色一樣，九莉對於性也總是若無其事，每次都彷彿很意外，不好意思預先有什麼準備，因此除了脫下的一條三角袴，從來手邊什麼也沒有。次日自己洗袴子，聞見一股米湯的氣味，想起她小時候病中吃的米湯。

「我們將來也還是要跟你三姑住在一起，」之雍說。她後來笑著告訴楚娣，楚娣笑道：「一個你已經夠受了，再加上個邵之雍還行？」

在飯桌上，九莉講起前幾天送稿子到一個編輯家裏，雜誌社遠，編輯荀樺就住在附近一個衖堂裏，所以總是送到他家裏去。他們住二樓亭子間，她剛上樓梯，後門又進來了幾個日本憲兵，也上樓來了。她進退兩難，只好繼續往上走，到亭子間門口張望了一下，門開著，沒人在家。再下樓去，就有個憲兵跟著下來，掏出鉛筆記下她的姓名住址。出來到了衖堂裏，忽然有個女人趕上來，是荀樺另一個同居的女人朱小姐，上次也是在這裏碰見的。

「荀樺被捕了，憲兵隊帶走的，」她說。「荀太太出去打聽消息，所以我在這裏替她看家。剛才憲兵來調查，我避到隔壁房間裏，溜了出來。」

之雍正有點心神不定，聽了便道：「憲兵隊這樣胡鬧不行的。荀樺這人還不錯。這樣好了：我來寫封信交給他家裏送去。」

九莉心裏想之雍就是多事，不知底細的人，知道他是怎麼回事？當然她也聽見文姬說過荀樺人好。

飯後之雍馬上寫了封八行書給憲兵隊大隊長，九莉看了有一句「荀樺為人尚屬純正，」不禁笑了，想起那次送稿子到荀家去，也是這樣沒人在家，也是這朱小姐跟了出來，告訴她荀太太出去了，她在這裏替她看孩子。九莉以為是荀太太的朋友，但是她隨即囁嚅的說了出來：她在一個書局做女職員，與荀樺有三個孩子了。荀太太也不是正式的，鄉下還有一個，不過這一個厲害，非常凶，是個小學教師。

這朱小姐長得有點像九莉的落選繼母二表姑，高高大大的，甜中帶苦的寬臉大眼睛。二表姑拉著她的手不放，朱小姐也拉著她的孔雀藍棉袍袖子依依不捨。九莉以為她是憋了一肚子的話想找人訴苦，又不便帶她到家裏去，不但楚娣嫌煩，她自己也怕沾上了送不走她，只好陪著她站在衖堂裏，卻再也沒想到她是誤以為荀樺又有了新的女朋友，所以在警告她。

這種局面是南京諺語所謂「糟㖞㖞，一鍋粥」，九莉從來不聯想到她自己身上。她跟之雍的事跟誰都不一樣，誰也不懂得。只要看她一眼就是誤解她。

她立刻把之雍的信送了去。這次荀太太在家。

「我上次來，聽見荀先生被捕的消息，今天我講起這樁事，剛巧這位邵先生在那裏，很抱不平，就說他寫封信去試試，」她告訴荀太太。

荀太太比朱小姐矮小，一雙弔梢眼，方臉高顴骨，頰上兩塊杏黃胭脂，也的確凶相，但是當然千恩萬謝。次日又與朱小姐一同來登門道謝，幸而之雍已經離開了上海。

二人去後楚娣笑道：「荀樺大小老婆聯袂來道謝。」

兩三個星期後，荀樺放了出來，也不知道是否與那封信有關。親自來道謝，荀樺有點山羊臉，向來衣著特別整潔，今天更收拾得頭光面滑，西裝畢挺。

「疑心我是共產黨，」他笑著解釋。

九莉笑道：「那麼到底是不是呢？」楚娣也笑了。

荀樺笑道：「不是的呀！」

他提起坐老虎櫈，九莉非常好奇，但是腦子裏有點什麼東西在抗拒著，不吸收，像隔著一道沉重的石門，聽不見慘叫聲。聽見安竹斯死訊的時候，一陣陰風石門關上了，也許也就是這道門。

他走後楚娣笑道：「到底也不知道他是不是。」

九莉無法想像。巴金小說裏的共產黨都是住亭子間，隨時有個風吹草動，可以搬剩一間空房。荀家也住亭子間，相當整潔，不像一般「住小家的」東西堆得滿坑滿谷。一張雙人鐵床，粉紅條紋的床單。他們五六個孩子，最大的一個女兒已經十二三歲了，想必另外還有一間房。三個老婆兩大批孩子，這樣拖泥帶水的，難道是作掩蔽？

「他寫過一封信給我，勸我到重慶去，」九莉說。「當然這也不一定就證明他不是共產黨。當時我倒是有點感激他肯這麼說，因為信上說這話有點危險，尤其是個『文化人』。」

她不記得什麼時候收到這封信，但是信上有一句「只有白紙上寫著黑字是真的，」是說別的什麼都是假的，似乎是指之雍。那就是已經傳了出去，說她與之雍接近。原來荀樺是第二個警告她的人——還是第一個？還在向璟之前？——說得太斯文隱晦了，她都沒看懂，這時候才恍惚想起來。

結果倒是之雍救了他一命，如果是那封信有效的話。

荀樺隔了幾天再來，這次楚娣就沒出去見他。

第三次來過之後，楚娣夾著英文笑道：「不知道他這是不是算求愛，」但是眼睛裏有一種焦急的神氣，九莉看到了覺得侮辱了她。

但是也還是經楚娣點醒了，她這才知道荀樺錯會了意，以為她像她小時候看的一張默片《多情的女伶》，嫁給軍閥做姨太太，從監牢裏救出被誣陷的書生。

荀樺改編過一齣叫座的話劇，但是他的專長是與戰前文壇做聯絡員，來了就講些文壇掌故，有他參預的，往往使他夾在中間左右為難，「窘真窘！」——他的口頭禪。

九莉書也沒看過，人名也都不熟悉，根本對牛彈琴。他說話圓融過份，常常微笑囁嚅著，簡直聽不見，然後爆發出一陣低沉的嘿嘿的笑聲，下結論道：「窘真窘！」

他到底又不傻，來了兩三次也就不來了。

之雍每次回來總帶錢給她。有一次說起「你這裏也可以……」聲音一低，道：「有一筆錢，」「你這裏」三個字聽著非常刺耳。

她拿著錢總很僵，他馬上注意到了。不知道怎麼，她心裏一凜，彷彿不是好事。

有一天他講起華中，說：「你要不要去看看？」

九莉笑道：「我怎麼能去呢？不能坐飛機。」他是乘軍用飛機。

「可以的，就說是我的家屬好了。」

連她也知道家屬是妾的代名詞。

之雍見她微笑著沒接口，便又笑道：「你還是在這裏好。」

她知道他是說她出去給人的印象不好。她也有同感。她像是附屬在這兩間房子上的狐鬼。

楚娣有一天不知怎麼說起的，夾著英文說了句：「你是個高價的女人。」

九莉聽了一怔。事實是她錢沒少花，但是一點也看不出來。當然她一年到頭醫生牙醫生看個不停，也是她十六七歲的時候兩場大病留下來的痼疾，一筆醫藥費著實可觀。也不省在吃上，不像楚娣既怕胖又能吃苦。同時她對比比代為設計的奇裝異服毫無抵抗力。

楚娣看不過去，道：「最可氣的是她自己的衣服也並不怪。」

九莉微笑著也不分辯。比比從小一直有發胖的趨勢，個子又不高，不宜穿太極端的時裝，但是當然不會說這種近於自貶的話，只說九莉「蒼白退縮，需要引人注意。」九莉也願意覺得她這人整個是比比一手創造的。現在沒好萊塢電影看，英文書也久已不看了，私生活又隱蔽起來，與比比也沒有別的接觸面了。

楚娣本來說比比：「你簡直就像是愛她。」

一方面比比大胆創造，九莉自己又復古，結果鬧得一件合用的衣服也沒有。有一次在街上排隊登記，穿著一身戶口布喇叭袖湖色短衫，雪青洋紗袴子，眼鏡早已不戴了。管事的坐在人行道上一張小書桌前，一看是個鄉下新上來的大姐，因道：「可認得字？」

九莉輕聲笑道：「認得，」心裏十分高興，終於插足在廣大群眾中。

「你的頭髮總是一樣的，」之雍說。

「噯。」她微笑，彷彿聽不出他的批評。

她下一個生日他回來，那一向華中經過美機大轟炸。他信上講許多炸死的人，衣服炸飛了，又剝了皮，都成了裸體趺坐著的赤紅色的羅漢。當面講起，反而沒有信上印象深。他顯然失望，沒說下去。出去到月夜的洋台上，她等不及回到燈下，就把新照的一張相片拿給他看。照片上笑著，裸露著鎖子骨，戴著比比借給她的細金脖鍊弔著一顆葡萄紫寶石，像個突出的長乳頭。

之雍在月下看了看，忽然很刺激的笑道：「你這張照片上非常有野心的樣子嚇！」

九莉也只微笑。拍照的時候比比在旁導演道：「想你的英雄。」她當時想起他，人遠，視野遼闊，有「捲簾梳洗望黃河」的感覺。

那天晚上講起虞克潛：「虞克潛這人靠不住，已經走了。」略頓了頓，又道：「這樣卑鄙的——！他追求小康，背後對她說我，說『他有太太的。』」

九莉想道：「誰？難道是我？」這時候他還沒跟緋雯離婚。

報社正副社長為了小康小姐吃醋，鬧得副社長辭職走了？但是他罵虞克潛卑鄙，不見得是怪他揭破「他有太太的，」大概是說虞克潛把他們天真的關係拉到較低的一級上。至少九莉以為是這樣。

「剛到上海來的時候，說非常想家，說了許多關於他太太，他們的關係怎樣不尋常，」之雍又好氣又好笑的說。

講起小康來，正色道：「轟炸的時候在防空洞裏，小康倒像是要保護我的樣子噯！」此外依舊是他們那種玩笑打趣。

以為「總不至於」的事，一步步成了真的了。九莉對自己說：「『知已知彼』。你如果還想保留他，就必須聽他講，無論聽了多痛苦。」但是一面微笑聽著，心裏亂刀砍出來，砍得人影子都沒有了。

次日下午比比來了。之雍搬了張椅子，又把她的椅子挪到房間正中。比比看他這樣佈置著，雖然微笑，顯然有點忐忑不安。他先捺她坐下，與她面對面坐得很近，像日本人一樣兩手按在膝上，懇切的告訴她這次大轟炸多麼劇烈。

比比在這情形下與九莉一樣，只能是英國式的反應，微笑聽著，有點窘。她們也都經過轟炸的，還沒有防空洞的設備。九莉在旁邊更有點不好意思，只好笑著走開，搭訕著到書桌上找什麼東西。

比比與之雍到洋台上去了。九莉坐在窗口書桌前，窗外就是洋台，聽見之雍問比比：「一個人能同時愛兩個人嗎？」窗外天色突然黑了下來，也都沒聽見比比有沒有回答。大概沒有認真回答，也甚至於當是說她，在跟她調情。她以後從來沒跟九莉提起這話。

比比去後，九莉微笑道：「你剛才說一個人能不能同時愛兩個人，我好像忽然天黑了下來。」

之雍護痛似的笑著呻吟了一聲「唔……」把臉伏在她肩上。

「那麼好的人，一定要給她受教育，」他終於說。「要好好的培植她……」

她馬上想起楚娣說她與蕊秋在外國：「都當我們是什麼軍閥的姨太太。」照例總是送下堂妾出洋。剛花了這些錢離掉一個，倒又要負担起另一個五年計劃？

「但是她那麼美！」他又痛苦的叫出聲來。又道：「連她洗的衣服都特別乾淨。」

她從心底裏泛出鄙夷不屑來。她也自己洗衣服，而且也非常疙瘩，必要的話也會替他洗的。

蕊秋常說中國人不懂戀愛，「所以有人說愛過外國人就不會再愛中國人了。」當然不能一概而論，但是業精於勤，中國人因為過去管得太緊，實在缺少經驗。要愛不止一個人——其實不會同時愛，不過是愛一個，保留從前愛過的——恐怕也只有西方的生活部門化的一個辦法，隔離起來。隔離需要錢，像荀太太朱小姐那樣，勢必「守望相助」。此外還需要一種紀律，之雍是辦不到的。

這也是人生的諷刺，九莉給她母親從小訓練得一點好奇心都沒有，她的好奇心純是對外的，越是親信越是四周多留空白，像國畫一樣，讓他們有充份的空間可以透氣，又像珠寶上襯墊的棉花。不是她的信，連信封都不看。偏遇到個之雍非告訴她不可。當然，知道就是接受。但是他主要是因為是他得意的事。

九莉跟她三姑到夏赫特家裏去過，他太太年紀非常輕，本來是他的學生，長得不錯，棕色頭髮，有點蒼白神經質。納粹治下的德國女人都是脂粉不施。在中國生了個男孩子，他們叫他「那中國人」。她即使對楚娣有點疑心，也絕對不知道，外國女人沒那麼有涵養。夏赫特連最細微的事都喜歡說反話，算幽默，務必叫人捉摸不定。當然他也是納粹黨，否則也不會當上校長。

「他們對猶太人是壞，」楚娣講起來的時候悄聲說。「走進猶太人開的店都說氣味難聞。」

又道：「夏赫特就是一樣，給我把牙齒裝好了，倒真是幸虧他。連嘴的樣子都變了。」他介紹了個時髦的德國女牙醫給她，替她出錢。牙齒糾正了以後，漸漸的幾年後嘴變小了，嘴唇也薄了，連臉型都俏皮起來。雖然可惜太晚了點，西諺有云：「寧晚毋終身抱憾。」

之雍這次回來，有人找他演講。九莉也去了。大概是個徵用的花園住宅，地點僻靜，在大門口遇見他兒子推著自行車也來了。

也不知道是沒人來聽，還是本來不算正式演講，只有十來個人圍著長餐桌坐著。幾個青年也不知是學生還是記者，很老練的發問。這時候軸心國大勢已去，實在沒什麼可說的了，但是之雍講得非常好，她覺得放在哪裏都是第一流的，比他寫得好。有個戴眼鏡的年青女人一口廣東國語，火氣很大，咄咄逼人，一個個問題都被他閒閒的還打了過去。

出來之雍笑道：「老婆兒子都帶去了。」

次日他一早動身，那天晚上忽然說：「到我家裏去好不好？」

近午夜了，她沒跟楚娣說要出去一趟，兩人悄悄的走了出來。秋天晚上冷得舒服，昏暗的街燈下，沒有行人也沒有車輛，手牽著手有時候走到街心。廣闊的瀝青馬路像是倒了過來，人在蒙著星塵的青黑色天空上走。

他家裏住著個相當大的衖堂房子。女傭來開門，顯然非常意外。也許人都睡了。到客室坐了一會，倒了茶來。秀男出現了，含笑招呼。在黃黯的燈光下，彷彿大家都是久別重逢，有點倉皇。之雍走過一邊與秀男說了幾句話，她又出去了。

之雍走回來笑道：「家裏都沒有我睡的地方了。」

隔了一會，他帶她到三樓一間很雜亂的房間裏，帶上門又出去了。這裏的燈泡更微弱，她站著四面看了看，把大衣皮包擱在五斗櫥上。房門忽然開了，一個高個子的女人探頭進來看了看，又悄沒聲的掩上了門。九莉只瞥見一張蒼黃的長方臉，彷彿長眉俊目，頭髮在額上正中有個波浪，猜著一定是他有神經病的第二個太太，想起簡愛的故事，不禁有點毛骨悚然起來。

「她很高，臉有點硬性，」他說。

在不同的時候說過一點關於她的事。

「是朋友介紹的。」結了婚回家去，「馬上抱進房去。」

也許西方抱新娘子進門的習俗是這樣源起的。

「有沉默的夫妻關係，」他信上說，大概也是說她。

他參加和平運動後辦報，趕寫社論累得發抖，對著桌上的香烟都沒力氣去拿，回家來她發神經病跟他吵，瞎疑心。

剛才她完全不像有神經病。當然有時候是看不出來。

她神經病發得正是時候。——還是有了緋雯才發神經病？也許九莉一直有點疑心。

之雍隨即回來了。她也沒提剛才有人來過。他找了兩本埃及童話來給她看。

木闌干的床不大，珠羅紗帳子灰白色，有灰塵的氣味。褥單似乎是新換的。她有點害怕，到了這裏像做了俘虜一樣。他解衣上床也像有點不好意思。

但是不疼了，平常她總叫他不要關燈，「因為我要看見你的臉，不然不知道是什麼人。」

他微紅的微笑的臉俯向她，是苦海裏長著的一朵赤金蓮花。

「怎麼今天不痛了？因為是你的生日？」他說。

他眼睛裏閃著興奮的光，像魚擺尾一樣在她裏面蕩漾了一下，望著她一笑。

他忽然退出，爬到腳頭去。

「噯，你在做什麼？」她恐懼的笑著問。他的頭髮拂在她大腿上，毛毿毿的不知道什麼野獸的頭。

獸在幽暗的巖洞裏的一線黃泉就飲，泊泊的用舌頭捲起來。她是洞口倒掛著的蝙蝠，深山中藏匿的遺民，被侵犯了，被發現了，無助，無告的，有隻動物在小口小口的啜著她的核心。暴露的恐怖揉合在難忍的願望裏：要他回來，馬上回來——回到她的懷抱裏，回到她眼底——

快睡著了的時候，雖然有蚊帳，秋後的蚊子咬得很厲害。

「怎麼會有蚊子！」他說，用手指蘸了唾沫搽在她叮的包上，使她想起比比用手指蘸了唾沫，看土布掉不掉色。

早上醒了，等不及的在枕上翻看埃及童話。他說有個故事裏有個沒心肝的小女孩像比比。她知道他是說關於轟炸的事。

他是不好說她沒有心肝。

清冷的早晨，她帶著兩本童話回去了，唯一關心的是用鑰匙開門進去，不要吵醒三姑。

八

從這時候起，直到二次世界大戰結束，有大半年的工夫，她內心有一種混亂，上面一層白蠟封住了它，是表面上的平靜安全感。這段時間內發生的事，總當作是上一年或是下一年的，除非從別方面證明不可能是上一年還是下一年。這一年內一件事也不記得，可以稱為失落的一年。

一片空白中，有之雍在看報，下午的陽光照進來，她在畫張速寫，畫他在看波資坦會議的報導。

「二次大戰要完了，」他抬起頭來安靜的說。

「噯喲，」她笑著低聲呻吟了一下。「希望它永遠打下去。」

之雍沉下臉來道：「死這麼許多人，要它永遠打下去？」

九莉依舊輕聲笑道：「我不過因為要跟你在一起。」

他面色才緩和了下來。

她不覺得良心上過不去。她整個的成年生活都在二次大戰內，大戰像是個固定的東西，頑山惡水，也仍舊構成了她的地平線。人都怕有鉅變，怎麼會不想它繼續存在？她的願望又有什麼相干？那時候那樣著急，怕他們打起來，不也還是打起來了？如果她是他們的選民，又還彷佛是「匹夫有責」，應當有點責任感。

德國投降前的春天，一場春雪後，夏赫特買了一瓶威斯忌回家，在結了冰的台階上滑倒了，打碎了酒瓶，坐在台階上哭了起來。

楚娣幫他變賣衣物，又借錢給他回國。有一件「午夜藍」大衣，沒穿過兩次，那呢子質地是現在買不到的。九莉替之雍買了下來，不知道預備他什麼時候穿。她剛認識他的時候就知道戰後他要逃亡，事到臨頭反而糊塗起來，也是因為這是她「失落的一年」，失魂落魄。

楚娣笑道：「打扮邵之雍。」

有天晚上已經睡了，被炮竹聲吵醒了，聽見楚娣說日本投降了，一翻身又睡著了。

他的報紙寄來的最後兩天還有篇東西提起「我思念的人，像個無根無葉的蓮花，黑暗中的一盞明燈……」

兩星期後，一大早在睡夢中聽見電話鈴聲，作U字形，兩頭輕，正中奇響，在朦朧中更放大了，鋼啷啷刺耳。碧綠的枝葉紮的幸運的馬蹄鐵形花圈，一隻隻，成串，在新涼的空氣中流過。

她終於醒了，跑去接電話。

「喂，我荒木啊。……噯，他來了。我陪你去看他。現在就去吧？」

偏偏前兩天剛燙了頭髮，最難看的時期，又短又倔強，無法可想。

半小時後荒木就來了。因為避免合坐一輛三輪車，叫了兩部人力車，路又遠，奇慢。路上看見兩個人抱頭角力，與蒙古的摔角似乎又不同些。馬路上汽車少，偶然有一卡車一卡車的日本兵，運去集中起來。這兩個人剃光頭，卻留著兩三撮頭髮，紮成馬尾式，小辮子似的翹著，夾在三輪與塌車自行車之間，互扭著邊鬥邊走，正像兩條牛，牛角絆在一起鎖住了。身上只穿著汗衫，黃卡其袴，瘦瘦的，不像日本角力者胖大，但是她想是一種日式表演，因為末日感的日僑與日本兵大概現在肯花錢，被挑動了鄉情，也許會多給。

還有個人跟在後面搖動一隻竹筒，用筒中的洒豆打拍子。二人應聲扯一個架式，又換一個架式，始終納著頭。下一個紅綠燈前，兩部人力車相並，她想問荒木，但是沒開口。忽然有許多話彷彿都不便說了。

人力車拉到虹口已經十點半左右，停在橫街上一排住宅門口。揿鈴，一個典型的日本女人來開門，矮小，穿著花布連衫裙，小鵝蛋臉粉白脂紅。荒木與她講了幾句話，九莉跟著一同進去，上樓。不是日式房屋，走進一間房，之雍從床上坐起來。他是坐日本兵船來的，混雜在兵士裏，也剃了光頭，很不好意思的戴上一頂卡其布船形便帽。在船上生了場病，瘦了一圈。

荒木略坐了坐就先走了。

之雍挪到他椅子上坐著繼續談著，輕聲笑道：「本來看情形還可以在那邊開創個局面，撐一個時期再說，後來不對了，支持不下了──」

九莉也笑了。她反正越是遇到這種情形，越是儘量的像平常一樣。

談了一會，之雍忽然笑道：「還是愛人，不是太太。」

她也只當是讚美的話一樣，只笑笑。

之雍悄聲道：「投降以後那些日本高級軍官，跟他們說話，都像是心裏半明半昧的。」

九莉很震動。這間房只有兩扇百葉門通洋台，沒有窗戶，光線很暗，這時候忽然黑洞洞的，是個中國舊式平房，窗紙上有彫花窗櫺的黑色剪影。

「……兵船上非常大的統艙，吐的人很多。」

都是幽深的大場面，她聽著森森然。

「你能不能到日本去？」她輕聲問。

他略搖了搖頭。「我有個小同鄉，從前他們家接濟過我，送我進中學，前幾年我也幫過他們錢，幫了很多。我可以住在他們家，在鄉下。」

也許還是這樣最妥當，本鄉本土，不是外路人引人注意。日本美軍佔領的，怎麼能去，自投羅網，是她糊塗了。

「你想這樣要有多久？」她輕聲說。

他忖了一忖。「四年。」

她又覺得身在那小小的暗間裏，窗紙上有窗櫺雲鉤的黑色剪影。是因為神秘的未來連著過去，時間打通了？

「你不要緊的，」他說，眼睛裏現出他那種輕蔑的神氣。

她想問他可需要錢，但是沒說。船一通她母親就要回來了，要還錢。信一通，已經來信催她回香港讀完大學。校方曾經口頭上答應送她到牛津做研究生，如果一直能維持那成績的話。但是她想現在年紀大了幾歲，再走這條遠兜遠轉的路，怕定不下心來。現在再去申請她從前那獎學金，也都已經來不及了——就快開學了。自費出國錢又不夠。但是在本地實在無法賣文的話，也只好去了再想辦法，至少那條路是她走過的。在香港也是先念著才拿到獎學金的。告訴他他一定以為是離開他。她大概因為從小她母親來來去去慣了，不大當樁事。不過是錢的事。

至於他家裏的家用，有秀男的閨先生負担。秀男不是已經為他犧牲了嗎？

近午了，不知道這日本人家幾點鐘吃午飯，不能讓主人為難。

「我走了，明天再來。」她站起來拿起皮包。

「好。」

次日下午她買了一大盒奶油蛋糕帶去送給主人家。乘電車去，半路上忽然看見荀樺，也在車上，很熱絡的招呼著，在人叢中擠了過來，弔在籐圈上站在她跟前。

寒暄後，荀樺笑道：「你現在知道了吧，是我信上那句話：『只有白紙上寫著黑字是真的。』」

「是嗎？」九莉心裏想。「不知道。」她只微笑。

怪不得他剛才一看見她，臉上的神氣那麼高興，因為有機會告訴她「是我說的吧？」

真擠。這家西點店出名的，蛋糕上奶油特別多，照這樣要擠成漿糊了。

荀樺乘著擁擠，忽然用膝蓋夾緊了她兩隻腿。

她向來反對女人打人嘴巴子，因為引人注目，跡近招搖，尤其像這樣是熟人，總要稍微隔一會才側身坐著挪開，就像是不覺得。但是就在這一剎那間，她震了一震，從他膝蓋上嚐到坐老虎櫈的滋味。

她担憂到了站他會一同下車，擺脫不了他。她自己也不大認識路，不要被他發現了那住址。幸而他只笑著點點頭，沒跟著下車。剛才沒什麼，甚至於不過是再點醒她一下：漢奸妻，人人可戲。

這次她一個人來，那日本主婦一開門，臉色就很不愉快。她知道日本女人見了男人卑躬屈節，對女人不大客氣，何況是中國女人，但是直覺的有點覺得是妒忌。把蛋糕交了給她，也都沒開笑臉。

看見之雍，她也提起遇見荀樺，有點担憂他也是這一站下車，但是沒提起他忘恩負義。之雍跟小康小姐是在什麼情形下分別的？當然昨天也就想到了。她有點怕聽。幸而他一直沒提。但是說著話，一度默然片刻的時候，他忽然沉下臉來。她知道是因為她沒問起小康。

自從他那次承認「愛兩個人」，她就沒再問候過小康小姐。十分違心的事她也不做。他自動答應了放棄小康，她也從來不去提醒他，就像他上次離婚的事一樣，要看他的了。

現在來不及積錢給小康受高等教育了，就此不了了之，那是也不會的。還不是所有手邊的錢全送了給她。本來還想割據一方大幹一下的，總不會剛趕上沒錢在手裏。

她希望小康這時候勢利一點——本來不也是因為他是小地方的大人物？——但是出亡前慷慨贈金，在這樣的情形下似乎也勢利不起來。就有他也會說服自己，認為沒有。給人臉子看，她只當不看見。

「比比怎麼樣了？」他終於笑問。

九莉笑道：「在慶祝西方的路又通了。」

之雍笑道：「唔。」

停戰的次日比比拖她出去慶祝。在西點店敞亮的樓窗前對坐著，事實是連她也憂喜參半。

講起他那些老同事——顯然他從荒木那裏聽到一些消息——他無可奈何的嗤笑道：「有這麼呆的——！一個個坐在家裏等著人去抓。」

又微笑道：「昨天這裏的日本女人帶我去看一隻很大的櫥，意思是說如果有人來檢查，可以躲在裏面。我不會去躲在那裏，因為要是給人搜出來很窘。」

他是這樣的，她想。最怕有失尊嚴。每次早上從她那裏出去，她本來叫他手裏提著鞋子，出去再穿。

之雍頓了頓道：「還是穿著，不然要是你三姑忽然開了門出來，看見了很窘。」

在過道裏走，皮鞋聲音很響，她在床上聽著，走一步心裏一緊。

「你三姑一定知道了，」他屢次這樣猜測著。

她也知道一定是知道了，心直往下沉，但總是担憂的微笑答道：「不知道。」

她送他從後門出去，路短一點，而且用不著砰上大門，那響聲楚娣不可避免的會聽見。廚房有扇門開在後洋台上。狹長的一溜洋台，鐵闌干外一望無際，是上海的遠景，雲淡風輕，空曠的天腳下，地平線很高。洋台上橫攔著個木柵門，像個柴扉。晨風披拂中，她只穿著件墨綠絨線背心，長齊三角袴，光著腿，大腿與腰一樣粗細。

他出去了她再把木柵門鈎上，回到房間裏去，把床邊地下蚊香盤裏的烟蒂倒掉。

早上無法開鬧鐘，他總是忖量一下，到時候自己會醒過來，吻她一下，扳她一隻腿，讓她一隻腳站在床上。

「怎麼又？」她朦朧中詫異的問。

她也不想醒過來，寧願躺在紗幕後。在海船上顛簸著，最是像搖籃一樣使人入睡。

「這裏用一種綠紗帳子，非常大，一房間都蓋滿了，」在那日本人家裏，他微笑著說。「晚上來掛起來。」

九莉笑道：「像浮世繪上的。」她沒說這裏的主婦很有幾分姿色，一比，浮世繪上掛帳子的女人胖胖的長臉像大半口袋麵粉。

他去關百葉門。她也站了起來，跟到門邊輕聲道：「不要。你不是不舒服剛好？」

「不相干。已經好了。」

她還是覺得不應當，在危難的時候住在別人家裏——而且已經這樣敵意了。

之雍又去關另一扇百葉門。她站在那裏，望著他趿著雙布鞋的背影。

很大的木床，但是還沒有她那麼窄的臥榻舒服。也許因為這次整個的沒顏落色的，她需要表示在她不是這樣，所以後來蜷縮著躺在他懷裏，忽然幽幽的說了聲：「我要跟你去。」

離得這樣近，她可以覺得他突如其來的一陣恐懼，但是他隨即從容說道：「那不是兩個人都繳了械嗎？」

「我現在也沒有出路。」

「那是暫時的事。」

她心目中的鄉下是赤地千里，像鳥瞰的照片上，光與影不知道怎麼一來，凸凹顛倒，田徑都是坑道，有一人高，裏面有人幢幢來往。但是在這光禿禿的朱紅泥的大地上，就連韓媽帶去的那隻洋鐵箱子都沒處可藏，除非掘個洞埋在地下。

但是像之雍秀男他們大概有聯絡有辦法，她不懂這些。也許他去不要緊。就這樣把他交給他們了？

「能不能到英國美國去？」她聲音極細微，但是話一出口，立即又感到他一陣強烈的恐懼。去做華工？非法入境，查出來是戰犯。她自己去了也無法謀生，沒有學位，還要拖著個他？她不過因為她母親的緣故，像海員的子女總是面海，出了事就想往海上跑。但是也知道外國苦。蕊秋因為怕她想去玩去，總是強調一般學生生活多苦。

之雍開了百葉門之後，屋主的小女兒來請九莉過去，因為送了禮，招待吃茶，一面誦經祈禱大家平安。

九莉想道：「剛才一定已經來過了，看見門關著，回去告訴她父母，」不禁皺眉。

這間房有榻榻米，裝著紙門，但是男主人坐在椅子上，一個非常典型的日本軍官，胖墩墩的很結實，點頭招呼。那童化頭髮的小女孩子拉開紙門，捧了茶盤進來，跪著擱在榻榻米上，女主人代倒茶送了過來。上首有張條几方桌供著佛，也有銅磬木魚，但是都不大像。男主人隨即敲敲打打唸起經來，女人跟著唱誦，與中土的和尚唸經也彷彿似是而非。

破舊的淡綠漆窗櫺，一排窗戶，西晒，非常熱。夕陽中朗聲唱唸個不完，一句也不懂，有種熱帶的異國情調，不知道怎麼，只有一個西印度群島黑人青年的小說非常像，裏面寫他中學放假回家，洋鐵皮屋頂的小木屋背山面海，烤箱一樣熱。他母親在簷下做他們的名菜綠鸚哥，備下一堆堆紅的黃的咖哩香料，焚琴煮鶴忙了一整天。

做佛事終於告一段落，九莉出來到之雍房裏，也就該回去了。

之雍有點厭煩的笑道：「是一天到晚唸經。」

她一直覺得應當問他一聲要不要用錢，但是憋著沒問。

「你明天不要來吧。」

「嗳，不要路上又碰見人，」她微笑著說。

電車到了外灘，遇見慶祝的大遊行，過不去，大家都下了車，在人叢裏擠著。她向三大公司跑馬廳擠過去，整個的南京路是蒼黑的萬頭攢動，一條馬路彎彎的直豎起來，矗立在黃昏的天空裏，蠅頭蠕蠕動著。正中紮的一座座牌樓下，一連串吉普車軍用卡車緩緩開過，一比都很小，這樣漫天遍地都是人。連炮竹聲都聽不大見，偶而「拼！」「訇！」兩聲巨響，聲音也很悶。

一個美國空軍高坐在車頭上，人叢中許多男子跟著車扶著走，舉起手臂把手搭在他腿上。這猶裔青年顯然有點受寵若驚，船形便帽下，眼睛裏閃著喜悅的光芒，笑得長鼻子更鈎了，但也是帶窘意的笑容。他們男色比較流行，尤其在軍中。這麼些東方人來摸他的大腿，不免有點心慌。九莉在幾百萬人中只看到這一張臉，他卻沒看見她，幾乎是不能想像。

她拼命頂著人潮一步步往前蹭，自己知道泥足了，違反世界潮流，蹭蹬定了。走得冰河一樣慢，心裏想：三個鐘頭打一個比喻，還怕我不懂？膩煩到極點。

人聲嗡嗡，都笑嘻嘻的，女人也有，揩油的似乎沒有，連扒手都歇手了。

回到家裏精疲力盡，也只搖搖頭說聲「喝！」向床上一倒。

隔了兩天，秀男晚上陪著之雍來了，約定明天一早來接他。送了秀男出去，九莉彎到楚娣房裏告訴她：「邵之雍來了。」

楚娣到客室相見，帶笑點頭招呼，只比平時親熱些。

之雍敝舊的士兵制服換了西裝，瘦怯怯的還是病後的樣子，倚在水汀上笑道：「造造反又造不成。」講了點停戰後那邊混亂的情形。

九莉去幫著備飯。楚娣悄悄的笑道：「邵之雍像要做皇帝的樣子。」

九莉也笑了。又回到客室裏，笑道：「要不要洗個澡？下鄉去恐怕洗澡沒這麼容易。」先找不到乾淨的大毛巾，只拿出個擦臉的讓他將就用著，後來大毛巾又找到了，送了進去，不禁用指尖碰了碰他金色的背脊，背上皮膚緊而滑澤，簡直入水不濡，可以不用擦乾。

他這算是第一次在這公寓裏過夜。飯後楚娣立即回房，過道裏的門全都關得鐵桶相似，彷彿不知道他們要怎樣一夕狂歡。九莉覺得很不是味。

在那日本人家裏她曾經說：「我寫給你的信要是方便的話，都拿來給我。我要寫我們的事。」

今天大概秀男從家裏帶了來。人散後之雍遞給她一大包。「你的信都在這裏了。」眼睛裏有輕蔑的神氣。

為什麼？以為她藉故索回她那些狂熱的信？

她不由得想起箱子裏的那張婚書。

那天之雍大概晚上有宴會，來得很早，下午兩點鐘就說：「睡一會好不好？」一睡一兩個鐘頭，她屢次詫笑道：「怎麼還不完？」又道：「噯，噯，又要疼起來了。」

起床像看了早場電影出來，滿街大太陽，剩下的大半天不知道怎樣打發，使人忽忽若失。之雍也許也有這感覺，問她有沒有筆硯，道：「去買張婚書來好不好？」

她不喜歡這些秘密舉行結婚儀式的事，覺得是自騙自。但是比比帶她到四馬路綉貨店去買絨花，看見櫥窗裏有大紅龍鳳婚書，非常喜歡那條街的氣氛，便獨自出去了，乘電車到四馬路，揀裝裱與金色圖案最古色古香的買了一張，這張最大。

之雍見了道：「怎麼只有一張？」

九莉怔了怔道：「我不知道婚書有兩張。」

她根本沒想到婚書需要「各執一份」。那店員也沒說。她不敢想他該作何感想——當然認為是非正式結合，寫給女方作憑據的。舊式生意人厚道，也不去點穿她。剩下來那張不知道怎麼辦。

路遠，也不能再去買，她已經累極了。

之雍一笑，只得磨墨提筆寫道：「邵之雍盛九莉簽定終身，結為夫婦。歲月靜好，現世安穩。」因道：「我因為你不喜歡琴，所以不能用『琴瑟靜好』。」又笑道：「這裏只好我的名字在你前面。」

兩人簽了字。只有一張，只好由她收了起來，太大，沒處可擱，捲起來又沒有絲帶可繫，只能壓箱底，也從來沒給人看過。

最後的這天晚上他說：「荒木想到延安去。有好些日本軍官都跑了去投奔共產黨，好繼續打下去。你見到他的時候告訴他，他還是回國去的好。日本這國家將來還是有希望的。」

他終於講起小康小姐。

「我臨走的時候她一直哭。她哭也很美的。那時候院子裏燈光零亂，人來人往的，她一直躺在床上哭。」又道：「她說：『他有太太的，我怎麼辦呢？』」

原來他是跟小康小姐生離死別了來的。

「躺在床上哭」是什麼地方的床？護士宿舍的寢室裏？他可以進去？內地的事——也許他有地位，就什麼地方都去得。從前西方沒有沙發的時候，不也通行在床上見客？

她又來曲解了！因為不能正視現實。當然是他的床。他臨走當然在他房裏。躺在他床上哭。

他沒說有沒有發生關係，其實也已經說到了邊緣上，但是她相信小康小姐是個有心機有手腕的女孩子，儘管才十七八歲，但是早熟，也已經在外面歷練了好幾年了。內地守舊，她不會的。他所以更把她理想化了，但是九莉覺得還是他的一個痛瘡，不能問。因為這樣他當然更對小康沒把握，是真的生離死別了。

她那張單人榻床擱在L形房間的拐角裏，白天罩著古銅色綢套子，堆著各色靠墊。從前兩個人睡並不擠，只覺得每人多一隻手臂，恨不得砍掉它。但是現在非常擠，礙手礙腳，簡直像兩棵樹砍倒了堆在一起，枝枝椏椏磕磕碰碰，不知道有多少地方扞格抵觸。

那年夏天那麼熱，靠在一起熱得受不了，但是讓開了沒一會，又自會靠上來。熱得都像烟嗆了喉嚨，但是分開一會又會回來。是盡責的螞蟻在綿延的火焰山上爬山，掉下去又爬上來。突然淡紫色的閃電照亮了房間，一亮一暗三四次。半晌，方才一陣震耳的雷聲滾了過去，歪歪斜斜輕重不勻，像要從天上跌下來。

下大雨了，下得那麼持久，一片沙沙聲，簡直是從地面上往上長，黑暗中遍地叢生著琉璃樹，微白的蓬蒿，雨的森林。

九莉笑道：「我真高興我用不著出去。」

之雍略頓了頓，笑道：「喂，你這自私自利也可以適可而止了吧？」

「你回去路上不危險嗎？有沒有人跟？」她忽然想起來問。

之雍笑了。「我天天到這裏來，這些特務早知道了。」

她沒作聲，但是顯然動容。所以他知道她非常虛榮心，又一度担心她會像《戰爭與和平》裏的納塔霞，忽然又愛上了別人。後來看她亦無他異，才放心她，當然更沒有顧忌了。她還能怎樣？

其實她也並沒有想到這些，不過因為床太小嫌擠，不免有今昔之感。

這一兩丈見方的角落裏回憶太多了，不想起來都覺得窒息。壁燈照在磚紅的窗簾上，也是紅燈影裏。

終於有那麼一天，兩人黏纏在一堆黏纏到一個地步，之雍不高興了，坐起身來抽烟，說了聲「這是信任不信任的問題。」

向來人家一用大帽子壓人，她立刻起反感不理睬。他這句話也有點耳熟。薄倖的故事裏，男人不都是這麼說？她在他背後溜下床去，沒作聲。

他有點担心的看了看她的臉色。

「到樓頂上去好不好？」他說。

去透口氣也好，這裏窒息起來了。

樓頂洋台上從來沒有人。燈火管制下，大城市也沒有紅光反映到天上。他們像在廣場上散步，但是什麼地方的廣場？什麼地方也不是，四周一無所有，就是頭上一片天。

其實這裏也有點低氣壓，但是她已經不能想像她曾經在這裏想跳樓。

還是那幾座碉堡式的大烟囱與機器間。

他們很少說話，說了也被風吹走了一半，聽上去總像悄然。

在水泥闌干邊站了一會。

「下去吧，」他說。

九莉悄悄的用鑰匙開門進去，知道楚娣聽見他們出去了又回來。

回到房間裏坐下來，也還是在那影響下，輕聲說兩句不相干的話。

他坐了一會站起來，微笑著拉著她一隻手往床前走去，兩人的手臂拉成一條直線。在黯淡的燈光裏，她忽然看見有五六個女人連頭裹在回教或是古希臘服裝裏，只是個昏黑的剪影，一個跟著一個，走在他們前面。她知道是他從前的女人，但是恐怖中也有點什麼地方使她比較安心，彷彿加入了人群的行列。

小赫胥黎與十八世紀名臣兼作家吉斯特菲爾伯爵都說性的姿勢滑稽，也的確是。她終於大笑起來，笑得他洩了氣。

他笑著坐起來點上根香烟。

「今天無論如何要搞好它。」

他不斷的吻著她，讓她放心。

越發荒唐可笑了，一隻黃泥罈子有節奏的撞擊。

「噯，不行的，辦不到的，」她想笑著說，但是知道說也是白說。

泥罈子機械性的一下一下撞上來，沒完。綁在刑具上把她往兩邊拉，兩邊有人很耐心的死命拖拉著，想硬把一個人活活扯成兩半。

還在撞，還在拉，沒完。突然一口氣往上堵著，她差點嘔吐出來。

他注意的看了看她的臉，彷彿看她斷了氣沒有。

「剛才你眼睛裏有眼淚，」他後來輕聲說。「不知道怎麼，我也不覺得抱歉。」

他睡著了。她望著他的臉，黃黯的燈光中，是她不喜歡的正面。

她有種茫茫無依的感覺，像在黃昏時分出海，路不熟，又遠。

現在在他逃亡的前夜，他睡著了，正好背對著她。

廚房裏有一把斬肉的板刀，太沉重了。還有把切西瓜的長刀，比較伏手。對準了那狹窄的金色背脊一刀。他現在是法外之人了，拖下樓梯往街上一丟。看秀男有什麼辦法。

但是她看過偵探小說，知道凶手總是打的如意算盤，永遠會有疏忽的地方，或是一個不巧，碰見了人。

「你要為不愛你的人而死？」她對自己說。

她看見便衣警探一行人在牆跟下押著她走。

為他坐牢丟人出醜都不犯著。

他好像覺得了什麼，立刻翻過身來。似乎沒醒，但是她不願意跟他面對面睡，也跟著翻身。現在就是這樣擠，像罐頭裏的沙丁魚，一律朝一邊躺著。

次日一早秀男來接他，臨時發現需要一條被單打包袱。她一時找不到乾淨的被單，他們走後方才趕著送被單下樓去，跑到大門口，他們已經走了。她站在階前怔了一會。一隻黃白二色小花狗蹲坐在她前面台階上，一隻小耳朵向前摺著，從這背影上也就看得出牠對一切都很滿意，街道，晴明的秋天早晨。她也有同感，彷彿人都走光了，但是清空可愛。

她轉身進去，鄰家的一個猶太小女孩坐在樓梯上唱唸著：「哈囉！哈囉！再會！再會！哈囉！哈囉！再會！再會！」

之雍下鄉住在郁家，郁先生有事到上海來，順便帶了封長信給她，笑道：「我預備遇到檢查就吃了它。」

九莉笑道：「這麼長，真要不消化了。」

這郁先生倒沒有內地大少爺的習氣，一副少年老成的樣子，說話也得體，但是忍不住笑著告訴她：「秀男說那次送他下鄉，看他在火車上一路打瞌睡，笑他太辛苦了。」

九莉聽了也只得笑笑，想道：「是那張床太擠，想必又有點心驚肉跳的，沒睡好。」

那次在她這裏看見楚娣一隻皮包，是戰後新到的美國貨，小方塊軟塑膠拼成的，烏亮可愛。信上說：「我也想替我妻買一隻的。」

「鄉下現在連我也過不慣了，」他說。

她一直勸他信不要寫得太長，尤其是郵寄的，危險，他總是不聽，長篇大論寫文章一樣。他太需要人，需要聽眾觀眾。

她笑向楚娣道：「邵之雍在鄉下悶得要發神經病了。」

楚娣皺眉道：「又何至於這樣？」

郁先生再來，又告訴她鄉下多一張陌生的臉就引起注意，所以又担心起來，把他送到另一個小城去，住在他們親戚家裏。

蕊秋終於離開了印度，但是似乎並不急於回來，取道馬來亞，又住了下來。九莉沒回香港讀完大學，說她想繼續寫作，她母親來信罵她「井底之蛙」。

楚娣倒也不主張她讀學位。楚娣總說「出去做事另有一功，」言外之意是不犯著再下本錢，她不是這塊料，不如幹她的本行碰運氣。

九莉口中不言，總把留學當作最後一條路，不過看英國戰後十分狼狽，覺得他們現在自顧不暇，美國她又更沒把握。

「美國人的事難講，」楚娣總是說。

要穩紮穩打，只好蹲在家裏往國外投稿，也始終摸不出門路來。

之雍化名寫了封信與一個著名的學者討論佛學，由九莉轉寄，收到回信她也代轉了去，覺得這人的態度十分謙和，不過說他的信長，「亦不能盡解。」之雍下一封信竟說他「自取其辱，」愧對她。

九莉想道：「怎麼這麼脆弱？名人給讀者回信，能這樣已經不容易了。人家知道你是誰？知道了還許不理你。他太不耐寂寞，心智在崩潰。」

她突然覺得一定要看見他家裏的人，忽然此外沒有親人了。

她去看秀男。他們家還是那樣，想必是那位聞先生代為維持。秀男婚後也還是住在這裏替他們管家。九莉甚至於都沒給她道過喜。

秀男含笑招呼，但是顯然感到意外。

「我看他信上非常著急，沒耐心，」九莉說著流下淚來。不知道怎麼，她從來沒對之雍流過淚。

秀男默然片刻，方道：「沒耐心起來沒耐心，耐心起來倒也非常耐心的呀。」

九莉不作聲，心裏想也許是要像她這樣的女人才真了解她愛的人。影星埃洛弗林有句名言：「男女最好言語不通。」也是有點道理。

九莉略坐了坐就走了，回來告訴楚娣「到邵之雍家裏去了一趟，」見楚娣稍稍有點變色，還不知道為什麼，再也沒想到楚娣是以為她受不了寂寞，想去跟他去了。

快兩年了。戰後金子不值錢，她母親再不回來，只怕都不夠還錢了，儘管過得省，什麼留學早已休想。除了打不出一條路來的苦悶，她老在家裏不見人，也很安心。

「你倒心定，」楚娣說過不止一次了。

郁先生又到上海來了。提起之雍，她竟又流下淚來。

郁先生輕聲道：「想念得很嗎？可以去看他一次。」

她淡笑著搖搖頭。

談到別處去了。再提起他的時候，郁先生忽然不經意似的說：「聽他說話，倒是想小康的時候多。」

九莉低聲帶笑「哦」了一聲，沒說什麼。

她從來沒問小康小姐有沒有消息。

但是她要當面問之雍到底預備怎樣。這不確定，忽然一刻也不能再忍耐下去了。寫信沒用，他現在總是玄乎其玄的。

楚娣不贊成她去，但是當然也不攔阻，只主張她照她自己從前摸黑上電台的夜行衣防身服，做一件藍布大棉袍路上穿，特別加厚。九莉當然揀最鮮明刺目的，那種翠藍的藍布。

郁先生年底回家，帶她一同走，過了年送她到那小城去。

臨行楚娣道：「給人賣掉了我都不知道。」

九莉笑道：「我一到就寫張明信片來。」

九

鄉下過年唱戲，祠堂裏有個很精緻的小戲台，蓋在院子裏，但是台頂的飛簷就啣接著大廳的屋頂，中間的空隙裏射進一道陽光，像舞台照明一樣，正照在旦角半邊臉上。她坐在台角一張椅子上，在自思自想，唱著。樂師的篤的篤拍子打得山響。日光裏一蓬一蓬藍色的烟塵，一波一波斜灌進來。連古代的太陽都落上了灰塵。她絨兜兜的粉臉太肥厚了些，背也太厚，幾乎微駝，身穿檸檬黃綉紅花綠葉對襟長襖，白綢裙。台邊一對盤金龍黑漆柱上，一邊掛著「禁止喧嘩」的木牌，一邊掛著「肅靜」木牌與一隻大自鳴鐘，鐘指著兩點半，與那一道古代的陽光衝突。

觀眾裏不斷有人嗤笑，都是女人。「怎麼一個個都這麼難看？」

「今年這班子，行頭是好的，班子呢是普通的班子，」有個男子在後座用通情達理的口吻說。

「真是好的班子，我們這裏也請不起，是哦？」

前面幾排都是太師椅。郁太太送了九莉來，沒坐一會就抱著孩子回去了。她矮小，五六歲的孩子抱在手裏幾乎有她一人高，在田徑上走了不很短的一段路。她打扮得也稚氣，前髮齊眉，後髮披肩，紅花白綢袍滾大紅邊，翠藍布罩袍，自己家裏做的絆帶布鞋，與郁先生是在縣城裏跑警報認識的，很羅曼諦克。

她們剛來的時候，小生辭別父母，到舅母家去靜心讀書，進去又換了身衣服出來，簇新的白袍綉寶藍花。扮小生的少女還是十來歲的女孩子的纖瘦身材，胭脂搽得特別紅，但是棗核臉，搽不勻。

有人噗嗤一笑。「怎麼一個個都這麼難看的？」

「今年這班子，行頭是好的——」大概是管事的，站在後面看，指出小生翻行頭之勤。

小生拜見舅母，見過表姐，坐下來的時候，檢場的替他拎起後襟，搭在椅背上，可以一直望進去看見袴腰上露出的灰白色汗衫。

旦角獨坐著唱完了，寫了個詩箋交給婢女送到表弟書房裏。這婢女鞍韉臉，石青緞襖袴，分花拂柳送去，半路上一手插在腰眼裏，唱出她的苦衷與立場。

「怎麼一個個都這麼難看的？」

小姐坐在燭台邊刺綉，小生悄悄的來了，幾次三番用指尖摸摸她的髮髻，放在鼻子跟前聞。她終於發現了他，大吃一驚，把肥厚的雙肩聳得多高，像京戲裏的曹操，也是一張大白臉，除了沒那麼白。

又是一陣嗤笑。「怎麼這麼難看的？」

驚定後，又讓坐攀談，彷彿夜訪是常事。但是漸漸的對唱起來，站在當地左一比右一比。

她愛端肩膀，又把雙肩一聳一聳，代表春心動了。

一片笑聲。「怎麼這麼難看的？」

兩個檢場的一邊一個，撐著一幅帳子——只有前面的帳簷帳門——不確定什麼時候用得著，早就在旁邊蠢動起來，一時湧上前來，又掩旗息鼓退了下去，少頃又搖搖晃晃聳上前來。生旦只顧一唱一和，這床帳是個茀洛依德的象徵，老在他們背後右方徘徊不去。最後終於檢場的這次扣準了時間，上前兩邊站定了，讓生旦二人手牽手，飛快的一鑽鑽了進去。

老旦拿著燭台來察看，呼喚女兒。女兒在帳子裏顫聲叫「母母母母母——」

「什麼母母母母母，要謀殺我呀？」

老旦掀開帳子，小生一個觔斗翻了出來，就勢跪在地下，後襟倒摺過來蓋在頭上遮羞。

老旦叫道：「唬死我也！這是什麼東西？」

旦角也出來跪在他旁邊。

申飭了一番之後，著他去趕考，等有了功名再完婚。

小生趕考途中驚艷，遇見一家人家的小姐。

「這一個好！」「這一個末漂亮的！」台下紛紛讚許。

這一個顯然自己知道，抬轎子一樣抬著一張粉撲子臉，四平八穩，紋風不動。薄施脂粉，穿得也雅淡些，湖色長襖綉粉紅花。她到廟裏燒香，小生跪到她旁邊去。

「這一個末漂亮的，」又有人新發現。

郁太太來了半天了，抱著老長的一個孩子站在後排。九莉無法再坐下去，只好站起來往外擠，十分惋惜沒看到私訂終身，考中一併迎娶，二美三美團圓。

一個深目高鼻的黑瘦婦人，活像印度人，鼻架鋼絲眼鏡，梳著舊式髮髻，穿棉袍，青布罩袍，站在過道裏張羅孩子們吃甘蔗。顯然她在大家看來不過是某某嫂，別無特點。

這些人都是數學上的一個點，只有地位，沒有長度闊度。只有穿著臃腫的藍布面大棉袍的九莉，她只有長度闊度厚度，沒有地位。在這密點構成的虛線畫面上，只有她這翠藍的一大塊，全是體積，狼犺的在一排排座位中間擠出去。

十

過了年大雪堵住了路不能走。好容易路通了，一大早坐著山轎上路，積雪的山坡後的藍天藍得那樣，彷彿探手到那斜坡背後一掏一定掏得出一塊。

郁先生這次專揀小路「落荒而走，」不知道是不是怕有人認識九莉。一出上海就乘貨車，大家坐在行李上，沒有車門，門口敞著，一路上朔風嗚嗚吹進來，把頭髮吹成一塊灰餅，她用手梳爬著，澀得手都插不進去。但是天氣實在好，江南的田野還是美：冬天蕭疏的樹，也還有些碧綠的菜畦，夾著一灣亮藍水塘。車聲隆隆，在那長方形的缺口裏景色迅速變換，像個山水畫摺子豁辣豁辣扯開來。

在小站上上來一個軍官，先有人搬上一張籐躺椅讓他坐，跟上來一個年青的女人，替他蓋上車毯，蹲坐在他腳邊，撥腳爐裏的灰。她相當高大，穿著翠藍布窄袖罩袍，白淨俏麗，稚氣的突出的額，兩鬢梳得虛籠籠的，頭髮長，燙過。像是他買來的女人。兩人倒是一對，軍官三十來歲，瘦骨臉，淘虛了的黃眼珠，疲倦的微笑。她偶而說話他從來不答理。

乘了一截子航船，路過一個小城，在縣黨部借宿。她不懂，難道黨部也像寺院一樣，招待過往行人？去探望被通緝的人，住在國民黨黨部也有點滑稽。想必郁先生自有道理，她也不去問他。堂屋上首牆上交叉著紙糊的小國旗，「青天白日滿地紅」用玫瑰紅，嬌艷異常。因為當地只有這種包年賞的紅紙？

「未晚先投宿，」她從樓窗口看見石庫門天井裏一角斜陽，一個豆腐担子挑進來。裏面出來了一個年青的職員，穿長袍，手裏拿著個小秤，掀開豆腐上蓋的布，秤起豆腐來，一副當家過日子的樣子。

他鄉，他的鄉土，也是異鄉。

越走越暖和。這次投宿在一家人家，住屋是個大鳥籠，裏面一個統間，足有兩三層樓高，圓頂，望上去全是竹竿搭的，不知道有沒有木材，看著頭暈，上面蓋著蘆蓆。這是中國？還是非洲？至少也是婆羅洲。棕色的半黑暗中，房間大得望不見邊，遠處靠牆另有副舖板，有人睡在上面微嗽。

改乘獨輪車，她這輛走在前面，曠野裏整天只有她與一個銅盆似的太陽，臉對臉。晒塌了皮，尻骨也磨破了。獨輪車又上山，狹窄的小徑下臨青溪，傍山的一面許多淡紫的大石頭，像連台本戲的佈景。

郁先生的姑父住著這小城裏數一數二的一幢房子，院子裏有假山石，金魚池，外面卻是意大利風的深粉紅色牆壁，粉牆又有一段刷白粉黑暈，充大理石。這堵假大理石牆，上緣挖成個座鐘形，兩旁一邊捲起個浪頭，惡俗得可笑。中國就是這樣出人意外，有時候又有非常珍異的東西，不當樁事。她和之雍在這城裏散步，在人家晾衣竹竿下鑽過去，看見一幅印花布舊被面掛在那裏，白地青色團花，是耶穌與十二門徒像，筆致古樸的國畫，圈在個微方的圓圈裏，像康熙磁瓶肚子上的圖案。她疑心這還是清初的天主教士的影響，正是出青花磁的時代。

她差點跑去問這家人家買下來。她跟比比在一起養成了遊客心理。

旅館裏供給的雙樑方頭細草拖鞋也有古意。房門外樓梯口在牆角釘著個木板搭的小神龕，供著個神道的牌位，插著兩枝香。街上大榕樹幹上有個洞，洞裏也嵌著同樣的小神龕。

這一天出去散步之前，她在塗她的桃色唇膏，之雍在旁邊等著，忽道：「不要搽了好不好？」他沒說怕引人注意，但是他帶她到書店去，兩人站著翻書，也還是隨口低聲談著，儘管她心裏有點戒懼。

又有一次他在旅館房間裏高談闊論，隔著板壁忽然聽見兩個男子好奇的說：

「隔壁是什麼人？」

「聽口音是外路人……」有點神秘感似的，沒說下去。

九莉突然緊張起來。之雍也寂然了。

其實別後這些時她一文進賬也沒有，但是當初如果跟著他跑了會闖禍的，她現在知道。她總是那樣若無其事，他又不肯露出懼色來，跟她在一起又免不了要發議論。總之不行，即使沒有辛巧玉這個人。

當然郁先生早就提起過，他父親從前有個姨太太，父親故後她很能幹，在鄉下辦過蠶桑學校，大家稱她辛先生。她就是這小城的人，所以由她送了之雍來，一男一女，她又是本地人，路上不會引起疑心。

九莉聽了心裏一動，想道：「來了。」但是還是不信。

剛到那天，她跟著郁先生走進他姨父家這間昏暗的大房間，人很多，但是隨即看見一個淡白的靜靜窺伺的臉，很俊秀，依傍著一個女眷坐在一邊，中等身材，樸素的旗袍上穿件深色絨線衫，沒燙頭髮，大概總有三十幾歲，但是看上去年青得多。她一看見就猜著是巧玉，也就明白了。之雍也走來點頭招呼，打了個轉身又出去了。他算是認識她，一個王太太。

她聽見他在隔壁房間裏說話的聲音，很刺激的笑聲。她知道是因為她臃腫的藍布棉袍，晒塌了皮的紅紅的鼻子，使他在巧玉面前丟臉。

其實當然並沒有這樣想，只是聽到那刺耳的笑聲的時候震了一震，「心惡之，」隨即把這印象壓了下去，拋在腦後。

「你這次來看我我真是感激的，」單獨見面的時候他鄭重的說。

隨又微笑道：「辛先生這次真是『千里送京娘』一樣的送了我來。天冷，坐黃包車走長路非常冷，她把一隻烤火的籃子放在腳底下，把衣服燒了個洞，我真不過意，她笑著說沒關係。」

九莉笑道：「這樣燒出來的洞有時候很好看，像月暈一樣。」她在火盆上把深青寧綢袴腳燒了個洞，隱隱的彩虹似的一圈圈月華，中央焦黃，一戳就破，露出絲綿來，正是白色的月亮。

之雍聽了神往，笑道：「噯。其實洞上可以綉朵花。」

他顯然以為她能欣賞這故事的情調，就是接受了。她是寫東西的，就該這樣，像當了礦工就該得「黑肺」症？

她不怪他在危難中抓住一切抓得住的，但是在順境中也已經這樣——也許還更甚——這一念根本不能想，只覺得心往下沉，又有點感到滑稽。

當地只有一家客棧，要明天才有房間空出來。九莉不想打攪郁先生親戚家裏，郁先生便也說「在辛先生母親家住一夜吧。」

巧玉小時候她母親把她賣給郁家做丫頭。她母親住著一間小瓦屋，雖然是大雜院性質，院子裏空屋多，很幽靜。之雍送九莉去，曲曲折折穿過許多院落，都沒什麼人，又有樹木。這間房狹長，屋角一張小木床，掛著蚊帳。旁邊一張兩屜小桌子，收拾得很乾淨。小灰磚砌的地，日久坑窪不平，一隻桌腿底下需要墊磚頭。另一端有個白泥灶。

九莉笑道：「這裏好。」到了這裏呼吸也自由些。郁先生的姨父很官派，瘦小，細細的兩撇八字鬍，雖然客氣，有時候露出凌厲的眼神。

「之雍怎麼能在他們家長住，也沒個名目？」她後來問郁先生。

「沒關係的。」郁先生淡淡的說，有點冷然，別過頭去不看著她。

巧玉的母親是個笑呵呵的短臉小老太婆，煮飯的時候把雞蛋打在個碟子裏，擱在圓底大飯鍋裏的架子上，鄰近木頭鍋蓋。飯煮好了，雞蛋也已經蒸癟了，黏在碟子上，蛋白味道像橡皮。

次日之雍來接她，她告訴他，他也說：「噯，我跟她說了好幾次了，她非要這樣做，說此地都是這樣。」

中國菜這樣出名。這也不是窮鄉僻壤，倒已經有人不知道煎蛋炒蛋臥雞蛋，她覺得駭人聽聞。

不知道為什麼，她以為巧玉與他不過是彼此有心。「其實路上倒有機會。」也這樣朦朧的意識到。

也不想想他們一個是亡命者，一個是不復年青的婦人，都需要抓住好時光。到了這裏也可以在她母親這裏相會，九莉自己就睡在那張床上。剛看見那小屋的時候，也心裏一動，但是就沒往下想。也是下意識的拒絕正視這局面，太「糟哚哚，一鍋粥。」

他現在告訴她，住在那日本人家的主婦也跟他發生關係了。她本來知道日本女人風流，不比中國家庭主婦。而且日本人現在末日感得厲害，他當然處境比他們還更危險。這種露水姻緣她不介意，甚至於有點覺得他替她擴展了地平線。他也許也這樣想，儘管她從來不問他，也不鼓勵他告訴她。

他帶巧玉到旅館裏來了一趟。九莉對她像對任何人一樣，矯枉過正的極力敷衍。實在想不出話來說，因笑道：「她真好看，我來畫她。」找出鉛筆與紙來。之雍十分高興。巧玉始終不開口。

畫了半天，只畫了一隻微笑的眼睛，雙眼皮，在睫毛的陰影裏。之雍接過來看，因為只有一隻眼睛，有點摸不著頭腦，只肅然輕聲讚好。

九莉自己看著，忽道：「不知道怎麼，這眼睛倒有點像你。」他眼睛比她小，但是因為缺少面部輪廓與其他的五官作比例，看不出大小來。

之雍把臉一沉，擱下不看了。九莉也沒畫下去。

她再略坐了坐，便先走了。

談到虞克潛，他說他「氣質壞。他的文章是下過一番功夫的，所以不大看得出來。」又道：「良心壞，寫東西也會變壞的。」

九莉知道是說她一毛不拔，只當聽不出來。指桑罵槐，像鄉下女人的詛咒。在他正面的面貌裏探頭探腦的潑婦終於出現了。

嚇不倒她。自從「失落的一年」以來，早就寫得既少又極壞。這兩年不過翻譯舊著。

房間裏窒息起來的時候，惟有出去走走。她穿著烏梅色窄袖棉袍，袖口開叉處釘著一顆青碧色大核桃鈕，他說像舞劍的衣裳。太觸目，但是她沒為這次旅行特為做衣服，除了那件代替冬大衣的藍布棉袍，不但難看，也太熱不能穿了。

「別人看著不知道怎麼想，這女人很時髦，這男人呢看看又不像，」他在街上說。又苦笑道：「連走路的樣子都要改掉，說話的聲氣……」

她知道銷聲匿跡的困難，在他尤其痛苦，因為他的風度是刻意培養出來的。但是她覺得他外表並沒改變，一件老羊皮袍子穿著也很相宜。

「有一次在路上，我試過挑担子，」他有點不好意思的說。「很難嗰！不會挑的人真的很麻煩。」

她也注意到挑夫的小跑步，一顛一顛，必須顛在節骨眼上。

城外菜花正開著，最鮮明的正黃色，直伸展到天邊。因為地勢扁平，望過去並不很廣闊，而是一條黃帶子，沒有盡頭。晴天，相形之下天色也給逼成了極淡的淺藍。她對色彩無饜的慾望這才滿足了，比香港滿山的杜鵑花映著碧藍的海還要廣大，也更「照眼明。」連偶然飄來的糞味都不難聞，不然還當是狂想。

走著看著，驚笑著，九莉終於微笑道：「你決定怎麼樣，要是不能放棄小康小姐，我可以走開。」

巧玉是他的保護色，又是他現在唯一的一點安慰，所以根本不提她。

他顯然很感到意外，略頓了頓便微笑道：「好的牙齒為什麼要拔掉？要選擇就是不好……」

為什麼「要選擇就是不好」？她聽了半天聽不懂，覺得不是詭辯，是瘋人的邏輯。

次日他帶了本左傳來跟她一塊看，因又笑道：「齊桓公做公子的時候，出了點事逃走，叫他的未婚妻等他二十五年。她說：『等你二十五年，我也老了，不如就說永遠等你吧。』」

他彷彿預期她會說什麼。

她微笑著沒作聲。等不等不在她。

他說過「四年，」四年過了一半，一定反而渺茫起來了。

在小城裏就像住在時鐘裏，滴搭聲特別響，覺得時間在過去，而不知道是什麼時候。

她臨走那天，他沒等她說出來，便微笑道：「不要問我了好不好？」

她也就微笑著沒再問他。

她竟會不知道他已經答覆了她。直到回去了兩三星期後才回過味來。

等有一天他能出頭露面了，等他回來三美團圓？

有句英文諺語：「靈魂過了鐵」，她這才知道是說什麼。一直因為沒嚐過那滋味，甚至於不確定作何解釋，也許應當譯作「鐵進入了靈魂」，是說靈魂堅強起來了。

還有「靈魂的黑夜」，這些套語忽然都震心起來。

那痛苦像火車一樣轟隆轟隆一天到晚開著，日夜之間沒有一點空隙。一醒過來它就在枕邊，是隻手錶，走了一夜。

在馬路上偶然聽見店家播送的京戲，唱鬚生的中州音非常像之雍，她立刻眼睛裏汪著眼淚。

在飯桌上她想起之雍寄人籬下，坐在主人家的大圓桌面上。青菜吃到嘴裏像濕抹布，脆的東西又像紙，咽不下去。

她夢見站在從前樓梯口的一隻朱漆小櫥前——櫥面上有一大道裂紋，因為太破舊，沒從北邊帶來——在麵包上抹果醬，預備帶給之雍。他躲在隔壁一座空屋裏。

她沒當著楚娣哭，但是楚娣當然也知道，這一天見她又忙忙的把一份碗筷收了去，免得看見一碗飯沒動，便笑道：「你這樣『食少事繁，吾其不久矣！』」

九莉把碗碟送到廚房裏回來，坐了下來笑道：「邵之雍愛上了小康小姐，現在又有了這辛先生，我又從來沒問過他要不要用錢。」

為了點錢痛苦得這樣？楚娣便道：「還了他好了！」

「二嬸就要回來了，我要還二嬸的錢。」

「也不一定要現在還二嬸。」

九莉不作聲。她需要現在就還她。

這話無法出口，像是賭氣。但是不說，楚娣一定以為她是要乘著有這筆錢在手裏還二嬸。她就這樣沒志氣，這錢以後就賺不回來了？但是九莉早年比她三姑困苦，看事不那麼容易。

默然了一會，楚娣輕聲笑道：「他也是太濫了。」

楚娣有一次講起那些「老話」，道：「我們盛家本來是北邊鄉下窮讀書人家，又侉又迂。他們卞家是『將門』，老爹爹告老回家了，還像帶兵一樣，天一亮就起來。誰沒起來，老爹爹一腳踢開房門，罵著髒話，你外婆那時候做媳婦都是這樣。」頓了一頓，若有所思，又道：「竺家人壞。」

九莉知道她尤其是指大爺與緒哥哥父子倆。也都是她喜歡的人——她幫大爺雖然是為了他兒子，對他本人也有好感。

又有一次她說九莉：「你壞。」

雖然不是「聽其辭若有憾焉，其實乃深喜之，」也有幾分佩服。見九莉這時候痛苦起來，雖然她自己也是過來人，不免失望——到底還是個平凡的女人。

「沒有一個男人值得這樣，」她只冷冷的輕聲說了這麼一聲。

九莉曾經向她笑著說：「我不知道怎麼，喜歡起來簡直是狂喜，難受起來倒不大覺得，木木的。」楚娣也笑，認為稀罕。

她是最不多愁善感的人，抵抗力很強。事實是只有她母親與之雍給她受過罪。那時候想死給她母親看：「你這才知道了吧？」對於之雍，自殺的念頭也在那裏，不過沒讓它露面，因為自己也知道太笨了。之雍能說服自己相信隨便什麼。她死了他自有一番解釋，認為「也很好，」就又一團祥和之氣起來。

但是她仍舊寫長信給他，告訴他她多痛苦。現在輪到他不正視現實了，簡直不懂她說些什麼，也不知道是裝作不懂，但是也寫長信來百般譬解。每一封都是厚厚的一大疊，也不怕郵局疑心了。

她就靠吃美軍罐頭的大聽西柚汁，比橙汁酸淡，不嫌甜膩。兩個月吃下來，有一天在街上看見櫥窗裏一個蒼老的瘦女人迎面走來，不認識了，嚇了一跳。多年後在報上看見大陸飢民的事，婦女月經停止，她也有幾個月沒有。

郁先生來了。

在那小城裏有過一番虛驚，他含糊的告訴她——是因為接連收到那些長信？——所以又搬回鄉下去了。

談了一會，他皺眉笑道：「他要把小康接來。這怎麼行？她一口外鄉話，在鄉下太引人注意了。一定要我去接她來。」

郁先生是真急了。有點負担不起了，當然希望九莉拿出錢來。郁先生發現只有提起小康小姐能刺激她。

她只微笑聽著，想道：「接她會去嗎？不大能想像。團圓的時候還沒到，這是接她去過地下生活。」

九莉忽道：「他對女人不大實際。」她總覺得他如果真跟小康小姐發生了關係，不會把她這樣理想化。

郁先生怔了一怔道：「很實際的嘅！」

輪到九莉怔了怔。兩人都沒往下說。

至少臨別的時候有過。當然了。按照三美團圓的公式，這是必需的，作為信物，不然再海誓山盟也沒用。

她也甚至於都沒怪自己怎麼這麼糊塗，會早沒想到。唯一的感覺是一條路走到了盡頭，一件事情結束了。因為現在知道小康小姐會等著他。

並不是她篤信一夫一妻制，只曉得她受不了。她只聽信痛苦的語言，她的鄉音。

巧玉過境，秀男陪著她來了。也許因為九莉沒問她有幾天耽擱，顯然不預備留她住，秀男只說過一會就來接她。

現在當然知道了巧玉「千里送京娘」路上已經成其好事，但是見了面也都沒想起這些，泡了杯茶笑著端了來，便去幫著楚娣做飯。

楚娣輕聲道：「要不要添兩樣菜？」

「算了，不然還當我們過得很好。」

在飯桌上看見巧玉食不下咽的樣子，她從心底裏厭煩出來。

桌上只有楚娣講兩句普通的會話，九莉偶而搭訕兩句。她沒問起之雍，也不想知道他們為什麼需要暫時拆檔。當然他現在回到郁家了，但是他們也多少是過了明路的了。

飯後秀男就來接了巧玉去了。

楚娣低聲笑道：「她倒是跟邵之雍非常配。」

九莉笑道：「嗳。」毫不介意。

她早已不寫長信了，只隔些時寫張機械性的便條。之雍以為她沒事了，又來信道：「昨天巧玉睡了午覺之後來看我，臉上有衰老，我更愛她了。有一次夜裏同睡，她醒來發現胸前的鈕扣都解開了，說：『能有五年在一起，就死也甘心了。』我的毛病是永遠沾沾自喜，有點什麼就要告訴你，但是我覺得她其實也非常好，你也要妒忌妒忌她才好。不過你真要是妒忌起來，我又吃不消了。」

她有情書錯投之感，又好氣又好笑。

十一

她母親回來了。

她跟著楚娣到碼頭上去接船。照例她舅舅家闔家都去了，這次又加上幾個女婿，都是姑媽一手介紹的。

自從那次她筆下把卞家形容得不堪，沒再見過面。在碼頭上，他們仍舊親熱的與楚娣招呼，對九莉也照常，不過臉上都流露出一種快心的神氣。現在可以告她一狀了。當然信上也早已把之雍的事一本拜上。

「那天我在馬路上看見你二叔，穿著藍布大褂。胖了些，」一個表姐微笑著告訴她。

她們現在都是時髦太太，也都有孩子，不過沒帶來。

在擁擠的船艙裏，九莉靠後站著。依舊由她舅舅一家人做隔離器。最後輪到她走上前兩步，微笑輕聲叫了聲「二嬸。」

蕊秋應了聲「唔，」只撣眼看了她一眼，臉色很嚴厲。

大家擠在狹小的艙房裏說笑得很熱鬧，但是空氣中有一種悄然，因為蕊秋老了。

人老了有皺紋沒關係，但是如果臉的輪廓消蝕掉一塊，改變了眼睛與嘴的部位，就像換了個人一樣。在熱帶住了幾年，晒黑了，當然也更顯瘦。

下了船大家一同到卞家去。還是蕊秋從前替他們設計的客室，牆壁粉刷成「豆沙色」，不深不淺的紫褐色，不落套。雲志嫌這顏色不起眼，連九莉也覺得環堵蕭然，像舞台佈景的貧民窟。

他們姐弟素來親密，雲志不禁笑道：「你怎麼變成老太婆了嘍！我看你是這副牙齒裝壞了。」

這話只有他能說。室內似乎有一陣輕微的笑聲，但是大家臉上至多微笑。

蕊秋沒有笑，但是隨即很自然的答道：「你沒看見人家比來比去，費了多少工夫。他自己說的，這是特別加工的得意之作。」

九莉想道：「她是說這牙醫生愛她。」

九莉跟個表姐坐在一張沙發上，那表姐便告訴她：「表弟那次來說想找事，別處替他想辦法又不湊巧，末了還是在自己行裏。找的這事馬馬虎虎，不過現在調到杭州去待遇好多了。表弟倒好，也沒別的嗜好，就是吃個小館子……」末句拖得很長，彷彿不決定要不要講下去。再講下去，大概就是勸他積兩個錢，給他介紹女朋友結婚的話了，似乎不宜與他聲名狼藉的姐姐討論。

當然九莉也聽見說她表姐替九林介紹職業，九林自己也提過一聲。表姐也是因為表姐夫是蕊秋介紹的，自然應當幫忙。告訴九莉，也是說她沒良心，舅舅家不記恨，還提拔她弟弟。一來也更對照她自己做姐姐的涼薄。

那天蕊秋談到夜深才走，楚娣九莉先回去。十七件行李先送了來了，表姐夫派人押了來。大家都笑怎麼會有這麼多。

九莉心裏想，其實上次走的時候路過香港，也有一二十件行李，不過那時候就彷彿是應當的，沒有人笑。

楚娣背後又竊笑道：「二嬸好像預備回來做老太太了。」不知道是否說她面色嚴厲。

又有一次楚娣忍不住輕聲向九莉道：「行動鎖抽屜，倒像是住到賊窩裏來了。」其實這時候那德國房客早走了，蕊秋住著他從前的房間，有自己的浴室，很清靜。

楚娣又道：「你以後少到我房間裏來。」

九莉微笑道：「我知道。」

她也怕被蕊秋撞見她們背後議論她，所以不但躲著蕊秋，也避免與楚娣單獨在一起，整個她這人似有如無起來。

蕊秋在飯桌上講些別後的經歷，在印度一度做過尼赫魯的兩個姐妹的社交秘書。「喝！那是架子大得不得了，長公主似的。」

那時候總不會像現在這樣不注重修飾，總是一件小花布連衫裙，一雙長統黑馬靴，再不然就是一雙白色短襪，配上半高跟鞋，也覺不倫不類。

「為什麼穿短襪子？」楚娣說。

「在馬來亞都是這樣。」

不知道是不是英國人怕生濕氣，長統靴是怕蛇咬。

她在普納一個瘋瘋病院住了很久，「全印度最衛生的地方。」

九莉後來聽見楚娣說她有個戀人是個英國醫生，大概這時候就在這瘋瘋病院任職。在馬來亞也許也是跟他在一起。

「英國人在印度是了不起的。」

「現在還是這樣？」九莉問，沒提印度獨立的話。

「就連現在。」

有一次九莉聽見她向楚娣發牢騷道：「一個女人年紀大了些，人家對你反正就光是性，」末一個字用英文。

九莉對她這樣嚴陣以待，她便態度和軟得多。這天飯後剛巧旁邊沒人，便閒閒的問道：「那邵之雍，你還在等他嗎？」

九莉笑道：「他走了。他走了當然完了。」

之雍的信都是寄到比比家裏轉。

蕊秋略點了點頭，顯然相信了。大概是因為看見燕山來過一兩次，又聽見她打電話，儘管她電話上總是三言兩語就掛斷了。

蕊秋剛回來，所以沒看過燕山的戲，不認識他，但是他夠引人注目的，瘦長條子，甜淨的方圓臉，濃眉大眼長睫毛，頭髮有個小花尖。

九莉認識他，還是在吃西柚汁度日的時候。這家影片公司考慮改編她的一篇小說，老板派車子來接她去商議。是她戰後第一次到任何集會去。雖然瘦，究竟還年青，打起精神來，也看不大出來，又骨架子窄，瘦不露骨。穿的一件喇叭袖洋服本來是楚娣一條夾被的古董被面，很少見的象牙色薄綢印著黑鳳凰，夾雜著暗紫羽毛。肩上髮梢綴著一朵舊式髮髻上插的絨花，是個淡白條紋大紫蝴蝶，像落花似的快要掉下來。

老板家裏大廳上人很多，一個也不認識，除了有些演員看著眼熟，老板給她介紹了幾個，內中有燕山。後來她坐在一邊，燕山見了，含笑走來在她旁邊坐下，動作的幅度太大了些，帶點誇張。她不禁想起電車上的荀樺，覺得來意不善，近於「樂得白撿個便宜」的態度，便淡笑著望到別處去了。他也覺得了，默然抱著胳膊坐著，穿著件毛烘烘的淺色愛爾蘭花格子呢上衣，彷彿沒穿慣這一類的衣服，稚嫩得使人詫異。

她剛回上海的時候寫過劇評。有一次到後台去，是燕山第一次主演的《金碧霞》，看見他下樓梯，低著頭，逼緊了兩臂，疾趨而過，穿著長袍，沒化妝，一臉戒備的神氣，一溜烟走了，使她立刻想起回上海的時候上船，珍珠港後的日本船，很小，在船闌干邊狹窄的過道裏遇見一行人，眾星捧月般的圍著個中年男子迎面走來，這人高個子，白淨的方臉，細細的兩撇小鬍子，西裝雖然合身，像借來的，倒像化裝逃命似的，一副避人的神氣，彷彿深恐被人佔了便宜去，儘管前呼後擁有人護送，內中還有日本官員與船長之類穿制服的。她不由得注意他，後來才聽見說梅蘭芳在船上。不然她會告訴燕山：「我在《金碧霞》後台看見你，你下了台還在演那角色，像極了，」但是當然不提了。他也始終默然，直到有個名導演來了，有人來請她過去相見。

九莉想道：「沒對白可唸，你只好不開口。」

但是他的沉默震撼了她。

此後一直也沒見面，他三個月後才跟一個朋友一同來找過她一次。那時候她已經好多了，幾乎用不著他來，只需要一絲戀夢拂在臉上，就彷彿還是身在人間。

蕊秋叫了個裁縫來做旗袍。她一向很少穿旗袍。

裁縫來了，九莉見她站在穿衣鏡前試旗袍，不知道為什麼滿面怒容。再也沒想到是因為沒給她介紹燕山，以為是覺得她穿得太壞，見不得人。

這次燕山來了，忽然客室的門訇然推開了，又砰的一聲關上。九莉背對著門，與燕山坐得很遠，回過頭來恍惚瞥見是她母親帶上了門。

「像個馬來人，」燕山很恐怖的低聲說。

她洗澡也是浴室的門訇然開了，蕊秋氣烘烘的衝進來，狠狠的釘了她一眼，打開鏡子背後的小櫥，拿了點什麼東西走了，又砰上門。九莉又驚又氣，正「出浴」站在浴缸裏，不禁低下頭去約略檢視了一下，心裏想「你看好了，有什麼可看的？」

她還是九年前在這公寓裏同住的時候的身段，但是去接船那天穿著件車毯大衣，毯子太厚重，那洋裁偏又手藝高強，無中生有，穿著一時忘了用力往下拉扯，就會胸部墳起。蕊秋那天揮眼看了她一眼的時候，她也就知道是看見了這現象。

既然需要「窺浴」，顯然楚娣沒說出她跟之雍的關係。本來九莉以為楚娣有現成的話，儘可以說實話：「九莉主意很大，勸也不會聽的，徒然傷感情。」否則怎麼樣交代？推不知道？——「你是死人哪！會不知道。」——還是「你自己問她去」？也不能想像。

她始終沒問楚娣。

自從檢查過體格，抽查過她與燕山的關係，蕊秋大概不信外面那些謠言，氣平了些，又改用懷柔政策，買了一隻別針給她，一隻白色琺藍跑狗，像小女學生戴的。

九莉笑道：「我不戴別針，因為把衣裳戳破了。二嬸在哪裏買的，我能不能去換個什麼？」

「好，你去換吧。」蕊秋找出發票來給她。

她換了一副球形赤銅薔薇耳墜子，拿來給蕊秋看。

「唔。很亮。」

《露水姻緣》上映了。本來影片公司想改編又作罷了，三個月之後，還是因為燕山希望有個導演的機會，能自編自導自演的題材太難找，所以又舊話重提。蕊秋回國前，片子已經拍完了，在一家影院樓上預演，楚娣九莉都去了。故事內容淨化了，但是改得非常牽強。快看完了的時候，九莉低聲道：「我們先走吧。」她怕燈一亮，大家還要慶賀，實在受不了。

燕山沒跟她們坐在一起，但是在樓梯上趕上了她們，笑道：「怎麼走了？看不下去？」

九莉皺眉笑道：「過天再談吧，」一面仍舊往下走。

燕山把她攔在樓梯上，苦笑道：「沒怎樣糟蹋你的東西呀！」他是真急了，平時最謹慎小心的人，竟忘形了，她赤著腳穿著鏤空鞋，他的袴腳癢噝噝的罩在她腳背上，連楚娣在旁邊都臉上露出窘態來。

放映間裏有人聲，顯然片子已經映完了。他怕有人出來，才放她走了。

正式上演，楚娣九莉陪著蕊秋一同去看，蕊秋竟很滿意。

九莉心裏納罕道：「她也變得跟一般父母一樣，對子女的成就很容易滿足。」

蕊秋對她的小說只有一個批評：「沒有經驗，只靠幻想是不行的。」她自己從前總是說：「人家都說我要是自己寫本書就好了。」

這天下午蕊秋到廚房裏去燒水沖散拿吐瑾，剛巧遇見九莉，便道：「到我房裏去吃茶，」把這瑞士貨奶粉兼補藥多沖了一杯，又開冰箱取出一盒小蛋糕來裝碟子。

「噢。我去拿條手絹子。」

「唔。」

九莉回到客室裏去了一趟，打開自己的抽屜，把二兩金子裹在手帕裏帶了去。蕊秋還沒回來她就問了楚娣：「二嬸為了我大概一共花了多少錢？」楚娣算了算，道：「照現在這樣大概合二兩金子。」

那次去看之雍，旅費花了一兩。剩下的一直兌換著用，也用得差不多了，正好還有二兩多下來。從前夢想著一打深紅的玫瑰花下的鈔票，裝在長盒子裏送給她母親，現在這兩隻小黃魚簡直担心會在指縫裏漏掉，就此找不到了。

在小圓桌邊坐著吃蛋糕，蕊秋閒談了兩句，便道：「我看你也還不是那十分醜怪的樣子，我只要你答應我一件事，不要把你自己關起來。」

又自言自語喃喃說道：「從前那時候倒是有不少人，剛巧這時候一個也沒有。」

聽上去是想給她介紹朋友。自從看了《露水姻緣》，發現燕山是影星，沒有可能性。

九莉想道：「她難道不知道從前幾個表姐夫都是有點愛她的，所以聯帶的對年青的對象也多了幾分幻想。」她深信現在絕對沒有替她做媒的危險，因此也不用解釋她反對介紹婚姻，至少就她而言。

蕊秋又道：「我因為在一起的時候少，所以見了面總是說你。也是沒想到那次一塊住了那麼久——根本不行的。那時候因為不曉得歐戰打得起來打不起來，不然你早走了。」

九莉乘機取出那二兩金子來遞了過去，低聲笑道：「那時候二嬸為我花了那麼些錢，我一直心裏過意不去，這是我還二嬸的。」

「我不要，」蕊秋堅決的說。

九莉想道：「我從前也不是沒說過要還錢，也沒說過不要。當然，我那時候是空口說白話，當然不理。」

蕊秋流下淚來。「就算我不過是個待你好過的人，你也不必對我這樣。『虎毒不食兒』噯！」

九莉十分詫異，她母親引這南京諺語的時候，竟是余媽碧桃的口吻。

在沉默中，蕊秋只低著頭坐著拭淚。

她不是沒看見她母親哭過，不過不是對她哭。是不是應當覺得心亂？但是她竭力搜尋，還是一點感覺都沒有。

蕊秋哭道：「我那些事，都是他們逼我的——」忽然咽住了沒說下去。

因為人數多了，這話有點滑稽？

「她完全誤會了，」九莉想，心裏在叫喊：「我從來不裁判任何人，怎麼會裁判起二嬸來？」但是怎麼告訴她她不相信這些？她十五六歲的時候看完了蕭伯納所有的劇本自序，儘管後來發現他有些地方非常幼稚可笑，至少受他的影響，思想上沒有聖牛這樣東西。——正好一開口就給反咬一口：「好！你不在乎？」

一開口就反勝為敗。她向來「夫人不言，」一言必有失。

時間一分一秒在過去。從前的事凝成了化石，把她們凍結在裏面。九莉可以覺得那灰白色大石頭的筋脈，聞得見它粉筆灰的氣息。

她逐漸明白過來了，就這樣不也好？就讓她以為是因為她浪漫。做為一個身世淒涼的風流罪人，這種悲哀也還不壞。但是這可恥的一念在意識的邊緣上蠕蠕爬行很久才溜了進來。

那次帶她到淺水灣海灘上，也許就是想讓她有點知道，免得突然發現了受不了。

她並沒想到蕊秋以為她還錢是要跟她斷絕關係，但是這樣相持下去，她漸漸也有點覺得不拿她的錢是要保留一份感情在這裏。

「不拿也就是這樣，別的沒有了。」她心裏說。

反正只要恭順的聽著，總不能說她無禮。她向大鏡子裏望了望，檢查一下自己的臉色。在這一剎那間，她對她空濛的眼睛、纖柔的鼻子、粉紅菱形的嘴、長圓的臉蛋完全滿意。九年不見，她慶幸她還是九年前那個人。

蕊秋似乎收了淚。沉默持續到一個地步，可以認為談話結束了。九莉悄悄的站起來走了出去。

到了自己房裏，已經黃昏了，忽然覺得光線灰暗異常，連忙開燈。

時間是站在她這邊的。勝之不武。

「反正你自己將來也沒有好下場，」她對自己說。

後來她告訴楚娣：「我還二嬸錢，二嬸一定不要。」

楚娣非常不滿。「怎麼會不要呢？」

「二嬸哭了。」底下九莉用英文說：「鬧了一場。可怕。」沒告訴她說了些什麼。讓她少感到幻滅些。

楚娣也沒問。默然了一會，方道：「錢總要還她的。」

「一定不要嘔，我實在沒辦法。」心裏想難道硬摀給她。其實當時也想到過，但是非常怕像給老媽子賞錢一樣打架似的。如果碰到她母親的手——她忘了小時候那次牽她的手過街的事，不知道為什麼那麼怕碰那手上的手指，橫七豎八一把細竹管子。

在飯桌上九莉總是雲裏霧裏，把自己這人「淡出」了。永遠是午餐，蕊秋幾乎從來不在家裏吃晚飯。

蕊秋彷彿在說長統靴裏發現一條蛇的故事，雖然是對楚娣說的，見九莉分明不在聽，也生氣起來，草草結束道：「我講的這些事你們也沒有興趣。」

但是有一天又在講昨天做的一個夢。以前楚娣曾經向九莉笑著抱怨：「二嬸看了電影非要講給人聽，還有早上起來非要告訴人做了什麼夢。」

「小莉反正是板板的，……」九莉只聽見這一句，嚇了一跳。她怎麼會跑到她母親夢裏去了？好像誤入禁地。

再聽下去，還是聽不進去。大概是說這夢很奇怪，一切都有點異樣。

怎麼忽然改口叫她的小名了？因為「九莉」是把她當個大人，較客氣的稱呼？

又有一次看了電影，在飯桌上講《米爾菊德・皮爾絲》[4]，裏面瓊克勞馥演一個飯店女侍，為了子女奮鬥，自己開了飯館，結果女兒不孝，還搶她母親的情人。「我看了哭得不得了。噯喲，真是——！」感慨的說，嗓音有點沙啞。

九莉自己到了三十幾歲，看了棒球員吉美•皮爾索的傳記片，也哭得呼嗤呼嗤的，幾乎嚎啕起來。安東尼柏金斯演吉美，從小他父親培養他打棒球，壓力太大，無論怎樣賣力也討不了父親的歡心。成功後終於發了神經病，贏了一局之後，沿著看台一路攀著鐵絲網亂嚷：「看見了沒有？我打中了，打中了！」

她母親臨終在歐洲寫信來說：「現在就只想再見你一面。」她沒去。故後在一個世界聞名的拍賣行拍賣遺物清了債務，清單給九莉寄了來，只有一對玉瓶值錢。這些古董蕊秋出國向來都帶著的，隨時預備「待善價而沽之」，儘管從來沒賣掉什麼。

她們母女在一起的時候幾乎永遠是在理行李，因為是環球旅行家，當然總是整裝待發的時候多。九莉從四歲起站在旁邊看，大了幫著遞遞拿拿，她母親傳授給她的唯一一項本領也就是理箱子，物件一一拼湊得天衣無縫，軟的不會團皺，硬的不會砸破砸扁，衣服拿出來不用燙就能穿。有一次九莉在國外一個小城裏，當地沒有苦力，僱了兩個大學生來扛抬箱子。太大太重，二人一失手，箱子在台階上滾下去，像塊大石頭一樣結實，裏面聲息毫無。學生之一不禁讚道：「這箱子理得好！」倒是個「知音」。

4•Mildred Pierce，台灣譯名為《慾海情魔》，是好萊塢著名女星瓊•克勞馥一九四五年的代表作，她並以此片贏得了奧斯卡最佳女主角獎。故事描述一個犧牲一切要滿足女兒的母親，最後卻因女兒捲入了一場殺人命案。

但是她從來沒看見過什麼玉瓶。見了拍賣行開的單子，不禁唇邊泛起一絲苦笑，想道：「也沒讓我開開眼。我們上一代真是對我們防賊似的，『財不露白。』」

蕊秋戰後那次回來，沒懲治她給她舅舅家出口氣，卞家也感到失望，沒從前那麼親熱。幾個姑奶奶們本來崇拜蕊秋，將這姑媽視為灰姑娘的仙子教母，見她變了個人，心也冷了，不過盡職而已。

這天在飯桌上蕊秋忽向楚娣笑道：「我那雷克才好呢！在我箱子裏塞了二百叨幣。他總是說我需要人照應我。」

九莉聽了也沒什麼感覺，除了也許一絲淒涼。她在四面楚歌中需要一點溫暖的回憶。那是她的生命。

叨幣——想必蕊秋是上次從巴黎回來，順便去爪哇的時候遇見他的。雷克從香港到東南亞去度假。他是醫科女生說他「最壞」的那病理學助教，那矮小蒼白的青年。

九莉儘量的使自己麻木。也許太澈底了，不光是對她母親，整個的進入冬眠狀態。腿上給湯婆子燙了個泡都不知道，次日醒來，發現近腳踝起了個雞蛋大的泡。冬天不穿襪子又冷，只好把襪子上剪個洞。老不消退，泡終於灌膿，變成黃綠色。

「我看看，」蕊秋說。

南西那天也在那裏，看了嘖嘖有聲。南西夫婦早已回上海來了。

「這泡應當戳破它。」蕊秋一向急救的藥品都齊全，拿把小剪刀消了毒，刺破了泡。九莉腿上一陣涼，膿水流得非常急，全流掉了。她又輕輕的剪掉那塊破裂的皮膚。

九莉反正最會替自己上麻藥。可以覺得她母親微涼的手指，但是定著心，不動心。

南西在旁笑道：「噯喲，蕊秋的手抖了！」

蕊秋似笑非笑的繼續剪著，沒作聲。

九莉非常不好意思。換了從前，早羞死了。

消了毒之後老不收口，結果還是南西說：「叫查禮來看看。」楊醫生是個紅外科大夫，殺雞焉用牛刀，但是給敷了藥也不見效。他在近郊一家大學醫科教書，每天在校中植物園裏摘一片龍角樹葉，帶了來貼在傷口上，再用紗布包紮起來。天天換，兩三個月才收了口。這時候蕊秋就快動身去馬來亞了。

楚娣在背後輕聲笑道：「倒像那『流浪的猶太人』。」——被罰永遠流浪不得休息的神話人物。

九莉默然。這次回來的時候是否預備住下來，不得而知，但是當然也是給她氣走的。事實是無法留在上海，另外住也不成話。

一度甚至於說要到西湖去跟二師父修行。二師父是卞家的一個老小姐，在湖邊一個庵裏出了家。

行期已定，臨時又等不及，提早搬了出去，住在最豪華的國際飯店，也像是賭氣。

一向總是說：「我回來總要有個落腳的地方，」但是這次楚娣把這公寓的頂費還了她一半，大概不預備再回國了。

理行李的時候，很喜歡楚娣有一隻湖綠色小梳打餅乾筒。

楚娣便道：「你拿去好了，可以裝零碎東西。」

「你留著用吧，我去買這麼一盒餅乾就是了。」

「你拿去好了，我用不著。」

九莉想道：「二嬸三姑這樣的生死之交，會為了一隻小洋鐵筒這樣禮讓起來。」心下惘然。

臨走取出一副翡翠耳環，旁邊另擱了一小攤珠寶，未鑲的小紅藍寶石，叫九莉揀一份。她揀了耳環。

「剩下的這個給你弟弟，等他結婚的時候給新娘子鑲著戴。」

碧桃來了。蕊秋在這裏的時候本來已經來過，這次再來，一問蕊秋已經走了。

楚娣與碧桃談著，不免講起蕊秋現在脾氣變的，因笑道：「最怕跟她算賬。」她們向來相信「親兄弟，明算賬。」因為不算清楚，每人印象中總彷彿是自己吃虧。人性是這樣。與九莉姑姪算賬，楚娣總是說：「還我六塊半，萬事全休。」這天提起蕊秋來，便笑道：「她給人總是少算了，跟她說還要生氣。」

碧桃笑道：「『戥進不戥出』嘜！」

九莉聽了心裏詫異，想道：「人怎麼這麼勢利？她一老了，就都眾叛親離起來。」

燕山來了。

在黃昏的時候依偎著坐著，她告訴他她跟她母親的事，因為不給他介紹，需要解釋。沒提浪漫的話。

「給人聽著真覺得我這人太沒良心。」她末了說。

「當然我認為你是對的。」他說。

她不是不相信他，只覺得心裏一陣灰暗。

九林來了。

他也跟碧桃一樣，先已經來過，是他表姐兼上司太太把他從杭州叫了來的。這次母子見面九莉不在場。

當然他已經從表姐那裏聽見說蕊秋走了，但是依舊笑問道：「二嬸走了？」臉上忽然現出一種奇異的諷刺的笑容。

他是說她變了個人。

九莉泡了茶來，笑道：「你到上海來住在家裏？」

「住在宿舍裏朋友那裏。」他喝著茶笑道：「到家裏去了一趟。帶了兩袋米去。住了一晚上。有個朋友有筆錢交給我收著，不知道什麼時候給二叔搜了去了，對我說：『你這錢預備做什麼用的？你要這麼些錢幹什麼？放在我這兒，你要用跟我拿好了。』我說：『這不是我的錢，是朋友的，要馬上拿去還人家的。』」

九莉聽了十分震動。但是她第一個反應就是怪她弟弟粗心大意，錢怎麼能帶去？當然是他自己的積蓄，什麼朋友交給他收著——他又是個靠得住的人！他沒提翠華，也說不定是她出的主意。

九林又道：「二叔寫了封信跟緒哥哥借錢，叫我帶去寄。我也許有機會到北邊去一趟，想跟緒哥哥聯絡聯絡，這時候跟人家借錢不好，所以沒給他寄。」

九莉又震了一震。

「二叔怎麼現在這樣窘？不是說兩人都戒了烟了？」

九林皺眉道：「二叔就是那樣，現在簡直神經有問題。抵押到了期，收到通知信就往抽屜裏一擱。娘告訴我的。娘都氣死了。」

「娘也許是氣他不把東西落在她手裏。」

九林急了。「不是，你不知道，娘好！是二叔，自己又不管，全都是這樣糟掉了。倒是娘明白。」

九莉想道：「他愛翠華！」

當然她也能懂。只要有人與人的關係，就有曲解的餘地，可以自騙自，不像蕊秋只是一味的把他關在門外。

九莉曾經問他喜歡哪個女明星，他說蓓蒂黛維斯——也是年紀大些的女人，也是一雙空空落落的大眼睛，不過翠華臉長些；也慣演反派，但是也有時候演愛護年青人的女教師，或是老姑娘，為了私生子的幸福犧牲自己。
「你為什麼喜歡她？」她那時候問。
「因為她的英文發音清楚。」他囁嚅起來：「有些簡直聽不清楚，」怕她覺得是他英文不行。
她可以想像翠華向他訴說他父親現在神經病，支開他父親，母子多說兩句私房話，好讓他父親去搜他的行李。
她起身去開抽屜取出那包珠寶來，打開棉紙小包，那一撮小寶石實在不起眼，尤其是在他剛丟了那麼些錢之後。
「這是二嬸給你的，說等你結婚的時候給新娘子鑲著戴。」
他臉上突然有狂喜的神情。那只能是因為從來沒有人提起過他的婚事。九莉不禁心中一陣傷慘。
蕊秋從前總是說：「不是我不管你弟弟的事，只有這一個兒子，總會給他受教育的。」不給他受教育，總會給他娶親的。無後為大。
乃德續娶的時候想再多生幾個子女，怎麼現在連絕後都不管了？當然，自己生與兒子生，是人我的分別。她一直知道她父親守舊起來不過是為他自己著想。
還是翠華現在就靠九林了，所以不想他結婚？
因為心酸，又替他覺得窘，這片刻的沉默很難堪，她急於找話說，便笑道：「二嬸分了兩份叫我揀，我揀了一副翡翠耳環。」
他笑著應了聲「哦，」顯然以為她會拿給他看。其實就在剛才那小文件櫃同一隻抽屜裏，但是她坐著不動。他不禁詫異起來，眼睛睜得又圓又大。再坐了一會就走了，微笑拾起桌上那包珠寶揣在袴袋裏。
她告訴楚娣他說的那些。楚娣氣憤道：「聽他這口氣，你二叔已經老顛倒了，有神經病，東西都該交給他管了。」
九莉想道：「她難道還衛護這倒過她的戈的哥哥？還是像人有時候，親人只許自己罵，別人說了就生氣？」
不是，她想楚娣不過是忠於自己這一代，不喜歡「長江後浪推前浪」。
那副耳環是不到一吋直徑的扁平深綠翠玉環，弔在小金鍊子上，沒耳朵眼不能戴，需要拿去換個小螺絲鈕。她拿著比來比去，頭髮長，在鬈髮窩裏蕩漾著的暗綠圈圈簡直看不見。留了一年多也沒戴過，她終於決定拿去賣掉它。其實那時候並不等錢用，但是那副耳環總使她想起她母親她弟弟，覺得難受。
楚娣陪她到一個舊式首飾店去，幫著講價錢賣掉了。
「賣得價錢不錯，」楚娣說。
九莉想道：「因為他們知道我不想賣。」
他們永遠知道的。

十二

燕山笑道：「噯，你到底是好人壞人？」

九莉笑了起來道：「倒像小時候看電影，看見一個人出場，就趕緊問『這是好人壞人？』」

當然她知道他是問她與之雍的關係。他雖然聽見說，跟她熟了以後，看看又不像。

他擁著她坐著，喃喃的說：「你像隻貓。這隻貓很大。」

又道：「你的臉很有味道。」

又笑道：「噯，你到底是好人壞人哪？」

九莉笑道：「我當然認為我是好人。」看見他眼睛裏陡然有希望的光，心裏不禁皺眉。

剛認識的時候她說：「我現在不看電影了。也是一種習慣，打了幾年仗，沒有美國電影看，也就不想看了。」

他有點肅然起敬起來，彷彿覺得這也是一種忠貞。她其實是為了省錢，但是看了戰後的美國電影廣告也是感到生疎，沒有吸引力，也許也有對勝利者的一種輕微的敵意。

隔了些時他說：「我覺得你不看電影是個損失。」

她跟他去看了兩次。燈光一暗，看見他聚精會神的側影，內行的眼光射在銀幕上，她也肅然起敬起來。像佩服一個電燈匠一樣，因為是她自己絕對做不到的。「文人相輕，自古皆然。」

他對她起初也有點莫測高深，有一次聽她說了半天之後笑道：「喂，你在說些什麼？」他出去很少戴黑眼鏡，總是戴沉重的黑框或是玳瑁邊眼鏡，面貌看上去完全改觀，而又普通，不像黑眼鏡反而引人注目。他們也從來不到時髦的飯館子去，有時候老遠的跑到城裏去吃本地菜或是冷清清灰撲撲的舊式北方館子，一個樓面上只有他們一桌人。

有一次兩人站在一個小碼頭上，碼頭上泊著一隻大木船，沒有油漆，黃黃的新木材的本色，有兩層樓高，大概是運貨的。船身笨重，雖也枝枝椏椏有些桅竿之類，與圖片中的一切中國帆船大不相同。

「到浦東去的，」他說。

不過是隔著條黃浦江的近郊，但是咫尺天涯，夕陽如霧如烟，不知道從哪個朝代出來的這麼一隻船，她不能想像在什麼情形下能上去。

「你的頭髮是紅的。」

是斜陽照在她頭髮上。

他的國語其實不怎麼好。他是上海很少見的本地人，有一天跟楚娣講起有些建築物的滄桑，某某大廈本來是某公司某洋行，談得津津有味，兩人搶著講。九莉雖然喜歡上海，沒有這種歷史感，一方面高興他們這樣談得來，又像從前在那黑暗的小洋台上聽楚娣與緒哥哥講籌款的事，對於她是高級金融，一竅不通，但是這次感到一絲妒意。正是黃昏時候，房間裏黑下來了，她制止著自己，沒站起來開燈，免得他們以為她坐在旁邊不耐煩起來，去開燈打斷話鋒。但是他們還是覺得了，有點訕訕的住了口。

她覺得她是找補了初戀，從前錯過了的一個男孩子。他比她略大幾歲，但是看上去比她年青。

她母親走後不久，之雍過境。

秀男打了電話來，九莉便守在電梯旁邊接應，虛掩著門，免得揿鈴還要在門外等一會，萬一過道裏遇見人。天冷，她穿著那件車毯大衣，兩手插在口袋裏。下襬保留了原來的羊毛排穗，不然不夠長，但是因為燕山說：「這些鬚頭有點怪，」所以剪掉了。

之雍走出電梯，秀男笑著一點頭，就又跟著電梯下去了。

「你這樣美，」之雍有點遲疑的說。

她微笑著像不聽見似的，返身領路進門，但是有點覺得他對她的無反應也有反應。到客室裏坐了下來，才沏了茶來，電話鈴響。她去接電話，留了個神，沒有隨手關門。

「喂？」

「噯。」燕山的聲音。

她頓時耳邊轟隆轟隆，像兩簇星球擦身而過的洪大的嘈音。她的兩個世界要相撞了。

「嗳，好吧？……我還好。這兩天忙吧？」她帶笑說，但是非常簡短，等著他說有什麼事。

燕山有點不高興，說他也沒什麼事，過天再談，隨即掛斷了。

她回到客室裏，之雍心神不定的繞著圈子踱著。

「你講上海話的聲音很柔媚，」他說。顯然他在聽她接電話。

她笑道：「我到了香港才學會講上海話，因為宿舍裏有上海人，沒法子解釋怎麼一直住在上海，不會說上海話。」

她沒提是誰打來的，他也沒問。

楚娣進來談了一會，沒多坐。

郁先生來了。

談起比比，之雍問道：「你見過沒有？」郁先生說見過。「你覺得漂亮不漂亮？」

郁先生低聲笑道：「漂亮的。」

之雍笑道：「那你就去追求她好了。」

郁先生正色道：「嗳，那怎麼可以。」

九莉聽著也十分刺耳，心裏想「你以為人家有說有笑的，就容易上手？那是鄉下佬的見解。」又覺得下流，湊趣，借花獻佛巴結人。

郁先生一向自謙「一點成就也沒有，就只有個婚姻還好。」

談到黃昏時分，郁先生走了。她送他出去，回來之雍說：「郁先生這次對我真是——！這樣的交情，連飯都不留人家吃！」

他們從來沒吵過，這是第一次。她也不作聲。他有什麼不知道的，她們這裏不留人吃飯，從前為了不留他吃飯多麼不好意思。郁先生也不是不知道。郁先生一度在上海找了個事，做個牙醫生的助手，大概住在之雍家裏，常來，帶了厚厚的一大本牙醫學的書來托她代譯。其實專門性的書她也不會譯，但是那牙醫生似乎不知道，很高興揀了個便宜，僱了個助手可以替他譯書揚揚名。郁先生來了她總從冰箱裏舀出一小碗檸檬皮切絲燉黑棗，助消化的，他很愛吃。她告訴他「這是我自己的錢買的，」免得他客氣。

她出去到廚房裏向楚娣笑道：「邵之雍生氣了，因為沒留郁先生吃飯。」

楚娣勃然變色，她當然知道不留吃飯是因為她，一向叫九莉「你就都推在我身上好了。」「這也太殘忍了。」她也只夾著英文說了這麼一聲。

一面做飯，又輕聲道：「我覺得你這回對他兩樣了。」

九莉笑道：「噯。」覺得她三姑這話說得多餘。

吃了晚飯楚娣照例回房，九莉把自己的臥室讓給之雍，去浴室方便些，她自己可以用楚娣的浴室。

她把烟灰盤帶到臥室裏，之雍抽著烟講起有些入獄的汪政府官員，被捕前「到女人那裏去住，女人就像一罐花生，有在那裏就吃個不停。」

「女人」想必是指外室。

「有沒有酒喝？」他忽然有點煩躁的說。

吃花生下酒？還是需要酒助興？她略頓了頓方道：「這時候我不知道可以到什麼地方去買酒。」臉上沒有笑容。

「唔，」他安靜的說，顯然在控制著自己不發脾氣。

熟人的消息講得告一段落的時候，她微笑著問了聲「你跟小康小姐有沒有發生關係？」

「嗯，就是臨走的時候。」他聲音低了下來。「大概最後都是要用強的。——當然你不是這樣。」

她沒說什麼。

他默然片刻，又道：「秀男幫你說話噯！說『那盛小姐不是很好嗎？』」

她立刻起了強烈的反感，想道：「靠人幫我說話也好了！」

他從口袋裏掏出一張小照片來，帶笑欠身遞給她看。「這是小康。」

發亮的小照片已經有皺紋了。草坪上照的全身像，圓嘟嘟的腮頰，彎彎的一雙笑眼，有點弔眼梢。大概是雨過天青的竹布旗袍，照出來雪白，看得出胸部豐滿。頭髮不長，朝裏捲著點。比她母親心目中的少女胖些。

她剛拿在手裏看了看，一抬頭看見他震恐的臉色，心裏冷笑道：「當我像你講的那些熟人的太太一樣，會撕掉？」馬上微笑遞還給他。

他再揣在身上，談到別處去了。

再談下去，見她並沒有不高興的神氣，便把烟灰盤擱在床上，人也斜倚在床上。「坐到這邊來好不好？」

她坐了過來，低著頭微笑著不朝他看。「我前一向真是痛苦得差點死了。」這話似乎非得坐近了說。信上跟他講不清，她需要再當面告訴他一聲，作為她今天晚上的態度的解釋。

她感到他強烈的注視，也覺得她眼睛裏一滴眼淚都影踪全無，自己這麼說著都沒有真實感。

他顯然在等她說下去，為什麼現在好了。

九莉想道：「他完全不管我的死活，就知道保存他所有的。」

她沒往下說，之雍便道：「你這樣痛苦也是好的。」

是說她能有這樣強烈的感情是好的。又是他那一套，「好的」與「不好」，使她憎笑得要叫起來。

他從前說過：「正式結婚的還可以離婚，非正式的更斷不掉。」「我倒不相信，」她想，但是也有點好奇，難道真是習慣成自然？人是「習慣的動物」，那這是動物多於習慣了。

「這個脫了它好不好？」她聽見他說。

本來對坐著的時候已經感到房間裏沉寂得奇怪，彷彿少了一樣什麼東西，是空氣裏的電流，感情的飄帶。沒有這些飄帶的繚繞，人都光禿禿的小了一圈。在床沿上坐著，更覺得異樣，彷彿有個真空的廬舍，不到一人高，罩住了他們，在真空中什麼動作都不得勁。

但是她看見自己從烏梅色窄袖棉袍裏鑽出來，是他說的「舞劍的衣裳」。他坐得這樣近，但是虛籠籠的，也不知道是避免接觸。她掙扎著褪下那緊窄的袖子，竟如入無人之境。

她暗自笑嘆道：「我們這真是燈盡油乾了，不是橫死，不會有鬼魂。」笑著又套上袖子，裏面上身只穿著件絆帶絲織背心，見之雍恨毒的釘眼看了她兩眼。

又是那件車毯大衣作祟。他以為她又有了別的戀人，這次終於胸部起了變化。

她一面扣著撳鈕，微笑著忙忙的出去了，彷彿忘了什麼東西，去拿。

回到客室裏，她褪下榻床的套子，脫了衣服往被窩裏一鑽。寒夜，新換的被單，裏面雪洞一樣清冷。她很快就睡著了。

次日一大早之雍來推醒了她。她一睜開眼睛，忽然雙臂圍住他的頸項，輕聲道：「之雍。」他們的過去像長城一樣，在地平線上綿延起伏。但是長城在現代沒有用了。

她看見他奇窘的笑容，正像那次在那畫家家裏碰見他太太的時候。

「他不愛我了，所以覺得窘，」她想，連忙放下手臂，直坐起來，把棉袍往頭上一套。這次他也不看她。

他回到臥室裏，她把早餐擱在托盤上送了去，見她書桌抽屜全都翻得亂七八糟，又驚又氣。

你看好了，看你查得出什麼。

她戰後陸續寫的一個長篇小說的片段，都堆在桌面上。

「這裏面簡直沒有我嘿！」之雍睜大了眼睛，又是氣又是笑的說。但是當然又補了一句：「你寫自己寫得非常好。」

寫到他總是個剪影或背影。

她不作聲。她一直什麼都不相信，就相信他。

還沒來得及吃早飯，秀男已經來了。九莉把預備好的二兩金子拿了出來，笑著交給秀男。之雍在旁邊看著，也聲色不動。

這次他又回到那小城去，到了之後大概回過味來了，連來了幾封信：「相見休言有淚珠……你不和我吻，我很惆悵。兩個人要好，沒有想到要盟誓，但是我現在跟你說，我永遠愛你。」

「他以為我怕他遺棄我，」她想。「其實他從來不放棄任何人，連同性的朋友在內。人是他活動的資本。我告訴他說他不能放棄小康，我可以走開的話，他根本不相信。」

她回信很短，也不提這些。賣掉了一隻電影劇本，又匯了筆錢給他。

他又來信說不久可以有機會找事，顯然是怕她把他當作個負担。她回信說：「你身體還沒復原，還是不要急於找事的好。」

她去找比比，那天有個美國水手在他們家裏，非常年青，黃頭髮，一切都合電影裏「金童」的標準，見九莉穿著一身桃紅暗花碧藍緞襖，青綢大腳袴子，不覺眼睛裏閃了一閃，彷彿在說「這還差不多。」上海除了宮殿式的汽油站，沒有東方色彩。

三人圍著火盆坐著，他掏出香烟來，笑向九莉道：「抽烟？」

「不抽，謝謝。」

「不知道怎麼，我覺得你抽烟她不抽。」

九莉微笑，知道他是說比比看上去比她天真純潔。

比比那天一派「隔壁的女孩子」作風，對水手她不敢撩撥他們，換了比較老實的，她有時候說句把色情大胆的話，使九莉聽了非常詫異。她是故佈疑陣，引起好奇心來，要追求很久才知道上了當。

她問他有沒有正式作戰過，他稱為combat，臉上露出恐懼的神情。九莉只知道這字眼指中世紀騎士比武或陣前二人交戰，這是第一次聽見用作「上火線」解，覺得古色古香，怪異可笑。那邊真是另一個世界了。

她沒多坐，他們大概要出去。

比比後來說：「這些美國人真沒知識。」又道：「有些當兵以前都沒穿過鞋。」

「他們倒是肯跟你結婚，不過他們離婚容易，也不算什麼，」她又說。

忽又憤然道：「都說你跟邵先生同居過。」

九莉與之雍的事實在人言藉藉，連比比不看中文書報的都終於聽見了。

九莉只得微笑道：「不過是他臨走的時候。」

為什麼借用小康小姐的事——至少用了一半，沒說強姦的話——她自己也覺得這裏面的心理不堪深究，但是她認為這是比比能接受的限度。

「那多不值得，」比比說。

是說沒機會享受性的快樂。比比又從書上看來的，說過「不結婚還是不要有性經驗，一旦有過，就有這需要，反而煩惱。」她相信婚前的貞操，但是非得有這一套理論的支持，不然就像是她向現實低頭，因為中國人印度人不跟非處女結婚。

九莉也是這樣告訴燕山。

他怔了怔，輕聲道：「這不是『獻身』？」

她心裏一陣憎惡的痙攣，板住了沒露出來。

燕山微笑道：「他好像很有支配你的能力。」

「上次看見他的時候，覺得完全兩樣了，連手都沒握過。」

嚴格的說來，也是沒握過手。

「一根汗毛都不能讓他碰，」他突然說，聲音很大。

她一面忍著笑，也覺得感動。

默然片刻，燕山又道：「你大概是喜歡老的人。」

他們至少生活過。她喜歡人生。

那天他走後她寫了封短信給之雍。一直拖延到現在，也是因為這時候跟他斷掉總像是不義。當然這次還了他的錢又好些。

燕山來了，她把信微笑遞給他道：「我不過給你看，與你沒關係，我早就要寫了。」免得他以為要他負責。

雖然這麼說，究竟不免受他的影響。昨天告訴他他們感情破裂的原因，燕山冷笑道：「原來是為了吃醋。」因此她信上寫道：「我並不是為了你那些女人，而是因為跟你在一起永遠不會有幸福。」本來中間還要再加上兩句：「沒有她們也會有別人，我不能與半個人類為敵。」但是末句有點像氣話，反而不夠認真。算了，反正是這麼回事，還去推敲些什麼。

這封信還沒寄到，她收到之雍兩封信，像是收到死了的人的信，心裏非常難受。

此後他又寫了兩封長信給比比：「她是以她的全生命來愛我的，但是她現在叫我永遠不要再寫信給她了。……」

比比一臉為難的神氣。「這叫我怎麼樣？」

「你交了給我你的責任就完了。」

然後她輾轉聽見說邵家嚇得搬了家，之雍也離開了那小城，這次大概不敢再回鄉下，本來一直兩頭跑。

「當我會去告密，」她鼻子裏哼了一聲向自己說。

緒哥哥給楚娣來信，提起乃德翠華夫婦：「聽說二表叔的太太到他們大房去，跟他姪子說：『從前打官司，要不是你二叔站到這邊來，你們官司未必打贏。現在你二叔為難，你就給他個房間住，你們也不在乎此。』他姪子就騰出間房來給他們住，已經搬了去了。」

九莉想，她父親會一寒至此。以前一講起來，楚娣總是悄聲道：「他那烟是貴。」物價飛漲，跟鴉片的直線上漲還是不能比，又是兩個人對抽。但是後來也都戒了。

「你二叔有錢，」蕊秋總是說。

但是她那次回來，離婚前也一直跟他毫無接觸，不過為了家用大吵過兩次。別的錢上的事未見得知道。她在國外雖然有毓恒報告，究竟不過是個僕人，又不是親信。

九莉記得女傭們講起他與愛老三連日大賭賭輸了的時候臉上的恐懼。

她父親從來沒說過沒錢的話。當然不會說。那等於別人對人說「我其實沒有學問，」「我其實品行不好。」誰還理他？

對她從來不說沒錢給她出洋，寧可毆打禁閉。說了給人知道了——尤其不能讓翠華知道。不然也許不會這些年來都是恩愛夫妻，你哄著我，我哄著你。

卞家的一個表妹結婚，寄了請帖來。九莉只去觀禮，不預備去吃喜酒。在禮堂裏遇見南西。

南西笑道：「九莉你這珠子真好看。」

九莉笑道：「是二嬸給我的，」說著便解下那仿紫瑪瑙磁珠項圈，道：「送給南西阿姨。」她正欠南西夫婦一個不小的人情，儘管楊醫生那時候天天上門，治了兩三個月都是看在蕊秋面上。這項圈雖然不值錢，是件稀罕東西。

南西笑道：「不行不行，蕊秋給你的，怎麼能給人？」
「二嬸知道給了南西阿姨一定高興。」
再三說著，方才收下了。
九林不在上海，沒去吃喜酒。下一次他來了，跟九莉提起來。這表妹是中間靠後的一個女兒，所以姥姥不疼，爸爸不愛，從小為了自衛，十分潑辣。只有蕊秋喜歡她，給她取名小圓。
九林笑道：「那小圓真凶。小時候就凶。那時候在衖堂裏溜冰。」
九莉想起他們與舅舅家同住一個衖堂的時候，表姐們因為他長得好，喜歡逗他玩，總是說：「小圓定給表弟了，你們自己還不知道。」又道：「姑媽喜歡嘛！所以給姑媽做媳婦。」一見他來了便喊道：「小圓你的丈夫來了！」小圓才七八歲，個子小，看著不過五六歲。不管她心裏怎樣，總是板著一張小臉，一臉不屑的神氣。他比她大三四歲，九莉一直知道他喜歡她們取笑他的話。這時候聽他的口氣，原來是他的初戀，衖堂裏溜冰有許多回憶。只有九莉不會溜冰。卞家的表弟常來叫他出去玩，乃德說他們是「馬路巡閱使」。
「你有沒有女朋友？」她隨口問了聲。
他略有點囁嚅的笑道：「沒有。我想最好是自己有職業的。」
九莉笑道：「那當然最理想了。」
他沒提他們父親去投靠姪子的事，大概覺得丟臉。
她二十八歲開始搽粉，因為燕山問：「你從來不化妝？」

「這裏再搽點，」他打量了她一下，遲疑的指指眼睛鼻子之間的一小塊地方。

本來還想在眼窩鼻窪間留一點晶瑩，但是又再撲上點粉。

「像臉上蓋了層棉被，透不過氣來，」她笑著說。

他有點不好意思。

他把頭枕在她腿上，她撫摸著他的臉，不知道怎麼悲從中來，覺得「掬水月在手」，已經在指縫間流掉了。

他的眼睛有無限的深邃。但是她又想，也許愛一個人的時候，總覺得他神秘有深度。

她一向懷疑漂亮的男人。漂亮的女人還比較經得起慣，因為美麗似乎是女孩子的本份，不美才有問題。漂亮的男人更經不起慣，往往有許多彎彎扭扭拐拐角角心理不正常的地方。再演了戲，更是天下的女人都成了想吃唐僧肉的妖怪。不過她對他是初戀的心情，從前錯過了的，等到到了手已經境況全非，更覺得淒迷留戀，恨不得永遠逗留在這階段。這倒投了他的緣，至少先是這樣。

燕山有他陰鬱的一面，因為從前父親死得早，家裏很苦。他也是個澈底的「機構人」。幹他們這一行的，要是不會處世，你就是演出個天來也沒用。但是他沒有安全感，三十出頭了，升沉大概也碰了頂了，地位還是比不上重慶來的京朝派話劇演員。想導演又一炮而黑，儘管《露水姻緣》並沒蝕本，她想是因為那騙人的片名。

他父親是個小商人。「人家說他有『威』，」他說。

小商人而有「威」，她完全能夠想像。有點像他，瘦長，森冷的大眼睛，高鼻子，穿長袍，戴著一頂呢帽。

「我只記得我爸爸抱著我坐在黃包車上，風大，他把我的圍巾拉過來替我搗著嘴，說『嘴閉緊了！嘴閉緊了！』」他說。

他跟著兄嫂住。家裏人多，都靠他幫貼。出了嫁的幾個姐姐也來往得很勤。她到他家裏去過一次，客室牆上有一隻鑰匙孔形舊式黑殼掛鐘，他說是電鐘。他這二哥現在在做電鐘生意。

她不懂，發明了時鐘為什麼又要電鐘，費電。看看牆上那隻圓臉的鐘，感到無話可說。

他也覺得了，有點歉疚的笑道：「買的人倒很多。」

有一次他忽然若有所悟的說：「哦，你是說就是我們兩個人？」

九莉笑道：「嗳。」

「那總要跟你三姑一塊住。」

之雍也說過要跟她三姑一塊住。彷彿他們對於跟她獨住都有一種恐怖。她不禁笑了。

之雍說「我們將來」，或是在信上說「我們天長地久的時候」，她都不能想像。竭力擬想住什麼樣的房子的時候，總感到輕微的窒息，不願想下去。跟燕山，她想「我一定要找個小房間，像上班一樣，天天去，地址誰也不告訴，除了燕山，如果他靠得住不會來的話。晚上回去，即使他們全都來了也沒關係了。」

有時候晚上出去，燕山送她回來，不願意再進去，給她三姑看著，三更半夜還來。就坐在樓梯上，她穿著瓜楞袖子細腰大衣，那蒼綠起霜毛的裙幅攤在花點子仿石級上。他們像是十幾歲的人，無處可去。

她有點無可奈何的嗤笑道：「我們應當叫『兩小』。」

燕山笑道：「嗳，『兩小無猜。』我們可以刻個圖章『兩小』。」

她微笑著沒說什麼。她對這一類的雅事興趣不大，而且這圖章可以用在什麼上？除非是兩人具名的賀年片？

他喃喃的笑道：「你這人簡直全是缺點，除了也許還省儉。」

她微笑，心裏大言不慚的說：「我像鏤空紗，全是缺點組成的。」

楚娣對他們的事很有保留。有一次她陪著燕山談了一會，他去後，她笑向九莉道：「看他坐在那裏倒是真漂亮。」

九莉一笑，想不出話來說，終於笑道：「我怕我對他太認真了。」

楚娣略搖了搖頭。「沒像你對邵之雍那樣。」幾乎是不屑的口氣。

九莉聽了十分詫異，也沒說什麼。

有一個鈕先生追求比比，大學畢業，家裏有錢，年紀也相仿，矮小身材，白淨的小叭兒狗臉，也說不出什麼地方有點傻頭傻腦，否則真是沒有褒貶。又有個廣東人阿梁也常到他們家去，有三十來歲了，九莉彷彿聽見說是修理機器的，似乎不合格。又在比比家裏碰見他，比比告訴他這隻站燈的開關鬆了，站在旁邊比劃著，站燈正照在她微黃的奶油白套頭絨線衫胸前，燈光更烘托出乳峰的起伏，阿梁看得眼都直了。

比比告訴她鈕先生有一天跟阿梁打了起來，從樓上打到樓下，又打到街上去。「我在樓梯口看著，笑得直不起腰來。——叫我怎麼樣呢？」

這天楚娣忽然憑空發話道：「我就是不服氣，為什麼總是要鬼鬼祟祟的。」

九莉不作聲，知道一定又是哪個親戚問了她「九莉有朋友沒有？」燕山又不是有婦之夫，但是因為他們自己瞞人，只好說沒有。

其實他們也從來沒提過要守秘密的話，但是九莉當然知道他也是因為她的罵名出去了，連罵了幾年了，正愁沒新資料，一傳出去勢必又沸沸揚揚起來，帶累了他。他有兩個朋友知道的，大概也都不贊成，代為隱瞞。而且他向來是這樣的，他過去的事也很少人知道。

比比打電話來道：「你喜歡〈波萊若〉，我有個朋友有這張唱片，我帶他來開給你聽。」

九莉笑道：「我沒有留聲機。」

「我知道，他會帶來的。」

她來揿鈴，身後站著個瘦小的西人，拎著個大留聲機，跟著她步步留神的大踏步走進來。

「這是艾軍，」她說。九莉始終不知道他姓什麼。是個澳洲新聞記者，淡褐色頭髮，很漂亮。

放送這隻探戈舞曲，九莉站在留聲機旁邊微笑著釘著唱片看。開完了比比問：「要不要再聽？」

她有點猶疑。「好，再聽一遍。」

連開了十七遍，她一直手扶著桌子微笑著站在旁邊。

「還要不要聽了？」

「不聽了。」

略談了兩句，比比便道：「好了，我們走吧。」

艾軍始終一語不發，又拎了出去，一絲笑容也沒有。

比比常提起他，把他正在寫的小說拿了一章來給她看。寫一個記者在民初的北京遇見一個軍閥的女兒，十五六歲的纖弱的美人，穿著銀紅短襖，黑綢袴，與他在督軍府書房裏幽會。

「艾軍跟范妮結婚了，」比比有一天告訴她。「范妮二十一歲。他娶她就為了她二十一歲。」說著，扁著嘴微笑，彷彿是奇談。那口氣顯然是引他的話，想必是他告訴她的。

九莉見過這范妮一次，是個中國女孩子，兩隻畢直的細眼睛一字排開，方臉，畢直的瘦瘦的身材。

至少比較接近他的白日夢，九莉心裏想。女家也許有錢，聽上去婚禮很盛大。

比比在九莉那裏遇見過燕山幾次，雖然沒聽見外邊有人說他們什麼話，也有點疑心。一日忽道：「接連跟人發生關係的女人，很快就憔悴了。」

九莉知道她是故意拿話激她，正是要她分辯剖白。她只漠不關心的笑笑。

她從來沒告訴她燕山的事。比比也沒問她。

她跟燕山看了電影出來，注意到他臉色很難看。稍後她從皮包裏取出小鏡子來一照，知道是因為她的面貌變了，在粉與霜膏下沁出油來。

燕山笑道：「我喜歡琴逑羅吉絲毫無誠意的眼睛。」

不知道怎麼，她聽了也像針扎了一下，想不出話來說。

他來找她之前，她不去拿冰箱裏的冰塊擦臉，使皮膚緊縮，因為怕楚娣看見，只把浴缸裏的冷水龍頭大開著，多放一會，等水冰冷的時候把臉湊上去，偏又給楚娣撞見了。她們都跟蕊秋同住過，對於女人色衰的過程可以說無所不曉，但是楚娣看見她用冷水沖臉，還是不禁色變。

連下了許多天的雨。她在筆記簿上寫道：「雨聲潺潺，像住在溪邊。寧願天天下雨，以為你是因為下雨不來。」

她靠在籐躺椅上，淚珠不停的往下流。

「九莉，你這樣流眼淚，我實在難受。」燕山俯身向前坐著，肘彎支在膝蓋上，兩手互握著，微笑望著她。

「沒有人會像我這樣喜歡你的，」她說。

「我知道。」

但是她又說：「我不過是因為你的臉，」一面仍舊在流淚。

他走到大圓鏡子前面，有點好奇似的看了看，把頭髮往後推了推。

她又停經兩個月，這次以為有孕——偏趕在這時候！——沒辦法，只得告訴燕山。

燕山強笑低聲道：「那也沒有什麼，就宣佈……。」

她往前看著，前途十分黯淡，因又流淚道：「我覺得我們這樣開頭太淒慘了。」

「這也沒有什麼，」他又說。

但是他介紹了一個產科醫生給她檢驗，是個女醫生，廣東人。驗出來沒有孕，但是子宮頸折斷過。

想必總是與之雍有關，因為後來也沒再疼過。但是她聽著不過怔了一怔，竟一句話都沒問。一來這矮小的女醫生板著一張焦黃的小長臉，一副「廣東人硬綳綳」的神氣。也是因為她自己對這些事有一種禁忌，覺得性與生殖與最原始的遠祖之間一脈相傳，是在生命的核心裏的一種神秘與恐怖。

燕山次日來聽信，她本來想只告訴他是一場虛驚，不提什麼子宮頸折斷的話，但是他認識那醫生，遲早會聽見她說，只得說了，心裏想使他覺得她不但是敗柳殘花，還給蹂躪得成了殘廢。

他聽了臉上毫無表情。當然了，倖免的喜悅也不能露出來。

共產黨來了以後九林失業了。有一天他穿了一套新西裝來。

「我倒剛巧做了幾套西裝，以後不能穿了，」他惋惜的說。

談起時局，又道：「現在當然只好跟他們走。我在里弄失業登記處登了記了。」

九莉想道：「好像就會有差使派下來。」

他向來打的如意算盤。從前剛退學，還沒找到事的時候，告訴她說：「現在有這麼一筆錢就好了。報上分類廣告有銀行找人投資，可以做副理做主任。其實就做個高級職員也行，」「高級職員」四字有點囁嚅，似乎自己覺得太年青太不像。「以後再派到分行做主任，就一步一步爬起來了。」

她聽他信了騙子的話，還有他的打算，「雞生蛋，蛋生雞」起來，不禁笑叫道：「請你不要說了好不好？我受不了。」

他看了她一眼，似乎有點不解，但是也不作聲了。

此刻又說：「二哥哥告訴我，他從前失業的時候，越是倒要每天打起精神來出去走走。」

他顯然佩服「新房子」二哥哥，在二哥哥那裏得到一些安慰與打氣。

他提起二哥哥來這樣自然，當然完全忘了從前寫信給二哥哥罵她玷辱門楣——罵得太早了點——也根本沒想到她會看見那封信。要不然也許不會隔些時就來一趟，是他的話：「聯絡聯絡。」

他來了有一會了，已經快走了，剛巧燕山來了。這是他唯一的一次在她這裏碰見任何男性，又是影星，當然十分好奇，但是非常識相，也沒多坐。

她告訴過燕山他像她弟弟小時候。燕山對他自是十分注意。他走後，燕山很刺激的笑道：「這個人真是生有異相。」

她怔了一怔，都沒想起來分辯說「他小時候不是這樣。」她第一次用外人的眼光看她弟弟，發現他變了。不知道從什麼時候起，本來是十幾歲的人發育不均衡的形狀，像是隨時可以漂亮起來，但是這時期終於過去了，還是頸項太細，顯得頭太大，太沉重，鼻子太高，孤峰獨起。如果鼻子是雞喙，整個就是一隻高大的小雞。還是像外國人，不過稍帶點怪人的意味。

其實當然也還不至於這樣，也是燕山神經過敏了點。燕山這一向也瘦了，有點憔悴。他對自己的吃飯本錢自然十分敏感。

九林剛來的時候見到楚娣。那天後來楚娣忽然笑道：「我在想，小林以後不知道給哪個年紀大些的女人揀便宜揀了去。」

九莉笑道：「噯，」卻有點難受，心裏想三姑也還是用從前的眼光看他。

燕山要跟一個小女伶結婚了，很漂亮，給母親看得很緊。要照從前，只能嫁開戲館的海上聞人，輪不到他。但是現在他們都是藝人、文化工作者了。

荀樺在文化局做了官了，人也白胖起來，兩個女人都離掉了，另娶了一個。燕山跟他相當熟，約了幾個朋友在家裏請他吃飯，也有九莉，大概是想著她跟荀樺本來認識的，也許可以幫忙替她找個出路，但是他如果有這層用意也沒告訴她。

在飯桌上荀樺不大開口，根本不跟她說話，飯後立刻站起來走開了，到客室裏倚在鋼琴上蕭然意遠。

「他到底是不是黨員？」她後來問燕山。

燕山笑道：「不知道。都說不知道嘍！」又道：「那天看預演，他原來的太太去找他——那時候這一個還沒離掉，現在的這一個還不過是同居。——大鬧電影院，滿地打滾，說『當著你的朋友們評評這個理！』後來荀樺對人說：『錢也給的，人也去的，還要怎樣？』」帶笑說著，但是顯然有點怕他結婚九莉也去大鬧禮堂。

這天他又來了，有點心神不定的繞著圈子踱來踱去。

九莉笑道：「預備什麼時候結婚？」

燕山笑了起來道：「已經結了婚了。」

立刻像是有條河隔在他們中間湯湯流著。

他臉色也有點變了。他也聽見了那河水聲。

還剩一份改良小報，有時候還登點影劇人的消息。有一則報導「燕山雪艷秋小夫妻倆來報社拜客。」燕山猜著九莉看了很刺激，托人去說了，以後不登他們私生活的事。

她只看見過雪艷秋一張戲裝照片，印得不很清楚，上了裝也大都是那樣，不大有印象，只知道相當瘦小。她只看見他的頭偎在另一個女人胸前，她從那女人肩膀後面望下去，那角度就像是看她自己。三角形的乳房握在他手裏，像一隻紅喙小白鳥，鳥的心臟在跳動。他吮吸著它的紅嘴，他黑鏡子一樣的眼睛蒙上了一層紅霧。

她心裏像火燒一樣。

也許是人性天生的彆扭，她從來沒有想像過之雍跟別的女人在一起。

素姐姐來了。燕山也來了。素姐姐是個不看戲的人，以前也在她們這裏碰見過燕山，介紹的時候只說是馮先生，他本姓馮。這一天燕山走後，素姐姐說：「這馮先生好像胖了些了。」

九莉像心上戳了一刀。楚娣在旁邊也沒作聲。

鈕先生請比比與九莉吃茶點。他顯然知道九莉與之雍的事，很憎惡她，見了面微微一鞠躬。年底天黑得早，吃了點心出來已經黃昏了。這家西餅店離比比家很近，送了她們回去，正在後門口揿鈴，他走上前一步，很窘的向比比低聲道：「我能不能今年再見你一面？」

九莉在旁邊十分震動。三年前燕山也是這樣對她說。當時在電話上聽著，也確是覺得過了年再見就是一年不見了。

比比背後提起鈕先生總是笑，但是這時候並沒有笑，仰望著他匆匆輕聲說了聲「當然。你打電話給我。」

那天九莉回去的時候已經午夜了，百感交集。比比的母親一定要給她一隻大紅蘋菓，握在手裏，用紅紗頭巾摀著嘴，西北風把蒼綠霜毛大衣吹得倒捲起來，一片凝霜的大破荷葉在水面上飄浮。這條走熟了的路上，人行道上印著霓虹燈影，紅的藍的圖案。

店舖都拉上了鐵門。黑影裏坐著個印度門警，忽道：「早安，女孩子。」

她三十歲了，雖然沒回頭，聽了覺得感激。

紅紗摀著嘴。燕山說他父親抱著他坐在黃包車上，替他用圍巾摀著嘴，叫他「嘴閉緊了！嘴閉緊了！」

偏是鈕先生，會說「我能不能今年再見你一面？」以眼還眼，以牙還牙的上帝還猶可，太富幽默感的上帝受不了。

但是燕山的事她從來沒懊悔過，因為那時候幸虧有他。

她從來不想起之雍，不過有時候無緣無故的那痛苦又來了。威爾斯有篇科學小說《摩若醫生的島》[5]，寫一個外科醫生能把牛馬野獸改造成人，但是隔些時又會長回來，露出原形，要再浸在硫酸裏，牲畜們稱為「痛苦之浴」，她總想起這四個字來。有時候也正是在洗澡，也許是泡在熱水裏的聯想，浴缸裏又沒有書看，腦子裏又不在想什麼，所以乘虛而入。這時候也都不想起之雍的名字，只認識那感覺，五中如沸，混身火燒火辣燙傷了一樣，潮水一樣的淹上來，總要淹個兩三次才退。

她看到空氣污染使威尼斯的石像患石癌，想道：「現在海枯石爛也很快。」

她再看到之雍的著作，不欣賞了。是他從鄉下來的長信中開始覺察的一種怪腔，她一看見「亦是好的」就要笑。讀到小康小姐嫁了人是「不好」，一面笑，不禁皺眉，也像有時候看見國人思想還潮，使她駭笑道：「唉！怎麼還這樣？」

現在大陸上他們也沒戲可演了。她在海外在電視上看見大陸上出來的雜技團，能在自行車上倒豎蜻蜓，兩隻腳並著頂球，花樣百出，不像海獅只會用嘴頂球，不禁傷感，想道：「到底我們中國人聰明，比海獅強。」

她從來不想要孩子，也許一部份原因也是覺得她如果有小孩，一定會對她壞，替她母親報仇。但是有一次夢見五彩片《寂寞的松林徑》[6]的背景，身入其中，還是她小時候看的，大概是名著改編，亨利方達與薛爾薇雪耐主演，內容早已不記得了，只知道沒什麼好，就是一隻主題歌〈寂寞的松林徑〉出名，調子倒還記得，非常動人。當時的彩色片還很壞，俗艷得像著色的風景明信片，青山上紅棕色的小木屋，映著碧藍的天，陽光下滿地樹影搖晃著，有好幾個小孩在松林中出沒，都是她的。之雍出現了，微笑著把她往木屋裏拉。非常可笑，她忽然羞澀起來，兩人的手臂拉成一條直線，就在這時候醒了。二十年前的影片，十年前的人。她醒來快樂了很久很久。

這樣的夢只做過一次，考試的夢倒是常做，總是噩夢。

大考的早晨，那慘淡的心情大概只有軍隊作戰前的黎明可以比擬，像《斯巴達克斯》裏奴隸起義的叛軍在晨霧中遙望羅馬大軍擺陣，所有的戰爭片中最恐怖的一幕，因為完全是等待。

（全文完）

5．The Island of Dr. Moreau，曾拍成電影《攔截人魔島》。作者H. G.威爾斯（H. G. Wells 1866～1946）是英國著名的科幻小說大師。

6．The Trail of the Lonesome Pine，美國老牌影星亨利．方達（Henry Fonda 1905～1982）一九三六年所主演的愛情電影。

國家圖書館出版品預行編目資料

小團圓 / 張愛玲 著.
-- 二版. -- 臺北市：皇冠, 2020.5
面；公分. --（皇冠叢書；第4846種）
（張愛玲典藏；8）

ISBN 978-957-33-3527-6（平裝）

857.7　　109003658

皇冠叢書第4846種
張愛玲典藏 8

小團圓

【張愛玲百歲誕辰紀念版】

作　　者—張愛玲
發 行 人—平　雲
出版發行—皇冠文化出版有限公司
台北市敦化北路120巷50號
電話◎02-2716-8888
郵撥帳號◎15261516號
皇冠出版社(香港)有限公司
香港銅鑼灣道180號百樂商業中心
19字樓1903室
電話◎2529-1778　傳真◎2527-0904
總 編 輯—許婷婷
責任編輯—張懿祥
美術設計—王瓊瑤
著作完成日期—1976年
張愛玲典藏二版一刷日期—2020年5月
張愛玲典藏二版七刷日期—2024年8月
法律顧問—王惠光律師

讀者服務傳真專線◎02-27150507
電腦編號◎001208
ISBN◎978-957-33-3527-6
Printed in Taiwan
本書定價◎新台幣360元　港幣120元